김종휘 판타지 장편 소설

드래곤의

A wizard of dragon

마법사

9

드래곤의 마법사 9

김종휘 판타지 장편 소설

초판 1쇄 찍은 날 § 2002년 6월 15일
초판 1쇄 펴낸 날 § 2002년 6월 25일

지은이 § 김종휘
펴낸이 § 서경석

편집장 § 문혜영
편집책임 § 박영주
편집 § 장상수 · 김희정 · 권민정 · 이종민
마케팅 § 정필 · 강양원 · 김규진 · 안진원

펴낸곳 § 도서출판 청어람
등록번호 § 제1081-1-89호
등록일자 § 1999. 5. 31
어람번호 § 제1-0251호

주소 § 경기도 부천시 원미구 심곡1동 350-1 남성B/D 3F (우) 420-011
전화 § 032-656-4452 팩스 § 032-656-4453
E-mail § eoram99@chollian.net

ⓒ 김종휘, 2001

값 7,500원

ISBN 89-5505-151-4 (SET)
ISBN 89-5505-391-6 04810

김종휘 판타지 장편 소설

드래곤의

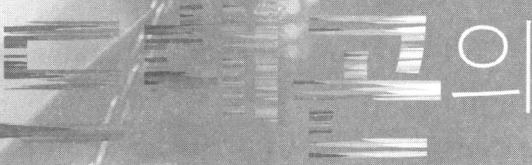

A wizard of dragon

마법사

제3부
완결 **9**
오무황과의 결전

도서출판

청어람

CONTENTS

13장 오무황령(五武皇令)

기억을 찾은 유리마에게서 이곳으로 도망 나온 자유 생명체에 대해 듣게 된 루드웨어는 그가 하는 이야기를 듣고 크게 놀라지 않을 수 없었다.

"자네를 죽이려 했다고?"

"그렇다네. 우리들은 이곳으로 들어온 후 각자의 길을 가고 있었다네. 어느 정도 기반을 마련하긴 했지만 강호에는 우리들 개인으로는 힘든 상대 세력이 셋이나 있었던지라 이런 이유로 다섯의 힘을 합쳐 하나의 세력을 만들어냈고, 그것이 바로 오무황령이네."

"음……."

"하지만 오무황령이 다스리는 세력은 모두 세 곳이었기에 두 사람은 다른 세력을 가질 수가 없었다네. 그래서 난 세 곳의 세력을 모두가 통괄할 것을 제의하며 그것을 이루어냈지만 나의 생각이 마음에 들지 않앉는지 세 사람이 나를 기습하였네."

"음."

"다행히 나와 뜻을 같이하는 여인 레리스의 도움으로 목숨을 건질 수 있었네만, 난 기억을 잃었고… 그녀는 목숨을 잃었다네……."

유리마가 침울한 모습을 보이자 루드웨어는 그의 어깨를 쳐주며 위로했다.

그때 이야기를 듣고 있던 로노와르가 멧돼지를 먹은 루카스의 등을 두들겨 주고 있다가 뭔가 이상하다는 표정을 지으며 물었다.

[응? 여자가 죽었다고?]

"그렇소."

[이상하네… 그럼 내가 본 여자는 누구지?]

"무슨 말이오?"

유리마는 그녀의 말에 조금 놀란 표정으로 되물었다. 그녀의 말에는 레리스를 본 적이 있다는 뜻이 포함되어 있었기 때문이다.

[이계로 들어오면서 여인곡에 들어갔었는데, 그곳에서 만화전주란 사람을 만났거든. 그 여인이 현혹술을 나에게 걸려고 했지만 다행히 내 마나가 한 단계 더 위여서 걸리지는 않았는데, 그 여자의 마나가 이곳과는 조금 달라서 레리스라고 생각했는데?]

"아!"

그 말을 듣는 순간 유리마는 자리에서 벌떡 일어나 두 손을 번쩍 들고 얼빠진 모습을 보임으로 해서 레리스의 생존을 알게 된 그가 얼마나 기뻐하고 있는지를 알 수 있었다.

"다행이다, 유리마."

"내 가슴속에 끼어 있던 먹구름이 모두 사라진 듯한 기분이다."

그답지 않은 발언을 하는 유리마를 보며 루드웨어는 그가 얼마나 레리스를 걱정했는가를 알 수 있었다.

"레리스란 여인이 살아 있으니 지금 우리에겐 모두 네 명의 강자가 존재한다고 할 수 있다. 그러니 전력 면으론 그들보다 나아진 것 아닐까?"

하지만 루드웨어의 말에 유리마는 고개를 저으며 말했다.

"그렇다곤 볼 수 없어. 나와 레리스가 빠졌다고는 하지만 정사마 세 개의 세력이 남아 있다고. 당시에도 상대하기 힘든 세력이었으니 지금은 전보다 더욱 강해졌을걸."

그의 말은 틀림이 없었다.

오무황령이 생긴 이후로 강호에 존재하는 정파와 사파, 마교의 세력은 크게 성장하였고, 이들의 이런 발전은 오십 년 후 무림 역사상 최고의 전성기를 이루게 하는 결과는 맞이하게 된다.

하지만 최고 전성기의 시절은 아직 돌아오지 않은 시점이었기에 더 이상 언급하지 않기로 한다.

"세 개의 세력에선 각자 자신들이 자랑할 수 있는 고수들을 가지고 있어. 정파의 경우에는 구파일방을 비롯하여 정파의 대문파들이 자랑하고 있는 정파칠대고수가, 사파는 대사련과 관계없는 이들이 반이나 되긴 하지만 그 나름대로 정파칠대고수와 이름을 나란히 하는 사파십대거두가 있고, 마교의 경우에는 교 내에서도 그 정체와 무공을 알 수 없다고 알려져 있는 암영자(暗影者)들이 있다. 하나하나의 무공 수준은 우리가 살고 있던 곳의 소드 오버러를 압도하는 실력을 보이고 있기 때문에 그들이 모두 힘을 합쳐 우리를 공격한다면 결코 쉬운 상대들이 아니지."

"음… 일단은 마법이 없는 만큼 이곳은 무공이 크게 발달했으니까."

루드웨어가 뛰어난 실력으로 궁극의 마신 크레이져까지 해치웠다고는 하지만 사실 그것은 운이 반 이상은 차지한 것이었다.

이곳에서 내로라하는 고수들은 루드웨어가 살고 있었던 세계의 소드 오버라나 8서클 마도사급에 비슷하거나 그 이상으로 생각되기 때문에 그들이 한꺼번에 달려들었을 때 루드웨어가 자칫 실수라도 한다면 목숨을 잃을 수도 있었다.

"생각지도 않은 문제로군. 난 이곳에서는 그들만 상대하면 된다고 생각했는데 말이야."

"일단은 직접 맞닥뜨려 봐야겠지."

그의 말대로 직접 상대하지 않는 이상 섣부른 결론을 낼 수 없었기에 루드웨어는 고개를 끄덕였다.

"그나저나 루카스는 어찌할 생각인가? 그들을 최대한 빨리 처리하기 위해선 로노와르의 도움도 필요한데……."

"일단은 만독묘랑에게 맡겨둘 생각이야."

"만독묘랑에게?"

"묘아라는 아이도 있고 서종도 있으니 이곳에서 지내는 것이 별문제는 없으리라 생각되는데."

"조심하게. 이곳에서 루카스는 괴물로밖에 취급되지 않을 수도 있으니."

"알고 있네. 우연히 독각대망과도 알게 되었는데 그 아이 역시 우리 세계와 같이 드래곤 하트라 생각되는 내단을 사람들이 노려 목숨의 위협을 받고 있더군."

"그럴 테지."

루드웨어는 앞으로 일을 의논한 후 남만에서 떠날 준비를 했다.

로노와르는 루카스와 떨어지는 것이 못내 아쉬웠지만 일단은 이계에서의 일을 빨리 처리해야 했다. 그러지 않는다면 아이가 성룡이 돼보지도 못하고 세계가 무너져 죽임을 당할 수도 있기에 아이를 위해서라도 남편의 일을 도와야 된다는 생각을 하였다.

"앙?"

[꾸어억!!]

멀리서 묘아와 용아(龍兒) 루카스가 놀고 있는 것을 보며 루드웨어는 동굴에 와 있는 만독묘랑과 서종을 보며 말했다.

"부탁하네. 우리로선 어린 루카스를 데리고 갈 수가 없다네."

"용아님을 맡는 것은 문제가 아니지만, 제가 잘 모실 수 있을지 걱정입니다."

"뭐 그리 부담은 갖지 말게. 먹을 것만 제대로 주면 지가 알아서 잘 클 놈이니까."

책임감없는 아버지의 말이었다.

만독묘랑은 자신의 딸과 루카스가 잘 놀고 있는 모습을 보다가 문득 무슨 생각이 들었는지 루드웨어를 보며 말했다.

"그나저나 저 아이 우리에게 맡길 거면 무공 정도는 가르쳐 줘도 괜찮겠지?"

"무공?"

"그래, 묘아에게 내 독문무공을 가르칠 생각인데 대련 상대로 루카스가 잘 어울릴 것 같아서 말이야."

"루카스는 인간의 모습이 아닌데도 괜찮습니까?"

"어차피 둔갑술인가 뭔가를 해서 인간으로 변하면 상관없는 일 아닌가?"

"음."

그 말에 한참을 생각에 잠겨 있던 루드웨어는 손을 들며 말했다.

"잠시만 기다려 주게."

그 말과 함께 동굴 안으로 들어간 그는 잠시 후 책을 한 권 들고 왔는데 아무것도 쓰여 있지 않은 책이었다.

"매직 라이트(Magic Write)."

책을 보며 주문을 외우자 순간 푸른색의 빛이 작렬하더니 서서히 글자가 쓰여지기 시작했다. 한참 후 마법을 끝낸 루드웨어는 겉표지에 서명(書名)을 적었는데, 서명을 확인한 두 사람은 크게 놀라지 않을 수 없었다.

"천무심해(天武心解)?!"

"이 책은 무당파의 보물이라 할 수 있는 천무심전을 해석한 책이네. 천무 진인 장삼봉님의 곁에서 평생을 보낸 삼제자인 유대암이 진인의 심득을 적은 것을 다시 해석한 것으로 묘아나 루카스에게 이것을 익히게 하도록 하게."

"이런 것을 다……."

만독묘랑은 루드웨어가 생각을 바꿀까 잽싸게 뺏어버렸다.

무인이 이러한 무공비서를 얼마나 욕심내는가 잘 알고 있는 그는 이 정도면 충분한 답례라 생각하고 포권을 하며 말했다.

"그럼 루카스를 잘 부탁하겠네."

"최선을 다하도록 하겠습니다."

루드웨어의 말에 서종은 공손히 대답을 했고, 그 모습을 보며 안심할 수 있었다.

[어마?]

"에구, 우리 새끼."

이제는 헤어져야 할 시간. 로노와르는 좀처럼 루카스에게서 떠날 수가 없어 어설픈 발음으로 '엄마'라고 말하는 녀석을 끌어안으며 눈물을 흘릴 따름이었다.

"대충 하고 가자고."

"흑흑흑… 어미의 곁에서 자식을 떼어놓으려 하는 모진 남자."

"……."

순식간에 모자를 강제로 이별하게 만든 악당이 된 루드웨어였다.

하지만 언제까지 이렇게 붙들고 있을 수는 없다는 것을 아는 그녀였기에 루드웨어의 손에 끌려 길을 갈 수밖에 없었다.

"루카스!!"

[어마!!]

눈물을 흘리며 비정한 남자의 손에 끌려가는 여인과 엄마를 따라가기 위해 발버둥치지만 사악한 자들의 손에 잡혀 있는 어린 꼬마의 슬픈 이별의 장면에 다른 이들은 눈시울을 붉힐 뿐이었다.

"시끄러버!"

[꾸에엑!!]

묘아는 엄마를 찾으며 그게 울고 있는 루카스를 이단옆차기로 냅다 갈겨 버리니 고통스러운 표정으로 뒤로 자빠져 버린 루카스였다.

물론 이 일은 서종이 재빨리 움직여 로노와르의 눈엔 들어갈 수 없었다.

모든 것이 잘될 것이라는 루드웨어와 로노와르의 생각과는 달리 그들이 사라진 후 루카스가 묘아에게 당한 봉변은 차마 말로 설명할 수 없는 끔찍한 일인지라 본편에선 그 처참하기까지 한 루카스의 남만 일대기를 생략하기로 하겠다.

[꾸에엑~!!]

다만 이것이 루카스가 매일 지를 수밖에 없던 비명이라는 것만을 일러두도록 하겠다.

루카스의 곁을 떠난 일행은 남만에서 벗어나 여인곡으로 발길을 옮겼다. 바로 자유 생명체의 한 명인 레리스의 힘을 얻기 위함이었다.

하지만 여인곡에서 그들은 전혀 생각지도 못한 것을 보게 되었다.

로노와르가 처음 이계에 도착해서 들어선 계곡. 하지만 그곳의 모습은 과거와는 다른 모습을 하고 있었다.

큰 싸움이 있었는지 근처에는 핏자국이 널려 있고 계곡 근처의 숲은 심하게 파손되어 있었기 때문이다.

"무슨 일이……?"

로노와르는 이 광경에 영문을 알 수 없었지만 일단은 여인곡의 계곡 안으로 들어섰다. 한데 그곳의 한때 웅장했던 모습은 사라지고 눈을 뜨고 볼 수 없을 정도로 변해 있었다.

까악! 까악!

하늘을 뒤덮은 듯한 까마귀들이 곡 내에 흩어져 있는 시체들의 살을 파먹고 있는 것이 보였다. 또한 여인곡의 중앙 한가운데는 다섯 명의 여인들이 몸이 관통된 채 깃발에 꽂혀 있었는데, 깃발의 모습을 확인한 유리마는 놀라지 않을 수 없었다.

"오무황령!"

이 처참한 모습을 만든 이들이 오무황의 세력이었다는 것을 안 일행들의 표정은 크게 일그러졌다.

　루드웨어는 로노와르의 어깨를 잠시 토닥여 주고는 근처에 있는 여성의 시체로 다가갔다.

　시체 부패는 그리 많이 진행되지 않았기에 오무황들의 습격이 있은 지 얼마 되지 않았다는 것을 알 수 있었다.

　"이곳의 날씨가 써늘한 것을 생각하면 일주일을 넘지 않았을 것 같군."

　까마귀들에 의해 상당히 훼손이 된 시체들을 살펴보던 루드웨어의 설명이었다.

　"대체적으로 도상(刀傷)이 많은 데다가 수법이 사악한 것을 보면 사파 쪽의 도법이라 생각되는데, 일격필살로 당한 시체가 많은 것을 보면 무공이 상당한 자들이야. 적어도 200명 이상의 무사들이 일시에 몰려온 것 같군."

　루드웨어의 말에 유리마는 조금 생각에 잠겨 있더니 말했다.

　"현재 사파의 연합이라는 대사련에서 200명 이상의 일류무사들을 보유하고 있는 집단은 모두 세 곳이네. 흑사당(黑死堂), 교룡당(蛟龍堂), 그리고 팔연회(八聯會). 그중 팔연회는 북해 쪽에 위치해 있어 그들이 움직인다면 소문이 나지 않을 리가 없으니 흑사당이나 교룡당 둘 중에 하나라고 볼 수 있겠지. 둘 다 대사련에서 비밀리에 움직이는 집단이니까 말이야."

　일행들은 로노와르의 뒤를 따라 만화당에 도착했다.

　화려한 전각이었던 만화당은 여기저기 크게 파손된 흔적이 확연히 드러났고, 군데군데 상당한 장력의 흔적이 보이는지라 외부에서 싸우던 무사들과는 다른 고수들의 치열한 싸움이 있었다는 것을 알 수 있었다.

"이곳이 레리스란 여자가 있던 곳이에요."

"알고 있다. 곳곳에 그녀의 잔존 마나가 느껴지는군."

유리마가 침착하게 이야기는 하고 있었지만 주먹을 떨고 있는 모습을 보이고 있어 크게 화가 났다는 것을 알 수 있었다.

간단하게 조사가 끝나자 루드웨어는 마법을 사용하여 사람들의 시신을 한곳으로 모아서는 그들을 화장시켜 주었다.

무덤을 제대로 만들어주고 싶은 생각도 없지 않았지만, 그렇게 되면 상당한 시간이 소비되는 데다 이름조차 알지 못하는지라 화장을 하여 계곡에 뿌려주는 것이 더 나을 것이라 생각했기 때문이다.

"아무래도 녀석들이 우리보다 한 발짝 앞서서 일을 처리한 것 같군."

"오무황령……. 아무래도 본격적으로 일을 벌일 생각이군."

레리스의 힘을 얻어낼 수는 없었지만 그녀의 시체는 발견하지 못했기에 한 가닥 희망을 갖는 루드웨어였다. 그리고 자신들의 동료였던 레리스라면 완벽하게 잡아놓고 있는 이상 죽이지는 않을 것이라는 생각이었다.

"휴."

로노와르는 화장을 하는 한쪽에서 한숨을 쉬고 있다가 말했다.

"그나저나 이제는 어디로 가야 하지?"

"갈 곳은 정해졌잖아."

"어디?"

로노와르가 궁금하다는 듯이 물어보자 루드웨어는 다음에 갈 곳을 말해 주었다.

"대사련 총단."

중원의 사파들이 모인 연합체 대사련. 그들의 총단은 지금까지 단 한 번도 적의 침입을 받지 않은 곳으로 유명한데, 바로 총단의 위치 때문이었다.

해발 1,500미터 고지대에 위치한 대사련은 들어갈 수 있는 길은 두 곳, 절벽으로 이어진 길과 성벽에 장치되어 있는 이십팔 개의 도르래를 이용한 승강기뿐이었다.

절벽으로 이어진 길은 두 명 이상 걷는 것도 위험할 정도의 좁은 폭이었기에 총단을 공격하려 해도 한꺼번에 많은 무사들이 진입할 방법이 없어 속수무책이었다.

이런 이유로 대사련은 총단이 건립된 100년 동안 적의 침입을 받지 않아 또 다른 이름이 생겼으니 불괴성(不壞城), 무너지지 않는 성이란 이름이었다.

한때 오무황에게 련주가 잡히는 바람에 대사련이 그들의 수중에 넘어가기는 했지만 그것은 외부에서 함정에 빠져 열두 명의 원로와 함께 잡힌 것이었다. 만약 불괴성에 련주가 계속 머물러 있었다면 아무리 오무황령이라 해도 대사련의 총단을 손에 넣을 수 없었을 것이라는 것이 많은 사파 무인들의 생각이었다.

오무황령에 의해 대사련이 정복된 후 불괴성은 더욱 견고하게 다져지게 되니 대명의 황제라 해도 이 성만큼은 점령하지 못한다는 말이 있을 정도였다.

하지만 이 불괴성의 명성에 최초로 금이 가게 할 자들이 그곳으로 향하고 있었으니, 바로 루드웨어를 비롯한 자유 생명체 노사분규 해결사들이었다.

"우와!"

절벽의 길에 내려다보이는 계곡을 보며 감탄성을 질러보는 루드웨어였다.

"쳇! 플라이 마법을 사용하면 금방 갈 수 있는데 뭘 하러 이렇게 고생을 한데."

로노와르는 힘들게 절벽으로 길을 걷는 것이 못마땅하기 그지없었는데, 루드웨어는 그것은 아니라는 듯이 손을 내저으며 말했다.

"중원의 무사라면 무사로서의 낭만이라는 것이 있는 거라고. 이세계까지 와서 마법을 펑펑 쓰면 멋이 안 나잖아."

"쳇!"

루드웨어의 말에 그녀는 투덜거리며 입술을 내밀 뿐이었다.

그때 유유히 불괴성으로 오르고 있는 일행들의 머리 위로 수십 개의 연이 날아올랐다.

"어라? 웬 연?"

로노와르는 하늘을 수놓는 푸른색의 연을 손가락을 가리키며 고개를 갸우뚱거렸다.

"음, 불괴성이 자랑하는 비살객(飛殺客)이로군."

"비살객?"

"비살객은 불괴성을 지키는 무사단으로 좁은 계곡에서 바람을 이용하여 연을 타고 하늘을 날아 적을 처리하는 녀석들이지."

"음, 실용성은 있을까?"

"글쎄… 그다지 실용성은 없는 자들인 것 같군."

유리마와 로노와르가 그렇게 말한 이유는 바로 루드웨어의 행동 때문이었다. 근처에서 돌멩이를 주우러 돌아다니던 그가 난데없이 하늘을 향해 돌팔매질을 하기 시작했던 것이다.

상당한 내력이 담긴 돌멩이들이 여지없이 비살객들의 연을 맞추어 추락시키자 비명 소리가 메아리치듯 계곡을 울렸다.

"보통 비살객들은 하늘을 날아올라 독분을 뿌려 적을 중독시키거나 독화살 같은 것을 쏴댄다고 들었는데… 음."

일단은 설명해 주고는 있었지만 이렇게 돼서 설명해 줄 필요가 없는지라 말을 흐릴 수밖에 없었다.

"대사련 녀석들도 허무하겠군."

"상식이 통하지 않는 녀석이 바로 루드웨어니까."

약간의 시간이 흘러 비살객들이 모두 추락하자 통쾌한 대소를 터뜨린 루드웨어는 불괴성을 향해 걸음을 옮겼다.

한편 이 사태를 접한 불괴성의 경비 책임자들은 크게 놀라지 않을 수 없었다.

"대장! 비살객들이 모조리 추락했습니다!"

"추락하다니! 그게 무슨 소린가?"

"그것이, 침입자들에게 독분을 뿌리기 위해서 띄워 올렸더니 돌팔매질에 당해서… 모조리 계곡 아래로……."

"돌팔매질?"

그 말에 중년의 경비 책임자는 크게 놀라지 않을 수 없었다.

비살객들은 이곳의 바람의 변화 등을 정확하게 알기에 그것을 이용하여 삼십 장 정도의 공중에서 침입자들을 중독시키는 독분을 뿌린다. 한데 그런 이들을 돌팔매질로 떨구었다는데 어찌 놀라지 않겠는가?

"아무래도 상대는 암기의 명수 같구나! 총력을 다해 녀석들이 불괴

성에 들어서지 못하도록 막아라!'

"예!'

불괴성이란 이름이 있는 만큼 계곡을 통한 길에는 상당한 함정이 설치되어 있었다.

하지만 그 이후로도 노력만큼의 성과는 얻을 수 없었으니, 돌을 굴린다거나 화살을 쏘는 것을 포함하여 많은 방법을 총동원해도 루드웨어라는 일반 상식을 무시하는 녀석에게는 어느 것도 효과가 없었던 것이다.

그들로선 당황하지 않을 수 없었고, 할 수 없이 자신들의 힘으로는 어쩔 수 없다 생각해 상부로 이 일을 보고하게 되었다.

"아무래도 오무황령의 지령서에 적혀 있는 자들인 것 같습니다."

"서역에서 온 무리들 말인가?'

"예."

"음."

대사련의 련주는 경비 책임자의 말을 듣고는 잠시 생각에 잠겨 있다 옆에 있던 흑의무사를 보며 말했다.

"진입로는 한꺼번에 다수의 침입자들이 들어오지 못하지만 그것은 우리 역시 마찬가지이니 아무래도 흑사자(黑獅子), 자네가 나서줘야 할 것 같군."

"후후후, 기다리고 있었소."

련주의 말에 음흉한 웃음을 흘리며 말한 그는 걸치고 있는 검은 망토를 멋들어지게 휘둘러 몸을 가리고 사라지니, 한동안 경직되어 있던 이들은 잠시 후 못 미더운 표정이 생길 수밖에 없었다.

"저럴 때면 정말 사파십대거두인지 의심이 가는군."

"그렇긴 합니다만 들리는 말로는 십대거두 중에선 흑사자가 제일 양호하다는 소문도 있지 않습니까."

"제일 양호하다라……."

불괴성의 계속되는 공격에도 굴하지 않고 앞으로 나아가던 루드웨어는 녀석들의 공격이 사라지자 이상하다 생각했다.

"음, 폭풍 전의 고요라는 건가?"

"자신들이 만들어놓은 함정이 모두 물거품이 됐으니 대책을 논의하기 위해 잠시 뒤로 물러선 것이겠지."

유리마의 말에 잠시간 불괴성의 인물들을 꿰뚫어 본 루드웨어였다.

"아웅… 남들은 출산 휴가라는 것도 있다던데… 불쌍한 난 출산 휴가도 없이 이런 노동에 시달려야 하다니… 남편을 잘못 만난 게 죄지."

"……."

절벽의 한구석에서 손가락으로 땅에 원을 그리며 한탄하는 로노와르였다.

유리마는 과거 궁극의 마신 크레이져를 상대로 할 때 로노와르의 저런 모습을 본 적이 있기 때문에 그녀의 짜증이 시작됐다는 것을 알 수 있었다.

루드웨어는 뭐라고 말을 하고는 싶었지만 지은 죄가 있는지라 반박도 못하고 있었는데, 이렇게 처지고 있는 일행들의 기분이라도 띄워줄 모양인지 대사련은 한 명의 광대를 그들에게 보내주었다.

"우하하하하!"

계곡을 크게 울리며 남자의 웃음소리가 메아리치기 시작하자 일행들은 주위를 돌아보았다. 그러자 그들이 서 있는 계곡의 길 위쪽 벼랑에 한 남자가 검은 망토를 휘날리며 매달려 있는 모습을 볼 수 있었다.

"네 녀석들이 누구인지 모르지만 감히 불괴성에 침범하다니, 나 흑사자가 용서하지 않겠다!"

유창하고 똑똑한 발음까지는 좋았지만, 절벽의 한쪽에 오랫동안 매달려 있었는지 돌 틈을 잡고 있던 왼손의 잔경련이 눈에 들어오고 있었다.

"꽤 기다렸나 보네?"

"음… 너와 로노와르가 아까부터 한곳에서 계속 시간을 끌고 있었으니까. 한 반 시진 정도는 매달려 있었겠군."

"쯧쯧, 불쌍한……."

자신이 불쌍한 신세가 되었는지도 모르는 흑사자는 아직도 긴 웃음을 터뜨리며 힘들게 내려오고 있었다.

루드웨어 일행은 볼 것도 없다는 듯이 그냥 길을 지나가려고 했다. 그것을 본 흑사자는 크게 난처하지 않을 수 없었다.

'젠장! 조금만 올라갈걸.'

뛰어내리기에는 너무나 높았고 착지할 만한 곳이 그리 넓지 않기 때문에 잘못 뛰어내리면 말 그대로 실족사(失足死)할 수도 있는지라 진퇴양난의 상황에 빠질 수밖에 없었다.

"잠깐 기다리란 말이야!"

흑사자는 떨리는 손을 들어 간신히 밑으로 내려가며 소리치고 있으니 그 목소리가 지극히 간절했는지라 차마 일행들은 앞으로 걸음을 옮길 수 없었다.

"아! 저 심금을 올리는 목소리!"

"사랑하는 여인을 잃은 외로운 남자의 마지막 한마디의 기분이 드는 것 같아."

루드웨어는 흑사자의 목소리에 잠시 감평한 후 일단은 멍석을 깔고 앉아서 그가 내려오는 모습을 지켜보았다.

흑사자는 그들이 기다리자 크게 한숨을 내쉬며 서둘러 내려오기 시작했는데, 밑에서 볼 때 입으로는 웃음을 터뜨리면서 떨어지지 않으려는 듯 조심스럽게 발을 이곳저곳 움직이며 내려오는 모습이 마치 개구리가 뒷걸음질치는 것과 같은지라 루드웨어들은 웃기는 희극을 보는 듯했다.

그가 높은 절벽에서 내려오는 데 걸린 시간은 반 시진. 이 긴 시간을 무료하게 보내던 세 사람은 흑사자가 내려왔을 땐 가볍게 티타임을 벌이고 있었다.

"음… 역시 강호에서 이름난 용정차의 향이로군."

"향기로워… 우리 세계의 차와는 또 다른 맛이 있는걸."

"……."

숨을 헐떡이며 내려선 흑사자는 이들의 모습을 보며 노기가 치솟지 않을 수 없으니 멋들어진 신비인인 자신을 철저히 무시하는 모습을 그들에게서 보았기 때문이다.

"흠흠."

가벼운 기침 소리를 내며 시선을 끌어보는 시도도 잠시 해보았지만 역시나 요지부동. 할 수 없이 흑사자는 그들의 곁에 앉아 티타임을 즐길 수밖에 없었다. 그렇게 아무 일 없이 또다시 반 시진이 지나 해는 서산으로 저물어가기 시작했다.

"오늘은 야숙을 해야겠군."

"앙~ 불괴성에서 따뜻하게 이부자리에서 자고 싶었는데."

루드웨어의 말에 아쉬운 듯 한탄하는 로노와르였다.

한편 저녁 무렵이 돼도 흑사자의 소식이 없자 불괴성의 대사련 간부들은 크게 당황하지 않을 수 없었다.

괴상하긴 하지만 솜씨 하나는 뛰어난 흑사자였는데 그조차도 소식이 없었기 때문이다.

"련주!"

"그래, 어떻게 되었는가?!"

흑사자의 소식을 알아보기 위해 나갔던 부하가 들어오자 련주는 다급하게 물어보았는데, 그는 잠시 망설이는 듯한 표정을 짓다가 떨리는 목소리로 말했다.

"흐, 흑사자는……."

"더듬거리지 말고 빨리 말해 보도록 해라."

"흑사자… 님은 현재… 침입자와 함께… 저녁을 들고 계십니다."

"……."

할 말이 없는 련주였다.

하나 사파십대거두는 대사련에 속해 있다고는 하지만 실제적으로는 그리 의무감을 가지고 있는 존재들이 아닌지라 그렇다 해도 뭐라 책망할 수 없는 노릇이었으니 한숨만을 쉴 뿐이었다.

"휴… 부련주."

"예."

"이래서 내가 십대거두만큼은 쓰고 싶지 않다고 했잖아!"

괜히 부련주에게 닦달하는 련주였다.

다음날 아침 일찍 일어난 일행들은 간단하게 아침을 먹은 후 예정된 일을 진행하기 시작했다.

"감히 대사련의 영역에 침범하다니! 나 흑사자가 용서하지 않겠다!"

"꼴불견이다."

"난 어젯밤 아무 말도 안 하길래 말이 없는 사람인 줄 알았는데 그게 아닌가 봐."

"음."

흑사자의 행동에 한마디씩 꼭 덧붙이는 일행이었다.

하지만 일단은 불괴성에서 자신들을 막기 위해 온 사람이라는 것은 아는지라 억지로 심각한 표정을 짓고 있으니 그것이 또한 가관이라고 밖에 말할 수 없었다.

"후후! 흑사자… 네가 아무리 신비인이라 자처한다 해도 지금 하는 꼴을 보니 불괴성의 개로밖에는 보이지 않는구나."

그가 신비인임을 자처하고 있는 것을 보며 약점을 찌르는 루드웨어였으니 그 말을 듣는 순간 흑사자는 크게 당황할 수밖에 없었다.

"무, 무슨 말이냐! 이 흑사자님이 불괴성의 개라니!"

"그렇다면 지금 하는 꼴이 무엇이냐! 자신의 주관도 없이 불괴성의 꼬임에 넘어가 선량한 무인을 공격하려는 너의 꼴이 말이다."

한마디 한마디 틀린 곳이 없었던지라 흑사자는 좌절감으로 무너질 수밖에 없었으니 이것이 바로 루드웨어의 지피지기는 백전백승 전법이었던 것이다.

"아직 신비인을 자처하기에는 흑사자, 네 녀석의 수행은 멀었다 할 수 있다. 진정한 신비인의 자격이 생겼다 할 때 다시 나를 찾아오도록 하거라."

"…예."

그 말과 함께 흑사자는 멀리 모습을 감추었다. 실로 단 한 합의 겨룸도 없이 승리를 거둔 루드웨어였다. 물론 보통 사람이라면 전혀 통하지 않을 방법이라고는 하지만 말이다.

흑사자가 실패하자 불괴성의 대사련 인물들은 다시금 계획을 짜지 않으면 안 되었다.

"음… 길의 폭이 너무 좁아 다수의 무사들이 나갈 수 없는지라 힘이 드는군요."

"차라리 길을 관에서 훔쳐 온 화약으로 폭파시키는 것이 어떻습니까?"

지팡이를 짚고 구부정하게 앉아 있는 무인은 길을 폭파시키는 것을 제안했지만 대사련의 사정상 그것은 불가능했다.

만약 길을 폭파시킨다면 불괴성으로 들어서는 모든 물자는 승강기를 이용해야 하는데, 크기가 크기인만큼 상당한 수가 살고 있는 곳이었기에 그렇게 되면 불괴성은 하루의 거의 대부분을 물자 조달에 써야 하는 불상사를 겪을 수 있기 때문이다.

이렇듯 어떻게 해야 할지 고심을 하고 있는 이들의 뒤로 갑자기 푸른색의 섬광이 일기 시작했다. 사람들은 그 모습을 보고 크게 놀라서는 련주를 제외한 모든 이들이 무릎을 꿇었다.

섬광이 점차 사라지자 그곳에는 가면을 쓴 남자가 서 있었는데, 그의 이마에는 '무(武)'라는 글자가 금색으로 쓰여져 있었다.

"대사련의 련주께 인사드립니다."

"오무황령의 사자를 뵙소이다."

빛에서 나온 가면의 사나이가 인사를 하자 련주 역시 포권을 하며 가볍게 인사를 받아주었다.

"오무황께서는 이곳에 서역의 고수들이 찾아왔다 했는데 사실입니까?"

"그렇소. 그 일로 회의를 하고 있지만 불괴성의 사정상 쉽게 처리하지 못하고 있소이다."

"음… 대사련에는 십대거두가 있다 했는데 그들로서도 어렵습니까?"

"십대거두들은 조금…….."

"생각해 보니 그들을 움직이는 것은 련주께서도 조금 힘들겠군요. 오무황령의 명조차도 어기려는 자들이니 말입니다."

사자도 어느 정도 그들에 대해서 알고 있는지 련주의 걱정을 조금 이해하고 있었다.

"이런 일을 어느 정도 예상하고 오무황께서 그들의 손에서 불괴성을 지키기 위해 사람들을 보내었으니 련주께선 마음을 놓도록 하십시오."

"아! 그렇소이까?"

오무황이 보낸 사람들이 직접 처리한다면 자신들은 걱정할 필요가 없는지라 련주는 크게 기쁘지 않을 수 없었다.

"다만 대사련의 힘으로 그들을 통솔하기가 어려우니 지금부터 불괴성의 총권은 제가 맡도록 하셌습니다."

"헉!"

그 말에 대사련의 간부들은 망설여질 수밖에 없었다.

일단 자신들이 잘 처리할 수 없기는 하지만 그런 일로 불괴성의 총권을 외부인에게 맡긴다는 것은 꺼려지는 일이기 때문이다. 하지만 오무황에 의해서 직접 정해진 일이라면 련주로서도 반대할 수 없는지라 고개를 끄덕였다.

"…알겠소."

"그럼 이만."

런주가 승낙을 하자 그는 가볍게 인사를 하고는 또다시 푸른 섬광과 함께 사라지니 사람들은 오무황의 부하들마저 이렇듯 술법에 뛰어난 것에 기가 죽을 수밖에 없었다.

그리 멀지 않게 보였던 불괴성에 루드웨어 일행은 벌써 삼 일 동안을 움직였어도 도착하지 못하고 있었다. 길이 꾸불꾸불하게 이어진 탓도 있었지만 가장 문제인 것은 바로 로노와르 때문이었다.

과연 전 종족 중 가장 게으르다고 할 수 있는 드래곤답게 결코 오 각 이상을 걸으려고 하지 않으니 한번 휴식을 취할 때의 시간이 한 시진인 것을 감안한다면 문제라 할 수 있을 것이다.

루드웨어야 어느 정도 드래곤과 비슷한 성격의 인물이었기에 그녀가 쉬자고 하면 멍석부터 깔아버리니, 유일하게 보통 인간의 성격을 가진 유리마는 답답하기 그지없었다.

'휴…….'

하지만 이것들이 말로 해서 통할 자들인가.

어쩔 수 없이 그들이 하는 대로 동참할 수밖에 없는 유리마였으니, 이런 자들을 상대로 고심에 고심을 더한 불괴성의 인물들이 불쌍할 따름이었다.

"아! 햇볕 좋다~ 짧게 십 년 간만 낮잠이나 자볼까?"

따스한 태양 빛을 받으며 멍석에서 뒹굴거리는 로노와르는 결코 있을 수 없는 단어를 내뱉고 있었다.

"그나저나 왜 이렇게 멀지?"

"응. 처음 볼 때는 가깝게 보였는데."

루드웨어는 길이 너무 멀다고 한탄하며 뒹구는 로노와르에게 팔베개를 해주고는 잠시 눈을 감고 잠을 청했고, 그녀 역시 그의 곁에서 조용히 눈을 감았다.

"……."

그리고 쉽게 한 시진이란 시간이 흘렀다.

얼마 지나지 않아 또 한 시진이 흘렀다.

여지없이 또 한 시진이 흘렀다.

그리고… 해가 저무니 그들은 잠을 청했다…….

"이게 뭐야, 이 자식들아! 당장 안 일어나!"

"우웅! 유리마는 너무 부지런한 것 같아… 벌써 일어나다니."

"우욱……."

이들에 의해 신경성 위장병이 난 유리마는 잠시 쓴 물이 넘어오는 것을 삼킬 수밖에 없었다.

'불괴성의 사파 녀석들은 뭐 하는 거야!'

벌써 이틀 간 아무런 소식이 없는 그들을 보며 욕을 하는 유리마였으니, 적이라도 와야 이들의 게으름을 없앨 수 있다는 생각이 들었기 때문이다.

다행히 유리마가 위궤양까지 넘어가는 것은 신이 바라지 않는 것인지 그들을 어둠으로 몰아넣는 일당들이 모습을 드러냈다.

"앗!"

세 사람은 갑작스럽게 자신들의 전방에서 느껴지는 마나를 느끼고는 크게 놀라지 않을 수 없었다. 지금 몸으로 느껴지는 기운은 중원인들의 기가 아니라 자신들의 세계에서나 볼 수 있는 마나의 기운이었기 때문이다.

"누구냐!"

명석에서 벌떡 일어난 루드웨어는 흐트러진 머리를 두 손으로 정리하여 뒤로 날리고는 소리쳤다. 푸른색의 섬광이 일어나면서 한 가면의 사나이가 그 모습을 드러냈다.

"세 분께 인사드립니다. 오무황님을 모시고 있는 금면사자라 합니다."

"금면사자? 처음 들어보는군."

유리마는 한때 오무황의 직위에 있었던 사람인데 금면사자라는 직위가 있다는 것은 들어본 적이 없었다.

"후후후… 뭐, 모르신다고 해도 상관은 없습니다. 그런 것이 별 문제 될 것은 없으니까요."

딱!

그 말과 함께 금면사자가 손가락을 튕기자 순간 그들의 주위로 검은색의 가면을 쓴 수십 명의 인영들이 섬광과 함께 모습을 드러냈다. 세 사람은 그들이 모두 텔레포트의 마법을 사용하여 움직이고 있다는 것을 알 수 있었다.

그들은 일행들의 주위를 감싸듯이 움직여서는 무엇인가 주문 같은 것을 흥얼거리기 시작했다.

"중얼… 중얼… 중얼… 중얼……."

몇 사람을 제외하고는 거의 대부분 흘리는 발음을 하고 있는 탓에 무슨 주문을 외우고 있는지 알 수 없었지만, 그들의 주문을 중얼거림과 함께 절벽의 길 주위로 붉은 안개가 형성되기 시작했다.

"응?"

마법사들이 만들어낸 안개의 기운이 범상치 않다는 느낌이 든 루드웨어였다.

안개는 순식간에 그들의 주위를 모두 감싸 버리니 앞뒤를 분간하지 못할 정도의 상황이 되어버렸다.

슈아!

"헛!"

그리고 안개 속에서 갑자기 공기를 가르는 소리와 함께 무엇인가가 빠른 속도로 일행들을 향해 몰아쳤다.

"실드!"

루드웨어는 급하게 실드 마법을 사용하여 자신들을 향해 날아오는 물건을 막으려고 했는데, 그 순간 놀라운 일이 벌어졌다.

루드웨어가 시동어를 외친 실드는 형성이 되는가 싶더니 안개 속에서 마나가 고형화되지 못한 채 그대로 푸른 불꽃을 내며 사라져 버렸다.

"끄윽!!"

실드가 형성되지 않자 적이 보낸 공격은 그대로 일행들에게 적중하고 말았으니 루드웨어는 어깨에 큰 상처를 입을 수밖에 없었다.

"루드웨어!"

"젠장, 마법이 형성되지 않는다!"

어깨에 붉은 피를 흘리며 루드웨어는 지금의 상황을 일행들에게 전달해 주었다.

"마법이?"

그의 말에 유리마는 급히 간단한 파이어 애로우 마법을 사용해 보았는데, 아니나 다를까 그의 손에서 형성되던 파이어 애로우 역시 푸른 불꽃을 내며 소멸되어 버리니 크게 당황하지 않을 수 없었다.

"아무래도 이 안개가 마나를 형성하지 못하게 만드는 것 같다."

마법이 통하지 않는 이런 일은 처음인지라 일행들은 크게 당황하지 않을 수 없었다. 그때 금면사자의 목소리가 들려왔다.

"하하하하, 여러분들에게 죄송하지만 이 안개는 절대 마법 봉쇄와 같은 효과를 보이는 마법입니다."

"절대 마법 봉쇄."

절대 마법 봉쇄는 마법을 봉쇄하는 마법으로 영역 안에 있는 모든 이에게 마법을 시전할 수 없도록 만드는 높은 서클의 마법이었다.

하지만 루드웨어 같은 인물이 절대 마법 봉쇄의 영향을 받을 리는 없었다. 절대 마법 봉쇄는 시전자의 서클 이상의 인물들에게는 통하지 않기 때문이다.

루드웨어는 무엇인가 크게 다른 것이 있다고 판단하고는 허리에서 검을 뽑아서는 검기를 끌어올렸는데, 검에 서린 검기는 어느 정도 유지가 되는 듯했다.

'음……'

검의 검기가 사라지지 않는 것을 본 루드웨어는 왼손을 들어 작은 기검을 만들어보았는데, 기검은 형성되자마자 푸른 불꽃과 함께 사라져 그제야 이 안개의 정체를 알 수 있었다.

"아무래도 마나를 중화하는 것 같군."

"마나 중화?"

"그래, 이 안개는 공기 중에 형성되는 마나를 중화시키는 힘이 있는 것 같다. 검에 서린 마나에까지는 침범하지 못하지만 외부로 마나의 힘이 분출되면 그것을 중화시켜 버리지."

"음."

그렇다면 원거리 공격은 거의 불가능하지만 검기나 내력을 이용한 근거리 전투는 가능하다는 뜻이었기에 일행들은 서로를 보며 전음을 날렸다.

다행히 전음은 내력을 통해 공기를 진동시켜 전달하는 수법이었기에 중화시키는 안개에서도 영향을 받지 않았다.

[시간을 끈다면 이 안개가 호흡을 통해 몸속으로 들어와 내부의 내력까지도 중화시킬 수 있었다. 세 사람이 각자 흩어져서 속전속결을 하자.]

[알았어!]

[가자!!]

루드웨어의 외침과 함께 세 사람은 사방으로 흩어져서는 주문을 외우고 있는 마법사들을 공격하기 시작했다.

하지만 마법사들의 공격도 만만치 않았다.

"파이어 볼!"

그들은 안개 속에서 움직이고 있는 일행이 보이는지 마법을 난사하며 공격하기 시작했는데, 놀랍게도 그들이 만들어낸 마법은 안개에 중화되지 않고 시선되는지라 루드웨어는 파이어 볼을 피하며 청각을 사용하여 녀석들의 위치를 알아내고 있었다.

"여기다!!"

"끄아악!!"

무의 세계에서 무당의 무공을 극성으로 익힌 루드웨어는 다행히 빠른 몸놀림을 구사해 어느새 마법을 날리는 녀석을 찾아 일도양단시켜 버렸다.

"라이트닝 볼트!"

하지만 아직도 많은 수의 마법사들이 남아 있었던지라 방심할 때가 아니었는데, 다시 내력을 끌어올려 움직이려 하던 루드웨어는 몸속의 마나가 조금씩 줄어들고 있다는 것을 깨달을 수 있었다.

'시간을 끌면 위험하다!'

이렇게 싸운다면 그들을 모두 해치우기 전에 자신의 마나가 더 먼저 사라질 것이라는 생각에 고민하지 않을 수 없었는데, 그때 그의 머리로 무슨 생각이 들었다.

"그렇군! 썬 라이트!!"

루드웨어는 무엇인가를 생각하고는 그대로 자신의 몸을 매개체로 마법을 시전했다. 그 순간 강렬한 섬광이 그의 몸에서 뻗어 나오더니 사람들로 하여금 눈을 뜰 수 없게 만들어 버렸다.

외부로 나가는 마나는 중화되지만 자신의 몸을 매개체로 마나를 움직였기에 다행히 영향을 받지 않았고, 빛 자체는 마나로 인한 부산물이었기에 아무런 영향 없이 사람들의 눈을 어둡게 만든 것이다.

"끄아악! 루드웨어, 이 미친 것아! 그런 걸 쓰려면 우리한테도 가르쳐 줘야 될 것 아니야!"

"난 패닉……."

유리마와 로노와르는 갑작스런 썬 라이트의 강렬한 빛으로 시력을 잃게 되자 루드웨어를 욕할 수밖에 없었고, 로노와르는 앞이 안 보이는 충격으로 패닉 상태가 되어 자리에서 쓰러지고 말았다.

"끄으윽!!"

금면사자와 마법사들 역시 강렬한 빛으로 인해 잠시간 시력을 잃을 수밖에 없었으니 안개가 짙게 깔려 있음에도 이렇게 시력을 잃게 만드는 그의 썬 라이트가 얼마나 강력했는가를 알게 해주었다.

어느 정도 지나 시력이 회복되자 금면사자와 마법사들은 급히 루드웨어를 찾기 시작했는데, 놀랍게도 그들의 시야에서 루드웨어는 완전히 모습을 감추고 있었다.

"헉!"

하지만 그보다 더 놀라운 일은 시력을 잃고 헤매는 와중에 마법사들 중 다섯 명 정도를 외마디 비명조차 없이 쓰러뜨렸다는 것이다.

"당장 그를 찾아라!!"

시야에서 완전히 사라진 루드웨어, 안개 속에서 갈팡질팡하는 유리마, 패닉에 빠져 잠자고 있는 로노와르를 보며 금면사자는 크게 당황하여 사방을 두리번거렸는데, 그때 안개의 저편에서 한 사람의 신음 소리가 들려오더니 땅에 쓰러지는 소리가 들려왔다.

"헉!"

한순간에 또 다른 마법사가 죽임을 당하게 된 것이다.

"도대체 어디로 사라진 것이냐!"

하지만 그러는 와중에서도 또다시 한 마법사의 비명이 들려오니 이곳에 있던 자들은 순식간에 로노와르와 같은 패닉에 빠질 수밖에 없었다.

[흐흐흐흐, 너희들이 우리에게 해준 만큼 돌려주도록 하지.]

그때 땅이 울리면서 공기 중으로 루드웨어의 음침한 목소리가 흘러나오니 마법사들은 더 이상 공포를 참지 못하고 사방으로 마법을 난사하기 시작했다.

"우와악!!"

"끄아악!!"

정신을 차리지 못하고 펼치는 마법은 주위를 둘러싸고 있는 다른 마법사들을 공격하게 되었다. 공격을 받은 자 역시 패닉에 빠져 버려 마법을 난사하게 되자 일대는 순식간에 아수라장이 되어버리고 말았다.

"젠장!"

금면사자는 그들의 모습을 보며 패배를 감지할 수 있었다.

'과연 쉬운 상대는 아니로군. 두고 보자!'

더 이상 남아 있는 것은 불필요하다는 생각을 한 금면사자는 텔레포트 마법을 사용하여 사라져 버렸다.

한편 서로를 향해 마법을 난사하던 흑면사자들은 이미 제정신을 잃었기 때문에 안개를 서서히 사라져 가 유리마는 옅어져 가는 안개 속에서 녀석들의 위치를 찾을 수 있었다.

"차앗!"

빠른 속도로 마법사들을 향해 몸을 날린 유리마는 그들의 사이사이를 움직이며 공격하니 패닉에 빠진 마법사들은 일각도 되지 않아 그에 의해 고혼이 되어버렸다.

그리고 언덕 위에 있는 흑면사자를 보며 유리마는 검기를 날려 피날레를 장식하려고 했다.

"일광검류파(日光劍流波)."

안개는 완전히 사라져 버렸기에 유리마의 일광검류파는 찬란한 빛을 내며 흑면사자를 향해 빠른 속도로 날아갔다.

"끄악!! 유리마, 이 미친놈아!"

하지만 그 순간 흑면사자에게서 어디선가 들어본 목소리가 들려오니 그 음성의 주인은 바로 루드웨어였다.

"헉! 루드웨어!"

하지만 화살은 이미 활을 벗어나고 말았으니 피날레를 한답시고 엄청난 힘을 사용했기 때문에 일광검류파의 검기는 장난이 아니었다.

"에잇! 이화접목(移花接木)!"

강하게 맞설 수는 없다고 생각한 루드웨어는 급히 이화접목의 수법으로 자신을 향해 날아오는 검기를 다른 곳으로 향하게 만들었다. 하지만 워낙 강성한 기운이었는지라 정통으로 적중하지는 않았지만 큰 내상을 입을 수밖에 없었다.

"크윽!"

검기는 이화접목의 수법으로 인하여 불괴성 방면으로 날아갔지만 검은 가면 사이로는 붉은 핏줄기가 흘러내리고 있었다.

"루드웨어!"

"여보!"

유리마와 로노와르는 급히 피를 흘리고 있는 루드웨어의 곁으로 가 가면을 벗겨내었다.

"으윽… 유리마… 이 빌어먹을 자식……"

"……"

루드웨어는 검기에 의한 내상을 입긴 했지만 말하는 것을 보니 죽을 정도의 부상은 아닐 듯싶었기에 안도의 한숨을 내쉴 수 있는 유리마였다.

"썬 라이트를 사용해서 어디로 사라졌나 했더니 흑면사자로 변장하고 있었던 거야?"

그렇다. 루드웨어는 썬 라이트로 마법사들의 시선을 없앤 후 시력이 사라져 당황하는 마법사들 중 몇 명을 순식간에 쓰러뜨린 후 그 옷을 입고 그들의 패닉을 유도하고 있었던 것이다.

그들이 시력을 되찾았을 때 갑자기 신음을 지르며 쓰러진 흑면사자는 바로 루드웨어. 그는 보이지 않는 곳에서 공격한다는 두려움을 심어준 후 땅에 울림을 만들어 그들 전체에게 공포스러운 음성을 남기니 마법사들은 크게 당황하지 않을 수 없었던 것이다.

안개를 사용하여 상대에게 미지에 대한 두려움을 안겨주며 그 부분을 공격하던 흑면사자들은 자신들이 도리어 그 수법에 당하게 되자 그 효과는 배가되어 버렸던 것이다.

이 수법을 사용하여 수많은 사람들을 죽였던 그들의 기억이 루드웨어에 의해 재현이 되자 큰 충격을 안게 해준 것이다.

"음."

"조금 어설프기는 했지만 효과는 만점이었군."

유리마는 루드웨어의 계획을 듣고 고개를 끄덕이고는 머리를 쓰다듬어 주면서 칭찬해 주었다.

한편 이 시간 불괴성에선 큰 소란이 있었다.

"아이고… 아이고……."

불괴성의 성주라고 할 수 있는 대사련의 련주는 한 소년의 시체 앞에서 통곡을 하며 눈물을 흘리고 있었다.

"련주……."

근처의 많은 사람들은 눈물을 흘리며 통곡을 하는 련주를 안타까운 눈으로 볼 수밖에 없었으니 그 앞에 누워 있는 소년은 바로 련주의 외동아들이었기 때문이다.

금면사자가 사라진 후 적들이 있는 곳에서 붉은 안개가 만들어지자 런주의 아들은 그것을 구경하기 위해서 성벽 위로 올라갔었다. 한데 한순간 검기가 불괴성 쪽으로 날아와서는 런주의 아들을 공격한 것이다.

이 검기는 런주의 아들 머리 위를 스치듯이 지나갔지만, 워낙 강했던 검기였던지라 큰 충격을 받은 아이는 심장 마비로 죽은 것이다.

외동아들이 예상치 못한 죽음을 당하니 런주는 큰 충격에 빠질 수밖에 없었다.

"흑흑흑… 죽일 놈들… 무공도 모르는 아이에게 무지막지한 검기를 날리다니. 흑흑흑. 네 녀석들을 산산조각으로 찢어버리고 말겠다!"

눈물을 흘리는 런주는 분노의 주먹을 쥐며 이를 악물고 불괴성으로 온 이들에 대한 철저한 응징을 각오하고 있었다.

"부련주!"

"예."

"지금부터 녀석들의 앞길을 절대로 막지 말아라!"

"하면…….."

"지금부터 너희들은 외성 승강기를 이용하여 모두 불괴성에서 떠나도록 하라!"

"헉!"

그 순간 부련주는 런주의 각오를 알 수 있었으니 식은땀을 흘릴 수밖에 없었다.

"설마…….."

"불괴성과 함께 녀석들을 지옥으로 보내리라!"

"아!"

너무나 큰 충격에 부련주는 다리에 힘이 빠지며 무릎을 꿇을 수밖에 없었다.

런주의 결정을 말리고 싶었지만 지금 그의 눈에서 흐르는 분노의 기운을 막기에는 부런주의 힘은 너무나 미약했던 것이다.

'후후후, 예상치도 못한 결과를 보게 되는군.'

그들이 있는 곳의 한편에는 금면사자가 어둠 속에서 지켜보고 있었으니 런주의 행동을 보며 미소를 흘리는 그였다.

자신의 계획이 실패를 하기는 했지만 런주가 루드웨어 일행을 처리해 준다면 자신의 실패를 무마시킬 수 있기 때문이다.

'기대하겠소, 런주.'

음흉한 미소를 지으며 사라지는 금면사자. 과연 일행들이 불괴성으로 도착할 때 무슨 일이 생길 것인가.

어느 정도의 안정을 취한 루드웨어는 간신히 몸을 추슬러서는 다시 길을 갈 수 있었다.

다행히 무림고수라고 할 수 있는 두 사람에 의해서 내상을 치료받을 수 있었기에 쉽게 안정을 찾을 수 있었던 것이다.

"휴… 그나저나 마나를 중화시키는 마법이라니 처음 접해보는군."

"아마 루빈스키의 지식이겠지."

"루빈스키?"

유리마의 말에 로노와르는 궁금한 듯이 물어보았다.

"루빈스키는 너희들도 알다시피 변체환용의 달인, 그는 자신의 변한 자의 모습은 물론 능력이나 지식까지 흡수할 수 있다. 물론 자신 이상의 인물은 불가능하기는 하지만 자유 생명체로서 수많은 별을 돌아다녔던 만큼 우리들이 상상치도 못한 많은 지식과 기술을 알고 있겠지."

"음… 그렇군."

그제야 루빈스키의 능력이 생각난 루드웨어였다.

자신들의 세계에서 사용하는 마법은 물론이요 고도의 문명 사회에서 얻어낸 지식까지 고스란히 갖고 있을 루빈스키. 자신들 개인의 힘이 객관적으로는 그들보다 한 수 위일지는 몰라도 물량 면에서는 크게 뒤지기 때문에 다음에 무슨 공격이 있을 것인가 조금 두려움이 생길 수밖에 없었다.

"그나저나 불괴성을 계속 가야 하겠지?"

"응… 잠깐. 우리가 왜 불괴성으로 가는 거지?"

"……."

잠시 동안 자신들이 왜 불괴성으로 가게 되었는지 그 이유를 잊어먹은 일행들이었다.

"아! 여인곡을 공격한 무리들을 찾으러 가는 거였잖아!"

"음… 그렇군. 그런데 말이야, 아무래도 이렇게 가는 것은 조금 위험한 것 같아. 아무런 세력 없이 움직였다가 방금 전과 같은 공격을 또 받게 되면 속수무책으로 당할 수밖에 없겠지?"

"그건 그래. 지금 같은 경우 홍련칠화만 있었어도 손쉽게 처리할 수 있었을 텐데 말이야."

안개를 만들어 마나를 중화시키는 것 외에는 별 위험이 없었던 공격이었음에도 위기에 처했다는 것이 그들로 하여금 조금 생각할 수 있는 기회를 만들어준 것이다.

"일단은 진천명과 홍련칠화들과 합류하는 것이 좋을 것 같군. 그동안 녀석들도 어느 정도 정보를 모았을 테니까 말이야."

"그래."

그렇게 말한 일행들은 불괴성이 얼마 남지 않은 곳에서 방향을 선회하고 말았으니, 대사련 련주의 한 맺힌 괴성만이 계곡을 울릴 뿐이었다.

"우어어어~!"

찬란한 무지갯빛이 하늘을 감싸고 있는 대지, 그곳의 한가운데에는 거대한 성이 자리를 잡고 있었다.

오각형 외벽의 모서리에는 직경이 족히 3장은 넘을 듯한 거대한 구슬이 있었는데, 각 방향의 구슬은 오색의 빛을 내뿜어 하늘을 밝히고 있었기에 이 구슬에 의해 하늘에서 여러 가지 빛이 어리고 있다는 것을 알 수 있었다.

하늘에서 밑을 내려다보면 오각형의 외벽 안쪽에는 오망성이 그려져 있는 것처럼 보였는데, 이는 외벽 안에 있는 내벽의 꼭지점에서 이어져 외성의 꼭지점으로 하나의 돌다리가 서 있기에 보이는 모습이었다.

성의 외부에 있는 길로 세 명의 남자가 걷고 있는 모습이 보였는데, 그중 청건을 쓴 이십 대 정도의 문사가 하품을 하더니 열다섯 정도의 소년을 보며 말했다.

"아함… 라르도, 우리가 또다시 이곳으로 올 필요가 있었을까?"

그 말에 라르도라 불리는 갈색 머리의 소년은 고개를 저으며 말했다.

"귀찮다는 것은 알고 있지만 어쩔 수 없다고. 창조주가 조금 귀찮은 녀석을 보냈으니 적어도 그에 걸맞는 준비는 해줘야 되잖아."

"휴… 귀찮아 죽겠는데."

소년의 말에 문사는 부채를 젓고 있었는데, 그런 그를 보며 뒤에 서 있던 황소의 얼굴을 한 자가 미소를 지으며 말했다.

"우어엉."

"……."

역시나 황소의 얼굴을 한 자이니만큼 그 목소리 또한 소가 울고 있는 소리였으니 잠시 두 사람은 침묵하며 그를 노려볼 뿐이었다.

"하하하하, 너무 노려보지 말라고. 난 간만에 우리 행성의 말을 썼을 뿐이니까."

"너의 행성계 말을 알아듣는 인간들은 단 한 명도 없으니 제발 표준말을 썼으면 한다."

소년의 말에 쳇 하는 소리를 낸 황소는 청건 문사의 어깨를 치며 말했다.

"라르도는 너무 딱딱해. 역시 나랑 마음이 통하는 것은 루빈스키, 너뿐이구나."

"부울스, 나도 너에게 이젠 질려가고 있어."

"쳇!"

"하하하하."

황소 머리 부울스를 보며 문사가 재밌다는 듯이 크게 웃음을 터뜨렸다. 그때 오각형의 성에서 푸른 빛이 뻗어 나오더니 그들의 앞에서 인간의 형상을 어리기 시작했다.

"무황님들께 인사를 올립니다."

"오! 엘비나, 오랜만에 보는군."

그들의 앞에 나타난 형상은 점점 짙어져 가더니 나신의 어여쁜 여인의 모습을 만들어내고는 세 사람에게 인사를 올렸고, 문사는 침을 뚝뚝 흘리며 입맛을 다시며 말했다.

"언제나 말하지만 루빈스키, 엘비나는 입체 영상이다."

"알고 있어, 알고 있다고. 내가 만든 아이인데 내가 모를 리는 없잖아!"

"그나저나 이제는 옷 좀 입히지 그래. 이제는 이 아이도 우리들의 동료나 마찬가지인데 말이야."

라르도는 루빈스키라 불리는 문사에게 차갑게 말하고는 고개를 돌렸는데, 엘비나라는 입체 영상을 보는 표정에서는 놀랍게도 어린아이의 미소가 가득 어려 있었다.

"엘비나!"

"사랑하는 라르도님."

엘비나의 이름을 부르며 뛰어가는 라르도를 엘비나라는 입체 영상역시 미소를 지으며 받아주니 마치 누나가 어린 동생을 안아주고 있는 모습과 같다 할 수 있었다.

"라르도가 이곳 무황성에 자주 오고 싶어하는 것은 아마 엘비나 때문이 아닐까 싶군."

루빈스키는 자유 생명체로 있을 때 과학이 극도로 발달한 한 행성의 과학자의 모습과 지식을 흡수한 후 이곳에 와서 이 무황성을 만들었다.

그때 무황성의 메인 시스템의 역할을 맡기기 위해 최고의 미녀를 만들어냈는데, 어쩌다 보니 라르도가 엘비나라는 메인 시스템을 너무나 좋아하게 됐는지라 실체가 있는 입체 형상을 즐기려던 루빈스키의 헛된 망상은 수포로 돌아갈 수밖에 없었다.

그런고로 눈요기라도 할까 해서 나신으로 만들고 있었으니 그가 얼마나 여자를 밝히는 인물인지 말해 주는 대목이라 할 수 있었다.

"자, 엘비나, 성으로 들어가자."

"예, 라르도님."

라르도의 말에 엘비나는 고개를 끄덕이며 대답하고는 가볍게 손을 저었고, 그 순간 세 사람의 몸은 푸른빛의 입자가 되어 사라져 갔다.

무황성의 내부 거대한 원형의 방위에는 다섯 개의 보석이 밝게 빛나고 있었는데, 그중 세 개의 보석에서 원통형의 빛이 바닥으로 뻗어 나가니 세 명의 인영이 나타나기 시작했다.

그들은 바로 성의 밖에서 엘비나의 공간 이동으로 사라졌던 세 명의 자유 생명체였다. 그들의 옷은 완전히 바꾸어져 있었고, 루빈스키의 경우에는 그 모습까지 완벽하게 변해 있었는데 얼굴은 흐릿하게 노이즈가 낀 것 같은 모습이었다.

회색의 몸에 딱 달라붙는 옷의 명치 부분에는 각기 다른 색깔의 구슬이 박혀 있었는데 그 구슬에서 가운데에 존재하는 반원의 구슬 쪽으로 빛이 뻗어 나가자 엘비나의 영상이 가운데의 구슬 위에서 나타났다.

"엘비나, 지금까지 모아왔던 영상을 보여줘."

라르도가 엘비나를 보며 말하자 그녀는 고개를 끄덕이더니 눈을 감았다. 그 순간 각자의 몸에서 뻗어 나온 빛으로 푸른색의 빛이 뻗어 나갔다.

"음."

이 빛은 엘비나가 모아놓은 영상 자료를 바로 뇌의 중추로 보내는 것인데, 그들의 가슴에 있는 구슬은 일종의 회선을 받는 모뎀과도 같은 역할을 하는 것이었다.

엘비나의 정보를 받은 세 사람의 명치에 있는 구슬은 대뇌로 정보를 우송하니 정보를 읽은 세 사람은 모두 작은 신음을 내뱉고 있었다.

어느 정도 시간이 지나자 가장 먼저 눈을 뜬 것은 라르도였다.

"조금 황당한 녀석이로군요."

"그렇군. 그나저나 대형이 기억을 찾은 것 같은데 앞으로 조금 귀찮아질 것 같군."

부울스는 엘비나의 기억 속에서 유리마의 모습을 보고는 심각한 얼굴로 말했는데, 이에 루빈스키는 손을 내저으며 말했다.

"일단은 레리스가 우리 손에 있는 만큼 섣부른 행동은 하지 않을 테니까 걱정 말라고."

"아! 그렇군. 레리스 누나는 잘 있는 거야?"

"뭐, 대형의 애인이니만큼 함부로 손을 못 대니 잘 있다고 봐야겠지."

"그래? 언제 얼굴이나 구경하러 가야겠다."

루빈스키의 말에 미소를 지은 라르도는 그녀에게 놀러 간다는 생각에 벌써부터 얼굴 가득 기쁨이 흘러내리고 있었다.

"그나저나 중화 마법을 사용하는 흑면사자의 작전은 실패율이 원래부터 70% 이상이니 문제 삼을 것은 없었지만, 도대체 이들이 갑자기 방향을 선회한 이유를 모르겠군."

"그대로 불괴성으로 갔어도 별문제가 없었을 것인데 말이야."

세 사람은 왜 그들이 방향을 선회했을까란 생각을 하며 고심하고 있었다. 엘비나는 그들의 말에 자료를 검색하기 시작했지만 베타계에서 최고의 시스템이라는 그녀조차도 루드웨어의 행동 패턴을 예측하지 못하고 있었다.

"저의 데이터로는 그의 행동을 예측하는 것은 불가능하다고 나와 있습니다."

"음… 엘비나까지 판별을 못한다니… 조금 난해한 인물이군."

하지만 부울스는 고개를 손가락을 저으며 말했다.

"하지만 그의 행동을 예측할 수 있는 방법이 없는 것은 아니야."

"호오! 황소 머리에서 오래간만에 좋은 생각이라도 나왔나 보지?"

"흥! 너의 그 정체를 알 수 없는 얼굴보다 백배 낫다."

"하하하! 미안하다. 그래, 행동을 예측할 수 있다니, 그게 뭐지?"

"우리가 녀석들의 행동을 알 수는 없지만 녀석의 행동은 끌어낼 수 있다고 생각해."

"그건 또 무슨 말이야?"

"생각을 해보라고, 루빈스키. 네 녀석의 앞에 내가 절세미녀를 데려다 놓으면 어떻게 하겠어?"

"그야 그 여인에게 접근하겠지."

"바로 그거야!"

"아!"

그제야 부울스가 이야기하는 바를 이해한 루빈스키는 손바닥을 치고는 엄지를 들어 보이며 말했다.

"좋아! 좋아!"

"그렇다면 이번 일은 라르도에게 맡기는 것이 나을 것이라 생각되는군, 루빈스키."

"귀찮은 일을 부울스가 떠맡는다면야 나야 좋지."

"그럼 오늘 무황성 회의는 여기서 마치기로 하지. 엘비나."

"예."

"회의가 끝났으니 하는 말인데 무황성에서 맨날 일만 하지 말고 가끔 놀러 오라고. 무림맹의 휴양지에 좋은 곳을 찍어놓았으니까 말이야."

"후후… 알겠습니다, 라르도님."

"아야! 내 딸한테 너무 정 주지 말라고!"

"흥! 딸에게 흑심을 품는 변태 중년!"

"헉!"

괜히 한마디 했다가 일침을 맞은 루빈스키였다.

한편 진천명과 홍련칠화들을 만나기 위해 불괴성에서 방향을 급선회한 루드웨어 일행은 장안으로 향하고 있었다.

게으른 로노와르를 위해 루드웨어는 화려한 팔두마차를 빌려서는 편하게 여행을 하니·그동안 야숙으로 쌓였던 피로를 풀고 있는 세 사람이었다.

"휴… 역시 넓은 중원은 마차 여행이 제격인 것 같아."

루드웨어의 허벅지에 머리를 기댄 로노와르는 마음이 편한 듯 하늘로 손을 뻗으며 만족한 미소를 지으며 중얼거렸다.

"출산 후유증에 시달리는 드래곤 마누라에게 이 정도의 배려는 당연히 해줘야지. 후후."

"앙! 루드웨어, 너무 멋져!"

신혼 기분을 내는 두 사람을 보며 유리마는 외로운 남자의 눈물을 흘릴 뿐이었다.

"그나저나 자네가 말하는 아이들이 제대로 된 정보를 수집했을까?"

"음… 진천명은 강호오룡에 속한 인물이니만큼 그 능력은 인정받았고, 로노와르가 끌고 다니던 여섯 아이들도 다부진 것이 괜찮을 것 같은데. 왜?"

"휴, 엘비나의 방해 공작이 있지 않을까 걱정이 돼서 말이야."

"엘비나?"

루드웨어는 처음 듣는 이야기였기에 되물어볼 수밖에 없었다.

"루빈스키가 만든 베타계 최고의 지능을 가진 녀석이지."

"응?"

"네 녀석 수천 명이 모인 것보다 더 똑똑한 녀석인데, 중원의 거의 모든 일은 엘비나의 눈에서 벗어날 수 없다고 할 수 있지."

"오오! 그런 것이 있었단 말이야?"

"그래. 그러니 남만으로 향하고 오가던 우리들의 종적을 정확하게 파악할 수 있었던 거라고."

상당히 재밌는 소재를 발견한 루드웨어는 엘비나가 어떤 녀석일까 기대하지 않을 수 없었다.

"그나저나 루카스가 괜찮을지 모르겠네?"

유리마의 말에 루카스의 위치도 들킨 것이 아닐까 걱정이 되는 로노 와르는 그를 보며 불안한 얼굴로 물었다.

"그건 걱정할 것 없다고 본다. 루빈스키가 엘비나를 만들 때 공중에 띄워놓는 위성을 하나 더 만들어야 했는데 귀찮다고 만들지 않았지. 뭐, 그것이 없더라도 중원 전체를 살피는 것은 어렵지 않지만. 하지만 남만 같이 밀림과 함께 수많은 생명체가 도사리고 있는 곳은 위성이 없는 한 정확한 위치 파악은 어려울 수밖에 없으니 루카스는 안전할 거야."

"루빈스키의 게으름이 로노와르의 수준만 됐어도 엘비나는 만들어 지지도 않았을 텐데… 아깝다."

"이지공(二指功)!"

루드웨어의 한마디에 그녀는 망설이지 않은 채 이지공을 날렸고 기 습으로 인해 그는 두 눈에서 시뻘건 피를 흘릴 수밖에 없었다.

"그렇다면 불괴성에 진입했을 때 우리의 위치는 완전히 드러났다는 것이군."

"그렇지. 아마 지금도 우리를 관찰하고 있을걸?"

그 말에 눈에서 피를 흘리던 루드웨어는 마차의 창문으로 고개를 내밀더니 숨을 한번 크게 들이쉬고는 엄청나게 큰 목소리로 소릴 질렀다.

"엘비나! 내 목소리가 들리면 잠깐 얼굴이나 보자!"

"끅!"

이 목소리는 루드웨어가 산꼭대기에서 신들에게 신계 좌표를 가르쳐 달라고 했을 때의 상황과 다를 바 없었으니, 마차 안에 있던 사람들은 고막을 찢어버릴 듯한 그의 음성에 귀를 막을 수밖에 없었다.

마차를 모는 마부는 보통의 인간이었지만 루드웨어가 미리 사일런스 마법을 걸었기에 목숨은 부지할 수 있었다.

루드웨어는 두어 번 같은 소리를 지르다가 로노와르의 분노의 일침에 엉덩이를 당하고는 마차 안으로 들어올 수밖에 없었다.

"그런다고 나올 리가 없잖아!"

"휴… 신들은 나와줬는데."

역시나 루드웨어였다.

14장 루드웨어의 대위기

팔두마차를 타고 여유롭게 장안으로 향하는 루드웨어의 일행. 여기 그런 그들을 바라보고 있는 의문의 무리들이 있었다.

십이지에 해당하는 동물들의 가면을 쓰고 있는 열두 명의 인물들. 다만 그중에서 쥐의 가면을 쓰고 있는 인물만이 맨 뒤에서 무거운 짐을 지고 있었으니 척 봐도 가장 직급이 낮은 인물이라는 것을 알 수 있었다.

"과연 부울스님께서 말씀하신 대로군."

소의 가면을 쓰고 있는 자는 팔짱을 낀 채 거만한 자세로 달려가는 마차를 보며 중얼거리고 있었다. 이들이 바로 부울스의 친위 무사단인 십일지단(十一支團)이었다.

물론 십이지가 정답이기는 하지만, 감히 세상에서 가장 훌륭한 짐승인 소의 머리 위로 올라탄 쥐새끼를 용납 못하는 부울스는 쥐에 해당하는 자에게 현재 자신 몸의 수배는 됨 직한 큰 짐 등 모두의 짐꾼 역할을 맡게 했다.

역시나 소 가면을 쓴 자가 십일지단의 단주. 놀랍게도 중얼거리는 음성은 가냘픈 여인의 음성이었다.

여인의 몸으로 무황의 한 사람인 부울스의 친위 무사단의 단장을 맡았다고 하는 것은 크게 놀라운 일이라고 할 수 있었다.

"작전을 시작하시겠습니까?"

호랑이 가면을 쓴 자의 말에 그녀는 고개를 끄덕이고는 토끼와 뱀 가면의 무사를 가리키며 말했다.

"묘아(卯兒), 사랑(蛇琅)."

"예, 단장님."

"가라! 가서 저 셋을 흩어놓도록 하여라."

"알겠습니다!"

단장의 말에 큰 소리로 대답한 둘은 푸른빛과 함께 사라져 버렸다. 이들 역시 마법을 사용할 수 있다는 것을 알 수 있었다.

자신들에게 이러한 위험이 밀려오고 있다는 것도 모른 채 루드웨어 일행은 막간을 이용해서 가볍게 한판을 벌이고 있었으니…

"헉! 말도 안 돼. 흑흑흑."

루드웨어는 닭 똥 같은 눈물을 흘리며 머리를 박고 있었고 로노와르는 남편의 뒤통수를 밟고는 간드러진 웃음소리를 내고 있었다.

"호호호! 승부의 세계는 냉정한 거예요. 호호호!"

"……"

두려움을 느끼는 유리마였으나 현재 그의 사정 역시 좋지 않았다.

술과 잔이 놓여져 있는 쟁반을 머리 위로 올리고 있는 그는 왼손으로는 스프링 윈드(봄바람) 마법을 사용해서 로노와르에게 보내주고 있었다.

"호호호, 승자의 기쁨."

"루드웨어… 그래서 이 게임은 안 된다고 했잖아."

이제는 그녀의 발등을 핥으며 변태적인 모습을 취하고 있는 루드웨어 역시 유리마의 말에 동감을 표시할 수밖에 없었으니, 그들이 하고 있던 게임은 바로 묵찌빠였다.

보통 인간이 지니는 안력의 수배, 아니, 수십 배에 달하는 이들의 묵찌빠는 당연히 피가 튈 수밖에 없는 전쟁이었는데, 일단은 드래곤의 몸으로 기본적인 신체가 뛰어난 로노와르는 내력을 돋우지 않은 상태에서도 누구보다 뛰어난 이였기에 쉽게 묵찌빠의 승자인 왕이 될 수 있었던 것이다.

이런고로 왕의 명령에 따를 수밖에 없었던 두 사람은 조금은 비참한 꼴이 되어버리고 말았다.

하지만 이런 일은 그리 오래가지 않았는데, 잘 나가던 마차가 갑자기 급정거를 했기 때문이다.

이히힝!

쿵!

"윽!"

갑작스런 급정거에 앞으로 자빠질 수밖에 없었으니 루드웨어는 마차로 이런 급정거가 가능한 마부의 신기에 가까운 솜씨에 자지러질 뿐이었다.

"무슨 일인가?"

가장 먼저 정신을 차린 유리마가 마차를 나와서 마부를 보며 묻자

50세 정도의 마부는 앞을 가리키더니 말했다.

"갑자기 저기 두 여인이 마차의 앞을 가로막아서……."

그 말에 유리마는 마차를 가로막은 여인들을 살펴보았는데 두 사람은 서로 죽일 듯이 노려보고 있었다.

"응?"

두 여인이 왜 상대방을 노려보고 있는지 영문을 알 수 없는 유리마였지만, 일단은 세상에서 제일 재밌는 것이 싸움 구경과 불 구경이라는 명언대로 지켜보았다.

청의를 입고 얇은 눈썹이 매끄럽게 뻗어 있는 여인은 백옥과도 같은 하얀 손을 들어서는 상대 여인을 가리키며 소리쳤다.

"호박!"

"메주!"

역시나 상대방에 있는 홍의미녀도 지지 않고 한마디를 내뱉으니 두 사람은 한참 동안 언쟁을 하다가 이제는 서로의 머리끄덩이를 잡고 다투었다. 그 모습에 유리마는 한숨을 쉬며 말했다.

"저기… 아가씨들, 마차가 지나가야 하니 잠시 비켜주시지 않겠습니까?"

유리마가 싸우고 있는 그녀들에게 가서 정중하게 말하자, 순간 그녀들은 싸우는 것을 멈추고 그를 노려보더니 소리쳤다.

"잘됐어요!"

"당신, 말해 주세요! 우리 둘 중에 누가 더 예쁘죠?"

"에?"

그녀들의 말에 유리마는 황당하지 않을 수 없었다.

잠시 마차가 지나갈 수 있는 길을 만들어달라고 말했을 뿐인데 한순간에 두 사람의 언쟁에 자신이 끼어들게 되었기 때문이다.

역시나 싸움은 남자 문제였다.

두 여인은 쌍둥이 자매인데 똑같은 남자를 사랑하게 되었다고 한다.

어느 한 사람이 그 남자를 포기하려 하지 않으니 두 사람이 서로 싸우게 된 것이었고, 자신들이 더 미인이라며 이제는 주먹까지 오고 가게 되었던 것이다.

그녀들의 부탁에 유리마는 어느 쪽이 예쁜지 대충 말해 주자고 생각하고는 뚫어지게 쳐다보았는데, 애석하게도 두 사람의 우열을 가리기가 어려웠다. 일단 쌍둥이인데다가 각자 독특한 매력을 가지고 있었기 때문이다.

"휴우~"

한숨밖에 나오지 않는 그였다. 그때 마차에서 루드웨어가 천천히 나오더니 이유를 물었다.

"도대체 무슨 일이야?"

"그게 말이지……."

유리마는 자신의 능력으로 처리할 수 없는 문제라 그에게 상세한 이야기를 해주었다.

모든 이야기를 들은 루드웨어는 고개를 끄덕이고는 한참 두 여인을 쳐다보다가 물어보았다.

"정말 어느 쪽이 더 예쁜지 알고 싶은가?"

"예."

이구동성으로 대답하는 그녀들을 보며 회심의 미소를 지은 루드웨어는 마차를 가리키며 말했다.

"너희 둘에 비하면 로노와르가 백배 더 미인이지. 푸하하하!"

"……."

팔불출 루드웨어였다.

"누가 언니야?"

그 말에 홍의를 입은 여인이 손을 들었는데, 그것을 본 루드웨어는 그녀를 가리키며 말했다.

"니가 더 예뻐. 이상!"

"뭐예요!"

루드웨어의 말에 승복할 수 없다는 듯이 청의의 여인은 크게 소리를 지르며 따지고는 루드웨어의 바짓가랑이를 잡고 늘어지기 시작했다.

"예쁜 쪽을 선택해 달라고 했잖아?"

"단순히 언니라는 이유만으로 그렇게 선택을 하신 거잖아요! 전 승복할 수 없어요."

"그래? 그럼 다시 결정을 보는 좋은 수가 있는데 따르겠느냐?"

"예."

다시 결정한다는 말에 청의를 입은 여인은 반드시 하겠다는 표정을 지으며 말했다.

"네가 사는 곳이 여기서 얼마나 되느냐?"

"이 서쪽으로 오 리 정도 가면 있어요."

"되었다. 넌 그곳에 가서 맨 처음 보이는 건물로 들어가 둘 중 누가 미인인지 가려달라 부탁하거라."

"예?"

청의의 여인이 이해하지 못한 표정을 짓자 루드웨어는 품에서 잽싸게 합죽선을 꺼내서는 쫙 펴더니 하늘을 보며 말했다.

"본인은 멀리 강남에서 점술사인 신점수사(神占秀士)라 한다. 내 오늘 이곳에서 너희들이 서로를 보고 다투는 것을 불쌍히 여겨 백만금을 줘도 보기 어려운 점을 쳐주었으니 모든 일은 그곳에 가면 알게 되리라. 허허허."

그 말과 함께 가볍게 주문을 외우자 발 밑으로 서서히 안개가 퍼져 나가기 시작했다.

"감사합니다, 복술사님."

여인들은 그 모습을 보고 크게 탄복해서는 인사를 하고 물러서니 드디어 마차가 지날 수 있는 길이 뚫렸다.

"허허허."

"…사기꾼."

"어쨌든 귀찮은 아이들은 쫓아보냈잖아."

루드웨어의 말대로 일단 쫓아내기는 쫓아낸지라 할 말이 없는 유리마는 마차에 올랐다.

한편 그의 말을 듣고 돌아선 여인들은 숲 한쪽에서 이를 갈고 있었다.

"치! 쫓아낼 수밖에 없게 만드는군."

"보통의 여인으로 변장을 했으니 그 정도에 물러서지 않는다면 의심을 받았을 거예요."

홍의여인은 청의여인이 크게 분해하는 모습을 보이자 어쩔 수 없다는 듯 말했다.

"그나저나 정말 상대하기 힘든 인물이로군."

"예, 예측을 할 수 없는 인간인 것 같아요."

두 여인은 바로 토끼와 뱀 가면의 주인공이었다.

이곳에서 루드웨어와 유리마를 잡고 어느 정도 시간을 끌어서 다음

작전으로 넘어가는 것이 그들의 임무였는데, 루드웨어의 말솜씨에 넘어간지라 어쩔 수 없이 물러설 수밖에 없었던 것이다.

이 일을 자세히 설명하자면 말도 안 되는 이유로 한쪽의 손을 들어주고 분명 다른 한쪽은 수긍하지 못하게 만든다. 이렇게 해서 자신들은 두 사람을 평가할 능력이 없다는 것을 은연중에 알리며 다른 이들을 소개해 줌으로써 상황을 쉽게 빠져나간 것이니 루드웨어의 사기 기술이 한층 돋보인 일이라 할 수 있었다.

유리마는 그런 루드웨어를 보며 저 녀석은 절대로 믿지 말아야겠다는 생각을 굳히고 있었다.

"역시 나의 미모에는 대항할 자가 없다니까. 후후."

"당연하지. 세상에서 제일 예쁜 사람은 로노와르라니까."

"흉."

루드웨어는 절대 자신의 친구가 아니라고 스스로 위로하는 유리마였다.

로노와르와 루드웨어가 복창 터지는 유리마의 앞에서 열심히 놀고 있을 때 마차는 객잔에 도착했다.

이미 날이 저물어가고 있었기에 일행들은 그곳에서 머물기로 하고 안으로 들어섰다.

객잔 안에는 꽤 많은 사람들이 있었다.

그중 삿갓을 쓰고 있는 일단의 무사들의 무리들은 척 봐도 수상한 티가 드러나고 있는 자들이었기에 루드웨어 일행은 그들을 조금 경계하면서 자리에 앉았다.

[오무황의 무사들일까?]

[일단은 경계하는 것이 좋을 것 같군.]

전음을 날리며 몇 가지 의견을 나눈 일행들이었다.

"무엇을 드시겠습니까?"

"이 집에서 가장 자신있는 것이 뭔가?"

"헤헤헤, 잉어 찜과 탕수육입니다요."

"그것과 함께 금존청 한 항아리."

"예, 잠시만 기다리십시오."

유리마는 주문을 마치고는 점원이 가져다 준 차를 마시고 있었는데 그때 그의 옆에 있던 거한이 자리에서 일어나더니 갑자기 그가 앉아 있던 의자를 발로 차버렸다.

쿵!

의자 다리가 부서지며 유리마가 뒤로 넘어지는 것과 동시에 거한이 큰 주먹을 들어서 그대로 그의 안면을 후려쳐 버렸다.

"끄윽!"

갑작스런 안면 공격에 당한 유리마는 그 힘이 얼마나 강했던지 바닥이 부서지며 땅속에 박혀 버리고 말았다.

"이 자식이! 감히 누구한테 욕지거리야!"

거한은 아무 짓도 안 한 유리마에게 일권을 먹였음에도 오히려 호통을 치고 있었으니 유리마가 쓰러지는 것을 본 루드웨어는 자리에서 일어나서는 소리쳤다.

"무슨 짓이냐!"

"오라, 네 녀석도 이 호로새끼와 같은 편이렷다!"

거한은 그의 호통에 욕을 하면서 다가서니 루드웨어는 녀석과 싸우기 위해 앞으로 걸음을 옮기려 했다.

"응?"

"끄아악!!"

그 순간 루드웨어를 상대하기 위해 다가서던 거한의 몸이 갑자기 앞으로 무너졌는데, 그와 함께 누군가가 바닥에서 몸을 일으켰다.

"유리마!"

쓰러졌던 유리마가 거한의 오른발을 잡아챘던 것이다.

갑작스런 일격에 당했지만 내공을 사용하여 몸을 보호한 덕에 얼굴이 약간 빨개졌을 뿐 아무런 문제가 없었다. 하지만 상처가 있고 없고를 떠나서 갑작스런 공격에 화가 날 수밖에 없는 그였으니 거한을 보며 차갑게 입을 열었다.

"감히 누구에게 주먹질이야!"

말이 끝남과 동시에 머리채를 움켜잡아 녀석을 일으킨 유리마는 녀석의 복부를 발로 차버렸다.

"끄억!"

복부에 일격을 당한 그는 엄청난 힘에 날려가 그대로 객잔의 벽을 부수고 나가떨어져 버렸다.

유리마에 의해 그가 날아가 버리자 그들의 옆에 있던 여덟 명의 거한들이 자리에서 벌떡 일어나며 소리쳤다.

"감히 거령문의 제자에게 손을 대다니 살려두지 않겠다!"

"거령문!"

거령문은 하남에서 크게 이름을 떨치고 있는 문파 중 하나로 양강무공을 쓰는 문파였다. 문파 대부분의 제자가 육 척이 넘는 거한들로 상당히 패도적인 무공의 문파였다. 또한 대부분이 무관으로 진출하여 관과도 연이 있는 문파였다.

이런 이유로 그들의 행위가 조금은 안하무인격인 일이 많은 데다가 나쁜 소문이 많았지만 관을 두려워하여 거령문의 지역에선 그들을 건드리는 자가 없었다.

"거령문이라… 하남의 쥐새끼들이로군!"

"이 자식이!"

"날 화나게 한 대가는 배로 치르게 해주마."

유리마는 녀석들을 보며 살기 어린 미소를 짓고는 앞으로 걸음을 옮기니 순간 엄청난 기도가 뿜어져 나오기 시작했다.

"헉!"

거령문이 하남에서 이름을 날리고는 있다고 하지만 관과의 연줄 때문인지 무공 자체로만 본다면 외공을 익히는 이류문파에 지나지 않았다. 그런 녀석들이 강호에서 최상급의 고수에 속하는 유리마에게 시비를 걸었으니 결과는 뻔한 일이라고 할 수 있을 것이다.

단순히 기도만을 내뿜었는데도 거령문의 제자들은 크게 두려움에 떨며 뒤로 물러서기 시작했다.

"무엇 때문에 이리 경거망동이냐!"

그때 문이 열리면서 한 남자가 들어와 소리치자 그 모습을 본 거령문의 제자들은 크게 놀랐다.

"문주님!"

유리마는 이 겁도 없는 자들의 문주가 누구인지 보기 위해 뒤로 돌아섰다.

"음… 조금 크군."

유리마 역시 작은 키는 아니지만 거령문의 문주란 자는 큰 정도를 벗어나 있었다. 그의 눈은 겨우 녀석의 가슴에도 미치지 못하고 있었기 때문이다.

허리를 숙인 자세에서 거대한 근육이 꿈틀꿈틀거리는 그는 족히 팔척은 넘어설 정도였다. 사찰에서나 볼 수 있는 사천인왕상의 모습이라고 해도 과언이 아닐 그는 유리마에게는 아랑곳없이 자신들의 문도들을 살기 어린 눈으로 노려보고는 유리마에게 나가떨어진 녀석을 가리키며 말했다.

"이 자식은 어찌 된 일이냐?"

"그것이……."

문주의 말에 말을 더듬던 그들은 유리마를 가리키며 말했다.

"이자와 잠시 시비가 있었습니다."

"응?"

그 말에 고개를 숙인 그는 그제야 유리마를 볼 수 있었으니 뽑고 있는 기도를 느낀 그는 가볍게 포권을 취하며 말했다.

"본인은 거령문의 문주 하후패(夏候覇)라 하오이다. 무슨 일로 저희 문도들과 문제가 있었는지 모르지만 이쯤에서 이 일을 끝내도록 합시다."

그로서는 화가 나는 일이었지만 오무황과의 일도 있어 일을 크게 벌이고 싶지 않은 생각에 노기를 가라앉히며 말했다.

"묵립이라 하오. 본인도 일이 크게 되는 것은 원치 않으니 거령문의 문주의 말을 따르도록 하겠소이다."

"하하하, 고맙소이다. 내 이번 일을 사죄하는 뜻에서 한잔을 사고 싶은데 묵 대협께서는 어떻소이까?"

"하 문주가 아니라 제가 한잔을 대접해야 도리이겠지요."

"하후가 성이외다."

"하후 문주……."

"하하하!"

잠시 떠나던 유리마였다.

그의 실수를 크게 웃으며 무마하는 하후패였으니, 호탕한 하후 문주를 보며 유리마 역시 마음에 들었다.

"하하하. 자, 이쪽으로 오시지요."

하후패는 묵립을 자리로 안내하고는 점원을 향해 소리쳤다.

"여기 술 열 항아리를 가져오도록 해라!"

"예예."

하후패의 말에 크게 겁에 질린 점원은 떨리는 목소리로 대답하고는 급히 뛰어가니 하후패는 이미 거령문의 문도가 받아온 술을 유리마의 잔에 따라주고는 말했다.

"하하하! 오랜만에 마음이 드는 사람을 보게 되었소이다. 자, 한 잔 받도록 하시지요."

"고맙소이다."

거령문의 문도들은 보기에도 기가 질릴 정도의 잔으로 마시고 있었다.

보통 사발의 네다섯 배 정도 되는 잔이었는데, 하후패는 그 잔에 술을 가득 따라서는 건네주고, 자신은 근처에 있는 다른 술 항아리를 들고는 말했다.

"자, 한 잔 드십시다."

그 말과 함께 거대한 항아리의 술을 그대로 들이키니 유리마로선 그의 모습에 황당함을 느낄 수밖에 없었다. 하지만 계속 질려 있을 수는 없는지라 그가 따라준 술을 들어서는 들이키기 시작했다. 한 잔의 술이 그의 뱃속의 잔에 있는 술이 워낙 많은지라 자신의 뱃속에 들어갈 수 있는 양의 두 배는 되는 듯했다.

하지만 하후패에게 질 수는 없는지라 그 많던 술을 한 번에 다 마셔 버리니 순식간에 유리마의 배는 통통하게 불러졌다.

한 항아리의 술을 다 마신 하후 문주는 보통 사람이면 반도 채 못 비울 술을 다 마셔 버리는 그를 보며 호탕하게 웃음을 터뜨리고는 말했다.

"좋아! 좋아! 내 사람을 잘못 보지는 않았구려!"

그 이후로 하후패와 유리마는 술잔을 나누며 시간을 보내니 다음날 아침까지 그 술자리는 이어졌다. 오기 때문인지 두 사람은 술에 거나하게 취했음에도 어느 한 사람 먼저 물러설 생각을 하지 않고 있었다.

"휴~"

루드웨어는 두 사람의 모습을 보며 한숨을 쉴 수밖에 없었지만 뭐, 유리마의 의외의 모습을 본 것으로 만족하자는 생각을 하며 로노와르와 함께 아침 식사를 하려고 했다. 그때였다.

"큰일 났어요!"

아침을 먹으려는데 객잔으로 한 소년이 놀란 얼굴로 뛰어 들어와서는 소리쳤다. 그 모습에 점원이 와서 물었다.

"무슨 일이냐, 소백?"

"마을에 웬 무인들이 들어와서 사람들을 해치고 있어요!"

"뭐?!"

그 말에 점원은 크게 놀란 표정을 지었다.

"이런!"

하지만 점원의 힘으로 어찌 무인들을 상대할 수 있겠는가?

한참을 두리번거리던 그는 루드웨어를 발견하고는 한달음에 뛰어와 그의 무릎을 잡고 소리쳤다.

"아이고, 무사님! 제발 우리 마을을 구해주세요!"

"무슨 일인가?"

"마을에 무사들이 와서 사람들을 죽이고 있다 합니다요!"

루드웨어는 귀찮아서 움직이기가 싫었다.

하지만 유리마는 술에 만취가 되어 하후패란 자와 자빠져 있었고, 로노와르의 경우에는 수백 년을 자는 드래곤인지라 잠이 절대적으로 부족해 지금 깨웠다가는 객잔을 박살 낼 것이 분명한 일이었다.

"다른 이들에게 가보거라."

"아이고, 다른 사람이 어디 있다고 그러십니까?"

그 말에 고개를 돌려보니 아침을 먹으러 내려온 사람은 자신 한 사람밖에 없는지라 크게 한숨을 내쉴 수밖에 없었는데, 그때 점원이 그의 귀를 솔깃하게 만드는 말을 내뱉었다.

"무사님께서 마을을 구해주신다면 돈은 그다지 많이 드릴 수 없습니다만 최대한 대접해 드릴 테니 제발 부탁입니다."

"대접이라……"

루드웨어는 돈 정도에 움직이는 인물이 아니었다.

하지만… 먹을 것은 다르지 않은가?

무사라고 해봤자 작은 마을을 습격할 정도면 그리 강한 자들은 아닐 터, 잘해봤자 이름난 산적 패거리에 지나지 않을 테니 마음을 정하곤 그를 보며 말했다.

"알겠다. 그곳으로 안내하도록 하거라."

"아이고, 감사합니다."

점원은 그 말에 연신 절을 하며 감사함을 표시하고 있었는데, 놀랍게도 그런 그의 눈에는 회심의 눈빛이 은연중에 흘러나오고 있었다.

'크크크, 걸려들었구나.'

그의 장삼에선 한 개의 가면이 감추어져 있었으니 바로 쥐의 가면이었다.

소년의 안내를 받은 루드웨어는 싸움이 일고 있다는 곳에 도착했는데, 애석하게도 그가 도착했을 때는 이미 모든 일이 끝난 이후였다.

"으앙! 아버지!"

마을의 한편에 가슴에 큰 검상을 입고 쓰러져 있는 중년 남자를 보고는 소식을 알리러 왔던 소년은 크게 울음을 터뜨리며 뛰어갔다.

"음."

일이 이렇게 되자 그로선 할 일이 없는지라 마을을 돌아다니며 어떤 자가 한 일인지를 조사하기 시작했다.

"이상하군."

루드웨어는 마을에 죽어간 사람들을 보며 고개를 갸우뚱거릴 수밖에 없었는데, 마을 사람들의 표정이 한결같았기 때문이다. 물론 죽은 자의 표정이야 다 비슷하긴 하지만 극도의 공포에 사로잡힌 그런 모습을 보이고 있었기 때문이다.

이런 표정은 어린아이들의 시신까지 공통적인 것이었는데, 제대로 도망친 사람이라곤 자신에게 연락을 해온 그 소년밖에 없었다는 것도 조금 이상했다.

장정들까지도 도망가지 못하고 마을 안에서 죽임을 당했기 때문이다.

또 한 가지 이상한 점이라면 사람들 몸에 입은 상처는 여기저기 틀리기는 하지만 모두 같은 종류의 검상을 입고 죽었다는 것이다.

상처를 파악하니 단 한 명의 무인이 이런 일을 벌였다는 것을 알 수 있었다.

'한 명이다.'

한참을 살펴본 그는 마을 사람들을 죽인 흉수가 무공이 뛰어난 한 명의 무사라는 것을 알게 되어 소년에게 물어보려고 했는데, 그 순간 등에서 강한 통증이 밀려왔다.

"끅!"

깜짝 놀란 그는 급히 몸을 날려 목숨을 건질 수 있었지만 등에 치명상을 입었다.

"너… 넌!!"

"크크크… 어리석구나."

그의 뒤에서 검을 찌른 자는 바로 안내한 소년이었던 것이다.

'속았다.'

그제야 자신이 속았다는 것을 깨달은 루드웨어는 노기를 참지 못하고 그에게 파이어 볼을 날렸다.

"파이어 볼!!"

하지만 놀랍게도 그의 마법은 시동어를 외쳤음에도 발휘되지 않으니 루드웨어로선 크게 당황하지 않을 수 없었다.

"헉! 어떻게 이런 일이……?"

"크크크, 네 녀석의 등에 꽂힌 검은 무황께서 내려주신 산공독(散功毒)이 묻어 있는 단검이다."

"콜록콜록! 산공독! 젠장!"

무림에서 통용되는 산공독이라면 그에게 아무런 효과가 없음은 당연하지만 무황이라는 작자가 준 것이라면 상황이 달랐다. 자유 생명체인 그들은 충분히 루드웨어에게 통할 수 있는 독을 구했을 것이기 때문이다.

다행히 워낙 강인한 신체인지라 루드웨어는 점차 몸에 퍼진 산공독이 해독되어 가고 있음을 알 수 있었지만, 아무리 빨라도 열 시진 안에는 완전 해독이 불가능했다.

또한 등에 꽂힌 검은 폐에까지 이르고 있었던지라 각혈을 하고 있었기에 빨리 외상을 치료하지 못한다면 폐에 피가 고여 죽음에 이르리라는 생각마저 들었다. 하지만 로노와르나 유리마는 자신이 이곳에 와 있다는 것을 모르는데다가 마나를 사용하여 알릴 수도 없었기에 큰 위기에 봉착했다 할 수 있었다.

"크크크."

자신을 살기 어린 눈으로 쳐다보는 루드웨어를 보며 웃어버린 그는 품에서 하나의 가면을 꺼내어 쓰니 양의 가면이었다.

"양의 탈을 쓴 늑대란 말이 딱 들어맞는 녀석이로군."

"하하하, 격찬이로세!"

그 말에 크게 기뻐하며 날뛰는 모습을 보며 할 말을 잃은 루드웨어였다.

"나야 이 마을의 녀석들과 조금 놀아줬으니 이제 다른 녀석들도 재미를 봐야겠지?"

회심의 미소로 한마디를 날린 그는 손가락을 가볍게 쳤는데, 그 순간 삿갓을 쓴 인물들이 마을 곳곳에서 모습을 드러내었다.

루드웨어로선 그들의 기를 전혀 느낄 수 없었기에 기를 숨기는 무엇인가를 가지고 있다는 것을 알 수 있었다.

"자, 그럼 이들과 오붓한 시간을 즐기도록 하게나."

양의 탈을 쓴 소년은 그 말과 함께 사라졌고, 삿갓의 무사들은 병장기를 뽑아 들고는 천천히 루드웨어에게 접근해 왔다. 내공을 상실한 루드웨어는 이제 단순한 검술만으로 그들과 대적할 수밖에 없었다.

"끄악!"

등으로 손을 뻗어 검을 뽑은 루드웨어는 한숨을 내쉬며 말했다.

"그나마 산공독이 있는 검이라도 두고 갔으니 다행이군."

말은 쉽게 하는 그였지만 현 상태는 상당히 심각한 상황이었다. 피가 멈출 생각을 않고 계속 흘러내리는 것으로 보아 산공독과 함께 다른 독도 포함되어 있다는 것을 안 루드웨어는 검을 들고는 소리쳤다.

"다 덤벼라!"

호기에 찬 말과는 달리 몸은 도망가고 있었다.

바보가 아닌 이상 이 상태에서 그들과 싸우는 것은 힘들다는 것을 알고 있는 그였다. 내공을 상실한 지금 할 수 있는 것이라곤 유운신법을 내력없이 발휘하는 정도였으니 아무리 무당제일의 신법인 유운신법이라 할지라도 내력이 없다면 보통 신법에도 상대가 되지 않았다. 루드웨어는 이내 삿갓의 무사들에게 포위되었다.

"우우……."

삿갓의 무사들은 루드웨어를 둘러싸더니 귀곡성을 내며 맴돌기 시작했기에 그것이 하나의 진법이라는 것을 알 수 있었다.

'귀곡요진(鬼哭妖陣)이군. 대사런 마군문(魔君門)의 진법이라…….'

상대가 펼치는 것이 귀곡요진이란 것은 알아챈 루드웨어는 등줄기에서 땀이 날 수밖에 없었다. 진법을 벗어나기 위해선 내공으로 몸을 보호해야 하는데 지금 루드웨어의 상태론 그럴 수가 없기 때문이었다.

귀곡성에 의해서 정신이 점차 무너지고 있는 그였다.

슈슈슉!

그때 그런 루드웨어의 상태를 알기라도 하는지 사방에서 네 명의 무사가 쇄도하며 검을 찔러왔다. 루드웨어는 녀석들의 검을 막은 후 사량발천근의 수법으로 그들의 검을 돌려 앞뒤로 공격해 오는 자들을 공격하게 만들었다.

내력이 없는 현재 정면으로 검을 막아설 수 없었기에 그가 할 수 있는 것이라곤 상대의 힘을 다른 방향으로 돌리는 이화접목류의 무공과 쾌검류의 무공 외에는 사용할 것이 없었다.

다행히 이번 공격은 어렵지 않게 피할 수는 있었지만 계속되는 귀곡성으로 인해 정신이 흐트러지고 있는 데다 등의 상처에선 계속 피가 흘러나오고 있었기에 무릎이 휘청거리고 있는 그였다.

"아!"

객잔의 방에서 잠자고 있던 로노와르는 갑자기 자리에서 벌떡 일어나서는 사방을 둘러보기 시작했다.

"응?"

하지만 주위에서 자신을 노리고 있는 이들이라곤 없는지라 고개를 갸우뚱거리고 있었으니 분명 뭔가 심상치 않은 기운을 느꼈기 때문이다.

"아, 또……."

또다시 심장에서 무엇인가 강한 박동이 느껴지니 로노와르는 크게 느끼는 바가 있어 옷을 챙겨 입고는 방에서 나왔다.

객잔의 일층에는 술에 취해 널브러진 유리마가 있었기에 그를 흔들어 깨웠다.

"유리마! 유리마!"

"으음… 무슨 일인데?"

"루드웨어 못 봤어?"

"루드웨어? 저기 앉아서 로노와르, 너랑 놀고 있었잖아."

어젯밤의 일이었다.

아직도 술에 취해 정신을 차리지 못하는 그였으니 크게 숨을 들이쉰 로노와르는 그의 머리에 손을 가져다 대고는 주문을 외웠다.

"스파크!"

"끼약!"

로노와르의 전격계 주문에 머리를 당한 유리마는 전기 고문에 당한 모습이 되어 허리를 뒤로 꺾으며 비명을 지르니 그제야 정신이 번쩍 들었다.

"헉헉… 무슨 일이야?"

머리는 사방으로 삐죽 섰지만 침착한 표정으로 로노와르를 보며 물어보는 유리마였다.

"이상해. 루드웨어가 없단 말이야."

"루드웨어라면 걱정할 것 없잖아? 그 녀석이 누구한테 당할 녀석도 아니고 말이야."

"그건 아는데… 이상하게 마음이 놓이지 않아."

"음."

로노와르의 말에 심상치 않을 수도 있다는 생각을 하는 그녀였다. 여자의 육감이란 것은 때론 눈에 보이는 사실보다 더 정확할 수도 있기 때문이다.

유리마는 로노와르의 느낌을 믿으며 객잔의 밖으로 나가려고 했는데, 그때 하후패가 어깨를 잡고는 객잔의 한쪽 벽으로 그를 집어 던졌다.

"헉!"

갑작스런 공격에 유리마는 크게 놀라긴 했지만 공중에서 신형을 바로잡고는 안전하게 착지할 수 있었다.

"하후 문주! 무슨 짓입니까!"

"크크크, 누가 하후 문주란 말인가?"

"응?"

자신을 집어 던진 그를 향해 크게 소리를 질렀는데, 그가 호랑이 가면을 쓰고는 하후 문주가 아니라고 말하니 어찌 놀라지 않을 수 있겠는가?

"설마… 당신도 오무황의 졸개였단 말이오?"

"크하하하, 난 십일지단의 전사 호패아(虎覇兒)라 한다!"

"십일지단?"

유리마는 이름이 조금 이상하긴 하지만 일단 적이라는 것을 알 수 있었기에 자세를 잡고 그를 공격하려고 했다.

"…난 호구냐!"

"헉!"

그때 뒤에서 한참을 바라보고 있던 로노와르는 자신은 취급도 안 해 주는 호패아를 보며 조금 자존심이 상했는지 한마디 하고는 그대로 일장을 내질렀다.

"네년은 내가 상대하마!"

호패아를 공격할 때 큰 목소리와 공기를 가르는 파공음이 들리니 놀란 로노와르는 급히 뒤로 몸을 날려 암기를 피했다.

로노와르를 향해 암기를 날린 이는 원숭이의 가면을 쓰고 있는 남자였다.

로노와르는 그의 가려진 소매로부터 독기가 흘러나오고 있는 것을 느낄 수 있었다.

"십일지단의 일원인 독원(毒猿)이라 한다. 크크크."

"휴… 오크보다 못한 녀석과 싸워야 한다니……!"

로노와르는 잠시 한숨을 내쉬고는 그를 보며 소리쳤다.

"유리마! 빨리 이 녀석들을 처리하고 루드웨어를 찾아보자!"

"알았어!"

유리마는 로노와르의 말에 대답을 하고는 천천히 자신의 앞에 있는 호패아를 바라보았다.

"음."

거대한 덩치의 호패아는 거령문의 문주이니만큼 어제 상대했던 보통의 문도들과는 크게 다른 듯했다.

'영안을 한번 사용해 볼까?'

창조주에게 받은 영안, 그것은 신비스러운 눈으로 상대의 모든 것을 꿰뚫어 보는 능력을 지니고 있었다.

기억 상실중에 걸린 후 그 능력이 크게 상실되기는 했지만 과거에 비해 십 분의 일 정도의 힘이라곤 해도 인간 성도는 충분히 꿰뚫이 볼 수 있다고 할 수 있었다.

영안을 발휘한 유리마는 자신의 앞에서 호탕하게 웃으며 승리를 자신하고 있는 호패아를 유심히 관찰하기 시작했는데, 머리 위에서 천천히 시선을 내리던 그는 한순간 행동을 멈추고는 크게 웃을 수밖에 없었다.

"푸하하하하!"

"응?"

호패아로선 갑자기 유리마가 미친 듯이 웃음을 터뜨리자 이상하게 생각할 수밖에 없었다.

"크크크… 8척이 넘는 키에… 크크… 아랫도리는 부실하기 짝이 없군."

"헉!"

그 순간 자신의 최대 약점이 들킨 것을 깨달은 호패아는 급히 고개를 내려 쳐다보았지만 역시나 바지에는 아무 이상이 없었기에 얼굴을 일그러뜨리며 소리쳤다.

"이 자식이 날 놀려!"

"하긴 그 덩치에 맞는 크기라면 보통 여인을 맞아들일 수도 없었겠지. 이해한다."

"이……!!"

더 이상 참을 수 없던 호패아는 주먹을 들어서는 유리마를 향해 내려쳤다.

"거령신권(巨嶺神拳)!"

호패아는 자신의 내공을 끌어올려 단 일 격에 끝내려는 듯 거령신권을 사용했다.

하지만 유리마는 호패아의 그런 주먹에 당할 자가 아니었으니 영안을 사용하여 거령신권의 기의 흐름을 살피고는 가볍게 몸을 날려 그의 기류를 따라 부드럽게 움직이는 신법을 사용했다.

"헉!"

유리마가 자신이 내지른 주먹의 기류를 따라 쇄도해 들어오자 호패아는 크게 놀라지 않을 수 없었다.

"철사장(鐵沙掌)!"

기류를 타고 빠르게 움직인 유리마는 철사장을 사용하여 복부에 암경을 내지르고는 가볍게 뒤로 물러섰다.

파바박!

유리마의 철사장에 의해 그의 단련된 복부에는 검은색의 손바닥 자국이 그려져 있었다.

"철사장에 암경이라……."

철사장은 특수한 수련을 통하여 익혀지는 장법이었고 암경은 내부의 장기를 파괴하는 일종의 기공이다. 강한 타격을 내부와 외부 동시에 받게 된 호패아는 말을 이을 수 없을 정도로 큰 부상을 입었지만 입술을 깨물며 고통을 참아내고 있었다.

"호오!"

그 정도의 타격이라면 내장이 크게 상했을 텐데도 서 있는 것을 보며 유리마는 크게 탐복하지 않을 수 없었다. 그때 자신 역시 몸에 큰 통증이 일어났다.

"큭!"

고통스러운 통증과 함께 기침을 하게 된 유리마는 손바닥에 피가 묻어 있는 것을 볼 수 있었으니 급히 자신의 혈도를 짚고는 맥을 살펴보기 시작했다.

"설마… 독?!"

"크크크, 어젯밤 네 녀석이 마신 술 중에는 오무황께서 마련해 주신 극독이 들어 있었지."

"이런!"

그와 함께 수십 개의 술 항아리를 비운 그였는지라 그중 하나에 독이 들어 있다는 것을 어찌 알 수 있었겠는가?

"큐즈!"

당황한 유리마는 마법을 사용하여 몸을 치료하려고 했지만 상당히 강력한 독인지 마법마저 먹히지 않고 있었다.

'녀석들이 마련해 준 독이라면… 쉽게 해독하지 못할 것은 분명할 터. 아무래도 상황이 좋지 않군.'

강력한 독이라도 시간이 있다면 충분히 풀 수는 있지만 지금은 적의 함정에 빠진 상태. 독이 밀어낼 정도의 시간적 여유가 없었기에 그로선 식은땀을 흘릴 수밖에 없었다.

"호패아! 네 녀석을 잠시 친구로 믿었던 것이 한스럽구나!"

"강호란 원래 그런 곳이 아니었는가?"

하지만 그 말을 끝으로 호패아는 큰 소리와 함께 땅으로 쓰러지고 말았으니 유리마에게 당한 철사장과 암경을 더 이상 견디지 못한 것이었다. 웬만한 무인이라도 즉사를 면하기 어려운 일격이었으니 이 정도 견딘 것도 놀랍다고 할 정도였다.

호패아가 쓰러지자 거령문의 문도들이 유리마의 주위로 모여들어서 회심의 미소를 지었다.

"크크크, 문주가 죽었으니 이제 네 녀석을 죽이는 자가 다음 문주가 되겠군."

"이거 고맙다고 해야 하나?"

"더러운 녀석들."

지신들의 문주가 쓰러졌음에도 단 한 사람 그를 보살피는 자 없이 다음 대 문주 자리를 차지하기 위해서 자신을 공격하려는 것을 보며 유리마는 욕을 안 할 수가 없었다.

독으로 장기가 크게 손상되기는 했지만 아직까지는 최소한의 내공으로 공격하는 암경을 사용할 수 있었기에 다행이라 할 수 있었다.

"죽여라!"

십여 명의 거령문 문도들이 한꺼번에 달려들자 유리마는 바닥을 차고는 후방으로 몸을 날렸다.

"헉!"

갑자기 유리마가 몸을 날리자 뒤에서 쇄도해 들어오던 녀석은 크게 당황할 수밖에 없었다.

"합!"

뒤통수를 향해 주먹을 지르던 녀석의 팔을 튕겨낸 유리마는 오른손을 머리 위로 크게 질렀다.

"끄악!!"

유리마의 일격은 정확히 등 뒤에 서 있던 적의 턱을 가격하여 턱뼈를 부숴 버렸다.

그를 쓰러뜨리며 포위망에서 벗어난 유리마는 몸을 날려 자신의 오른쪽에 있던 문도의 허리를 어깨치기로 가격했다.

"끄악!"

어깨치기에 당한 녀석은 그대로 옆으로 튕겨져 날아갔고, 원을 그리고 있던 녀석들은 마치 도미노 현상처럼 옆에 있던 동료에게 무너져 십여 명이 땅에 쓰러져 버렸다.

"비기 투경견타(透勁肩打)!"

순식간에 녀석들을 쓰러뜨린 유리마는 멋들어진 자세를 잡고 있었으니 그것이 바로 유리마가 자랑하는 또 하나의 수법인 투경이었다.

암경의 한 종류로 유리마만이 익히고 있는 이 수법은 타격자를 넘어서 공격할 수 있는 무공으로, 내력을 약간만 조종하면 이처럼 붙어 있는 자들 모두를 처리할 수 있는 기술이었다.

호패아를 비롯한 겨령문의 문도들을 모두 해치운 그는 로노와르를 도와주고는 싶었지만, 일단 자신의 몸속에 있는 독을 몰아내는 것이 우선이라는 생각이 들어 소리쳤다.

"로노와르! 아무래도 독에 중독된 듯하다! 원숭이 녀석을 처리하고 너 먼저 밖으로 나가 루드웨어를 찾도록 해라!"

"알았어!"

유리마의 외침에 고개를 끄덕이며 대답하는 그녀였지만 상황이 쉽지는 않았다. 원숭이처럼 사방으로 빠른 속도로 움직이며 암기를 날리고 있었기에 녀석에게 타격을 주기가 그리 쉽지 않았다.

"홍! 금강부동신법(金剛不動身法)!"

하지만 이런 경우를 대비한 소림사의 신법이 있었으니 금강부동신법의 자세를 취한 로노와르는 독원의 눈에서 사라져 버렸다.

"헉!"

상대가 사라지자 그는 크게 놀라서는 움직이던 것을 멈추고 말았다. 그 순간 그의 뒤에서 바람 소리가 들리며 로노와르의 모습이 나타났다.

"가소로운 원숭이 녀석!"

"원모침(猿毛針)!"

놀라는 독원의 등에 그녀는 한마디를 내뱉고는 그대로 일격을 날렸는데, 그 순간 독원의 몸에선 수백 개의 침이 뿜어지듯 날아와서는 사방으로 몰아쳤다.

"아!"

자신을 향해 수백 개의 침이 날아오자 로노와르는 놀라서 내지르던 장을 멈추고 몸을 가릴 수밖에 없었다.

파바박!

원모침은 순식간에 그녀의 몸을 고슴도치와 같은 모습으로 만들었다.

"크크크!"

자신의 일격이 성공하자 독원은 음흉한 웃음을 지으며 그대로 몸을 날려 소리쳤다.

"크하하하! 걸려들었구나!"

"칫!"

금강부동신법까지 썼건만 녀석의 암기에 당하자 로노와르는 조금 기분이 나쁠 수밖에 없었다. 다행히 장을 거두며 팔로 중요한 요혈을 방어했기에 치명상은 면할 수 있었다.

"원모침 하나하나에는 종류가 다른 각각의 독이 묻어 있지. 크크크, 보통의 해독약으로는 독을 해독조차 할 수 없을 것이다."

독원은 원모침에 당한 로노와르를 보며 자신의 승리를 예감하며 소리쳤는데, 이상하게도 그녀는 독에 당한 모습이 아니었다.

"바보 녀석! 차압!"

신체 기공을 불어넣은 그녀는 몸에 박혀 있는 독침들을 모두 밀어내고는 손가락을 내저으며 소리쳤다.

"아직 나에 대해서 모르는군! 난 존재하는 모든 원소를 가지고 있는 드래곤이다. 모든 원소에 대한 내성을 가지고 있는 내가 독에 중독될 리가 없지 않은가. 호호호호!"

애석하게도 로노와르는 베타계에서도 그 수가 열 마리도 되지 않는 생명체인 다원소 드래곤이었다. 그런 그녀에게 독이란 것은 몸에 흐르는 영양분과 같은 것이었다.

"헉!"

회심의 공격이 실패했다는 것을 깨달은 독원이 크게 놀라지 않을 수 없었으니 그 기회를 놓치지 않고 빠른 속도로 쇄도해 들어가서는 그대로 녀석의 이마에 일격을 가했다.

"나한격(羅漢擊)!"

"끄악!"

원모침 공격을 실패하여 당황한 독원은 그대로 나한격의 일격을 마빡에 당하고 말았으니 쓰러져 잠시 동안 꿈틀거리고는 절명하고 말았다.

"휴… 그나저나 여기저기 침 구멍이 뚫렸는데 혹시 곰보가 되는 게 아닐까? 앙~ 무서워!!"

피부 미용에 신경 쓰는 그녀는 잠시간 몸을 떨어야 했다.

한편 산공독에 중독당한 루드웨어는 큰 위기에 봉착해 있었으니 이미 수많은 공격에 온몸에는 검상들이 가득하여 혈인이 되어 있었다.

"끄윽!"

상당한 출혈이 있었기에 루드웨어는 심한 빈혈로 인해 이제 자신을 공격하는 삿갓의 무리들조차 보이지 않는 상태였지만, 들려오는 소리를 판단하여 몸을 피해 간신히 치명상은 면할 수가 있었다.

하지만 이 상태로 더 이상 버티는 것은 무리라고 할 수 있었으니 이미 무릎은 불쌍할 정도로 심하게 떨리고 있었다. 내력이 없는 그의 체력이 이제 얼마 남지 않았음을 말해 주고 있는 것이다.

'천하의 루드웨어가 이런 곳에서 죽임을 당하는구나……. 아! 로노와르, 미안하다……'

슈슈슉!

점점 희미해져 가는 감각에 루드웨어는 로노와르를 향한 작별의 인사를 날렸고, 그 순간 사방에서 십여 개의 검이 그의 온몸에 꽂혔다.

"끄윽!"

몸의 곳곳에 검이 꽂힌 루드웨어는 고개가 천천히 뒤로 젖혀져 갔다.

"로, 로노와르!!"

마지막 힘을 다하며 사랑하는 이의 이름을 외친 그였으니 그 절규에 가까운 음성은 하늘을 진동시키기 시작했다.

그의 죽음을 슬퍼하기라도 하는 듯 순식간에 낀 먹구름에선 굵은 빗방울을 대지에 뿌리기 시작했다. 그 모습을 보며 삿갓의 무사들은 자신들의 검을 뽑았다.

털썩!

몸에 꽂힌 검이 모두 뽑히자 더 이상 지탱할 것이 없어진 루드웨어의 몸은 그대로 땅으로 쓰러졌고, 비는 그런 그의 몸을 붉게 만든 피를 씻어 내리기 시작했다.

"살펴봐라."

"예."

삿갓의 무사들 중 대장인 듯한 자가 옆에 있는 부하를 보며 소리치자 그는 급히 루드웨어에게 다가가서는 잠시 몸을 살피고는 말했다.

"죽었습니다."

"음… 가자!"

대장의 말에 고개를 끄덕이며 대답을 한 삿갓의 무사들은 모두 사라지니 아무도 없는 벌판에는 루드웨어의 시신만이 홀로 남아 대지를 붉게 적시고 있었다.

"끄억!"

"로노와르?!"

간신히 독을 밀어낸 유리마는 로노와르와 같이 루드웨어를 찾기 위해 돌아다니고 있었는데, 갑자기 그녀가 각혈을 하니 크게 놀라지 않을 수 없었다.

"아……."

로노와르는 손에 묻은 피를 보고는 크게 놀란 표정을 지었다.

"리커버리!"

유리마는 급히 마법을 사용하여 그녀의 몸을 치료하기 시작했지만, 그녀의 몸에선 피가 멈출 생각을 하지 않았고 급기야는 칠공에서 피가 흘러내리기 시작하니 그로선 정신을 차릴 수가 없었다.

"도대체……."

"유리마… 신체가 무너지고 있어."

"신체가 무너지다니?"

"루, 루드웨어가 죽었나 봐."

"헉!"

로노와르는 대리자의 심장을 통해 되살아난 인물이었다.

물론 이계에 와서 루드웨어는 대리자의 능력 중의 하나인 불로불사의 능력을 잃기는 했지만 그녀와 그의 몸이 연결되어 있는 것은 변함이 없었던 것이다.

이런 이유로 루드웨어가 죽임을 당하자 로노와르의 몸에 있는 대리자의 심장 역시 죽어가고 있었으니 그녀의 신체는 서서히 무너져 가기 시작한 것이다.

"말도 안 되는 소리!"

유리마는 급히 영안을 통해 그녀의 몸을 세세히 살피기 시작했는데, 그녀의 심장 부분에서 마나가 크게 새어 나가고 있는 것을 볼 수 있었다.

"이런!"

드래곤으로서 그동안 모아왔던 마나의 힘이 어느 정도 무너지는 몸을 버티게 하고 있었지만 계속 심장을 통해 마나가 흩어진다면 얼마 버티지 못해 죽음에 이를 것이라는 걸 알 수 있었다.

"젠장할! 어떻게 해야 하지. 으…….."

그 모습에 한참을 고민하던 유리마였지만 좀처럼 해결할 방도가 생각이 나지 않았는데 그때 중원의 의술 중에 하나가 떠올랐다.

"로노와르, 몸의 마나를 최소한으로 줄여라!"

"응?"

"빨리 시키는 대로 하라니까!"

"응."

유리마에게 무슨 생각이 있다는 것을 안 그녀는 급히 마나를 몸속으로 갈무리했는데, 그것을 확인한 그는 급히 그녀의 혈도를 짚기 시작했다.

"아!"

그리고 모든 것이 끝났을 때 로노와르는 잠들듯이 쓰러져서 숨을 멈추었다. 유리마는 그녀의 혈도를 짚어 가사 상태로 만들어 버린 것이다. 하지만 그 상태에서도 심장의 분열을 막을 수는 없었기에 마법의 주문을 외운 그는 천천히 그녀의 몸에 마법을 시전했다.

"프리즈!"

그 순간 엄청난 냉기가 그의 손에서 발현되기 시작하니 로노와르의 몸은 순식간에 꽁꽁 얼어버렸다. 신체가 얼어버리자 그녀의 심장에 대한 파열은 자연히 멈출 수밖에 없었고 얼어버린 그녀를 마법을 통해 들어 올린 채 그는 루드웨어를 찾기 시작했다.

'영안아! 제발… 제발!!'

유리마는 영안의 힘을 통해 사방을 뒤적이며 루드웨어를 찾기 시작했지만 기억 상실중으로 크게 힘이 약해진 능력인지라 그가 보이지 않고 있었다.

거기다가 하늘에선 비까지 내리고 있었기에 뿌옇게 변한 영상은 좀처럼 바로 잡혀지질 않고 있었으니 답답할 뿐이었다.

"젠장할! 아악!!"

답답함에 하늘을 보며 크게 고함을 지른 유리마는 그 자리에서 무릎을 꿇고는 오열을 했다. 그때 놀라운 것을 발견하게 되었다.

"아, 이건……."

하늘에선 비가 억수같이 쏟아져 내려오고 있었는데 그 빗물의 흘러내림 속에 선홍빛이 어른거리고 있었기 때문이다.

"피……."

그 색깔은 분명 피가 옅어진 것이라 생각한 유리마는 급히 빗물이 흘러내리는 쪽을 향해 몸을 날렸고, 얼마 지나지 않아 땅에 쓰러져 있는 사람을 발견할 수 있었다.

"루드웨어!"

유리마가 급히 그에게 달려들어 루드웨어를 살펴보았지만 온몸에 검상 자국이 가득한 그는 이미 숨이 멎어 있었다.

"젠장할! 리커버리!"

유리마는 급히 마법을 사용하여 그의 온몸에 나 있는 상처를 치료하기 시작했다. 리커버리 자체는 세포를 활성화하여 상처를 순식간에 치료하는 효과가 있었기에 죽었다고는 하지만 세포 자체가 완전히 죽어버린 것은 아니어서 흉측하게 나 있던 검상 자국들은 모두 사라지고 깨끗한 피부가 드러났다.

하지만 상처만이 치유됐을 뿐 그의 심장은 뛰지 않고 있었으니 동태가 된 로노와르를 땅에 내려놓은 그는 그의 심장에 손을 얹고는 마법의 주문을 외우기 시작했다.

"스파크! 끼약!"

스파크를 사용하여 녀석의 심장을 다시 뛰게 만들려고 했던 유리마였지만, 비 오는 날에 전격 계통의 마법은 감전 사고를 일으켜 잠시간 큰 충격을 받고는 쓰러질 수밖에 없었다.

"끄억… 젠장!"

급한 마음에 정신을 차리지 못한 자신의 머리를 한번 후려친 유리마는 이번에는 레비테이션을 사용하여 그의 몸을 띄워놓고는 다시금 주문을 외웠다.

"스파크!"

푸지직!

다행히 이번에는 감전 사고가 일어나지 않았지만 루드웨어의 몸은 좀처럼 살아날 기미를 보이지 않았다.

"이런 젠장!"

하지만 유리마는 작업을 멈추지 않았으니 아직 그의 몸이 죽었다고 보기에는 어렵기 때문이었다.

현재 루드웨어는 상당한 피를 흘리면서 몸에 있는 산공독의 대부분이 빠져나간 상태였다. 그런 이유로 숨은 끊어져 있었지만 광대한 마나를 가지고 있었던 몸이기에 아직 마나의 흐름은 희미하게 느껴지고 있었던 것이다.

인간의 몸은 심장이 멈추었다고 죽는 것이 아니었다. 심장이 멈추었다고 해도 기의 흐름이 계속된다면 소생의 가능성이 있다고 할 수 있었으니 보통 사람이라면 죽었을 시간에도 루드웨어는 워낙 많은 마나를 소유하고 있었던 터라 아직까지도 마나가 움직이고 있었던 것이다.

"제발 뛰어라, 이 빌어먹을 심장아! 스파크!"

마나가 움직이고 있는 것을 느끼며 유리마는 포기하지 않고 계속 스파크 마법을 사용하여 그를 자극했지만 좀처럼 뛸 생각을 하지 않는 심장이었기에 그의 눈에선 피눈물이 흘러내리고 있었다.

자신의 멍청함으로 친구를 죽였다는 원통함이 피눈물을 흘리게 하고 있었던 것이다.

"젠장, 이제는 네가 나를 떠나는구나."

잠시 후 유리마는 포기했는지 스파크 마법 사용하는 것을 멈추고는 고개를 숙이며 중얼거렸다.

다시 그를 만났을 때는 그렇게 기뻤던 것을, 이제 다시 헤어져야 한다는 생각에 아픈 마음을 감출 수가 없었다.

유리마는 천천히 옆에 있던 로노와르를 그의 옆에 뉘어주었다.

세계제일의 마법사와 그의 아내 다원소 드래곤은 이렇게 생을 마감하고 만 것이다.

"디그!"

억수같이 내리는 비를 맞으며 유리마는 두 사람이 묻을 무덤을 팠다.

무덤이 다 파여지자 레비테이션 마법을 사용하여 두 사람의 시체를 천천히 구덩이 밑으로 내려놓은 유리마는 눈물을 흘리며 흙을 덮을 수밖에 없었으니 축축해진 흙이 그의 얼굴에 흙탕물을 어리어 더럽혀질 때마다 서러운 눈물을 감출 수가 없었다.

"흑흑."

9월의 어느 날 슬퍼하는 하늘이 짙은 눈물을 흘릴 때 유리마의 친구인 루드웨어는 그 파란만장한 생을 마감했다.

"복수하고 말리라!"

하늘을 보며 피눈물을 흘리는 그는 분노 어린 눈빛으로 세 명의 자유 생명체에게 복수를 다짐했으니, 꽉 쥔 그의 주먹에선 피가 흘러내리고 있었다.

마지막으로 두 사람이 묻힌 무덤을 바라보며 유리마는 사라져 갔다.

하지만 한참 후에 그는 다시 돌아올 수밖에 없었다. 돌아가던 중 무슨 생각이 퍼뜩 들었기 때문이다.

'혹시 그 이유가 아닐까?'

다시 마법을 사용하여 두 사람의 시신을 다시 끌어낸 유리마였다. 흙투성이가 된 두 사람의 모습을 보며 깨끗하게 씻겨준 유리마는 먼저 로노와르를 보며 마법을 시전했다.

"다윙!"

해동 마법을 사용하여 얼렸던 로노와르의 몸을 녹인 유리마는 다시 스파크 마법을 사용하여 그녀의 심장에 자극을 주었다.

퉁… 퉁…….

로노와르의 심장은 다시 뛰기 시작했고 세포의 분열은 다시 시작됐다.

그것을 확인한 유리마는 급히 루드웨어의 몸으로 뛰어가서는 다시 한 번 스파크 마법을 시전했다.

"스파크!"

하지만 아직 스파크 마법으로도 그의 심장은 뛰지 않고 있었으니 다시 한 번 숨을 크게 들이쉰 그는 정신을 집중하고 시동어를 외쳤다.

"스파크!"

파지직! 퉁… 퉁…….

두 번째의 스파크 마법 이후 놀라운 일이 벌어졌다. 루드웨어의 심장이 다시 뛰기 시작한 것이다.

"크하하하! 성공이다!"

녀석이 다시 살아나는 것을 보며 유리마는 기쁨의 눈물을 흘리며 하늘을 향해 소리쳤으니 그의 노력에 박수를 보낼 뿐이었다.

유리마가 두 사람을 묻고 돌아갔다가 다시 돌아와 시도를 한 것은 바로 루드웨어와 로노와르의 미묘한 관계 때문이었다.

두 사람의 다른 개체라고는 하지만 생명은 하나로 연결되어 있는 이들이었다. 루드웨어가 죽으면 로노와르도 죽고 그녀가 죽으면 그 역시 죽는 관계였기 때문이다.

처음 유리마는 로노와르의 신체가 붕괴되는 것을 보며 루드웨어의 죽음을 짐작하고는 급히 냉동 마법을 사용하여 가사 상태로 만들었고, 그 다음에 죽어가고 있는 그를 만나게 된 것이다.

하지만 그의 가장 큰 실수는 루드웨어에게 응급조치를 할 때 로노와르의 가사 상태를 풀지 않았다는 것이다. 가사 상태라고는 하지만 역시나 죽은 상태이니 루드웨어가 깨어날 턱이 없었던 것이다.

그런 것을 생각하지 못한 채 계속된 노력에도 살아나지 않는 그를 보며 땅에 묻었던 것인데, 슬퍼하며 루드웨어의 과거를 생각하던 유리마는 퍼뜩 두 사람의 관계가 생각난 것이다.

그래서 다시 무덤으로 돌아온 그는 먼저 가사 상태에 있는 로노와르를 다시 되살려놓은 것이다.

일단은 숨이 끊어지기 전, 즉 신체가 완전히 붕괴하기 전에 그녀를 얼려놓았기 때문에 아직 완전히 죽은 것은 아닌지라 그녀는 다시 살아났고, 그 이후 루드웨어에게 스파크 마법을 사용하니 그제야 마법의 위력이 먹혀 들어갔던 것이다.

참으로 다루기 힘든 부부였지만 역시나 그만큼 노력의 결과를 얻은 유리마였다.

하지만 살렸다고 끝난 것이 아니었다. 현재 루드웨어는 신체의 피가 많이 모자른 상태였기 때문에 그에 몸과 로노와르의 붕괴되고 있는 몸에 계속적으로 마법을 사용하여 신체 활동을 활성화하는 마법을 걸어야 했기 때문이다.

두 사람을 한곳에 눕혀놓은 유리마는 계속 치료계 마법을 시전했으니 참으로 눈물겨운 노력이라 할 수 있었다.

그러기를 두 시진. 드디어 두 사람의 몸은 서서히 원상태로 회복되어 가기 시작하니 가장 먼저 눈을 뜨고 일어난 사람은 로노와르였다.

"음."

간신히 눈을 뜬 로노와르는 유리마가 힘겹게 마법을 거는 모습을 보고는 몸을 일으키더니 물었다.

"유리마, 여긴?"

"객잔에서 벗어난 들판이다."

"아, 그렇구나… 루드웨어는?"

유리마의 말에 겨우 상황을 이해한 로노와르는 옆에 루드웨어가 누워 있는 것을 보며 놀란 표정으로 다가가서는 얼굴을 만졌는데, 다행히 마나가 흐르고 있었기에 안도의 한숨을 내쉴 수 있었다.

"루드웨어는 괜찮을까?"

"지금의 상태로 봐서는 목숨을 건졌다고 할 수 있는데, 오랜 시간 동안 피가 흐르지 않았기 때문에 언제 일어날지는 모르겠어. 잘못하면 평생 이런 상태로 살아야 할지도."

"……."

유리마의 말에 로노와르는 아무 말도 할 수가 없었다.

천방지축으로 날뛰며 드래곤들을 괴롭히던 악의 상징 루드웨어가 평생 누워서 잠만 잔다는 말에 어찌 놀라지 않을 수 있겠는가.

"야이, 빌어먹은 인간아! 빨리 안 일어날래!"

평온한 얼굴로 잠자고 있듯 누워 있는 루드웨어를 보며 괜히 심술이 난 그녀는 그의 몸을 발로 차면서 소리쳤다.

"너 혼자 편하게 자는 게 어딨어! 난 이런 이상한 세상에 남겨놓고 말이야! 자려면 날 원래 세계로 보내달란 말이야! 빨리!!"

로노와르는 그를 마구 밟으며 소리치고 있었지만 두 눈에 눈물이 흐르는 것으로 보아 큰 불안감에 격동되어 있다는 것을 알 수 있었다.

유리마로선 그런 로노와르의 마음을 아는지라 그녀의 행동을 말리지 못하고 보고 있었는데, 그 순간 갑자기 루드웨어의 눈이 번쩍 떠졌다.

"헉!"

그것을 보며 두 사람은 크게 놀라 뒤로 자빠질 수밖에 없었는데, 루드웨어는 잠시 그 자세로 있다가 갑자기 큰 소리로 웃기 시작했다.

"푸하하하하!"

"……."

두 사람은 이 모습에 황당하지 않을 수 없었다. 루드웨어의 그런 웃음은 한참 동안을 계속되더니 더 이상 참을 수 없다는 표정으로 뒹굴며 웃기 시작했다.

"뭐야?"

"후유증인가?"

유리마로선 죽었다 살아난 후유증이 아닐까 걱정하지 않을 수 없었다. 그렇게 뒹굴면서 한참 동안 웃음을 터뜨린 루드웨어는 어느 정도 가라앉았는지 가슴을 치며 진정시키고는 두 사람을 보며 말했다.

"뭐야, 그렇게 멍한 얼굴을 하고?"

"루드웨어!"

멀뚱멀뚱하게 자신을 바라보고 있는 두 사람을 보며 루드웨어가 평상시의 모습으로 말을 걸자 유리마와 로노와르는 그에게 달려들어 안겼으니 그로선 상황을 이해할 수 없어 어안이 벙벙할 뿐이었다.

"뭐야! 뭐야! 제발 좀 떨어지라고! 답답해서 죽겠다!"

"헉!"

죽겠다는 말에 또 크게 놀란 두 사람은 잽싸게 떨어지니 이 사람들이 왜 이러나 하는 생각에 루드웨어 역시 조금은 멍한 얼굴이 되어버렸다.

"도대체 뭐야?"

"휴… 너, 임마. 죽었었다고."

"나? 응, 죽었었다는 것은 알고 있지. 염라대왕이란 사람이 가르쳐 줬으니까."

"……."

"근데 얼마 지나지 않으면 다시 살아난다고 해서 별 걱정은 안 했는데… 근데 무슨 일인데?"

그 말에 두 사람으로선 황당함을 느낄 수밖에 없었으니 당사자는 이미 되살아날 것을 알고는 아무 일도 아니라고 생각하고 있었는데 자신들은 녀석이 다시 일어나지 않는 것이 아닐까 고심하고 있었기 때문이다.

"죽어라, 이 자식아!"

"왜 살아났어! 왜!"

참지 못하고 루드웨어를 밟기 시작하는 그들이었으니 루드웨어는 또다시 죽을 운명에 처하고 만 것이다.

어쨌든 대충 위험했던 상황을 잘 넘긴 일행은 다시 객잔으로 돌아갔다. 하지만 그들이 머물렀던 객잔은 아무도 없는 빈곳으로 변하고 말았으니 근처에는 마차를 몰고 왔던 마부의 시신만이 덩그러니 놓여져 있을 뿐이었다.

"음… 이 객잔도 녀석들이 만들어놓은 곳이었던 모양이군."

일단은 비를 피해야 했기에 마부의 시신을 한쪽에 조심스럽게 옮겨놓은 일행들은 근처에 있는 의자에 앉아 숨을 돌릴 수 있었다.

"그나저나 일어나자마자 웃었던 이유는 뭐야?"

"난 되살아난 후유증인지 알고 깜짝 놀랐다고."

"아! 그거? 되살아나기 전에 염라대왕하고 이야기를 하고 있었는데,

그 사람 참 웃기는 사람이더라고."

"응?"

"뭐, 되살아나려면 언제가 될지 몰라서 농담이나 나누고 있었는데, 그 사람의 농담하는 것을 듣다가 갑자기 되살아나 웃음을 참을 수가 없더라고. 꽤 재밌는 이야기였거든."

"……."

역시나 자신들이 한심하게 느껴지고 있었다.

"그나저나 원상태로는 돌아왔는데 아무리 생각해도 억울해서 못 참겠네."

"그건 그렇군."

"뭐, 이렇게 된 이상 역으로 녀석들을 처리해 볼까?"

"응?"

루드웨어는 무슨 생각이 떠올랐는지 두 사람을 보며 자신의 계획을 말해 주기 시작했다.

15장 부울스와의 대격전

모든 작전을 끝낸 십일지단의 인물들은 한 군데 모였지만, 로노와르
와 유리마에게 죽임을 당한 독원과 호패아가 없었기 때문에 모인 이들
은 열 명에 지나지 않았다.

"끅!"

"등신 같은 생쥐새끼! 두 사람이 당했다고 도망을 와?!"

"살려주십시오."

쥐의 가면을 쓴 자는 용의 가면을 쓴 자에게 발로 차이면서 목숨을
구걸하니 구차한 그의 모습에 용의 가면을 쓴 자는 더 이상 상대할 것
도 없다고 생각했는지 고개를 돌리며 말했다.

"호패아가 독에 중독된 녀석조차 당해내지 못했다는 것은 참으로 우
스운 일이었습니다."

"상대를 너무 얕보았다고 보는 편이 옳겠죠."

닭 가면을 쓴 여인이 고개를 저으며 말하니 다른 이들도 수긍하는 듯했다.

"단 한 번도 실패한 적이 없던 우리들이었기에 방심한 듯하군. 그래도 다행인 것은 마양군(魔羊君)이 루드웨어란 자를 처리했으니 상대는 이제 두 사람이 남았을 뿐이다. 녀석들을 처리하기는 수월해졌으리라 본다. 괴돈자(傀豚子)와 투견객(鬪犬客)은 마양군의 지휘로 영계녀(永鷄女)와 화마동(火馬童)은 용아(龍牙)의 지시로 두 사람을 처리하도록 해라."

"예."

소 가면의 여인의 말에 고개를 끄덕인 여섯 명은 텔레포트 마법을 사용하여 사라졌다. 한참 그들이 사라져 간 모습을 지켜보던 여인은 곁에 있는 사람들을 보며 말했다.

"묘아, 사랑."

"예."

"너희들은 만약의 사태에 대비해서 한 사람씩 그들의 주위에서 경계를 하도록 하여라."

"네."

묘아와 사랑 역시 고개 숙여 대답을 하고 사라지자 쥐의 가면을 쓴 님자와 소의 가면을 쓴 여인만이 남았다. 잠시 후 쥐의 가면을 쓴 자는 자리에서 일어나더니 그녀의 곁으로 다가가며 말했다.

"우(牛)."

"서(鼠), 미안해요."

우라 불린 여인은 갑자기 얌전한 모습으로 서에게 무릎을 꿇으니 그는 그녀의 얼굴에 발길질을 하며 소리쳤다.

"나중에 용아란 녀석을 해치우지 않는다면 가만히 두지 않겠다!"

"알겠어요, 서. 이 일이 끝나면 당신이 말하는 대로 처리해 드릴게요."

아까와는 전혀 다른 모습의 두 사람이었다. 서는 가볍게 우를 가슴에 안아주며 말했다.

"부울스 녀석에게 무공을 잃지 않았다면 당신에게 이런 고생을 시키지 않았을 텐데 미안하구려."

"아니에요. 서를 위한 것이라면 어떤 고난이라도 저는 참을 수 있어요."

"우."

두 사람 사이에는 무슨 비밀이 있는 것 같았으나 아직까지는 어떠한 연유로 이런 사이가 됐는지 알 수 없는 노릇이었다.

한편 객잔에 도착한 십일지단의 인물들은 조심스럽게 안을 들여다보았는데, 그곳에는 급히 만들었는지 엉성하게 보이는 관과 함께 두 명의 인물이 상복을 입고 있는 것이 보였다.

두 사람은 관을 마차로 옮겨 길을 떠나려고 하는 듯 몇 가지 준비를 하기 위해 자리를 뜨자 마양군은 기회를 잡았다고 생각하고는 뒤에 서 있던 투견객을 보며 전음을 던졌다.

[투견객은 즉시 관으로 숨어 들어가 신호가 오면 즉시 녀석들을 공격하도록 하라.]

[예.]

마양군의 지시를 받은 투견객은 객잔 안으로 재빨리 들어갔다.

살수 출신 인물인지 그는 높은 곳에서 뛰어내렸음에도 작은 소리조차 나지 않았다.

관이 있는 곳으로 간 투견객이 천천히 관 뚜껑을 열자 그곳에는 죽은 듯 잠자고 있는 초록색 머리의 서역인이 누워 있었다.

'쳇! 시체와 같이 숨어 있어야겠군.'

투견객으로선 조금 껄끄럽긴 하지만 마양군의 명령을 어길 순 없는지라 서역인의 몸 위로 누워 관 뚜껑을 닫았다.

'헉!!'

하지만 뚜껑을 닫는 순간 누군가 자신의 입을 막고 등 뒤의 사혈을 찔렀다. 외마디 비명조차 내지르지 못한 투견객은 그 자리에서 숨을 거두어야 했다.

'꽤 무거운 놈이군.'

관 안에 있던 서역인은 루드웨어였다. 그는 이렇게 관 속에 누워 있다 보면 분명히 한 명쯤은 숨어들리라 생각하며 있었는데 거기에 투견객이 걸려들고 만 것이다.

관 밑에는 어젯밤에 만들어놓은 장치가 있었던지라 그것을 열고는 투견객의 시체를 끌어내린 루드웨어는 그의 옷으로 갈아입고는 다시 시체와 함께 관 쪽으로 올라가 비밀 장치를 닫았다.

그렇게 관에는 투견객의 복장을 하고 있는 루드웨어가 들어서니 로노와르와 유리마는 안으로 들어와서 그가 들어 있는 관을 들어 마차로 옮기기 시작했다.

창문을 통해 이 모습을 보고 있던 마양군은 투견객이 잘 숨어들었으리라 생각하고는 조심스럽게 그들의 곁으로 숨어 들어갔다.

이 시간 용아와 나머지 두 명의 십일지단 역시 움직이고 있었으니 용아의 지시를 받은 화마동은 마차의 밑에 붙어서 공격을 준비하고 있었던 것이다.

그것을 아는지 모르는지 유리마는 루드웨어의 관을 마차에 집어넣은 후 길을 떠났다.

[준비해라.]

[예.]

마차의 밑에 붙어 있던 화마동은 전음으로 대답을 하고는 손끝으로 내력을 끌어올렸다.

치지직.

화마동이란 이름답게 그가 익히고 있는 무공의 수법은 열화지(熱火指)였다. 마차의 밑바닥에 구멍을 뚫은 그는 안을 들여다보았고, 그곳에는 관을 보며 슬프게 눈물을 흘리고 있는 여인의 모습이 보였다.

'저 여인이 죽은 서역인의 부인인가 보군. 미색이 아깝긴 하지만 죽어줘야겠어.'

로노와르의 얼굴을 보며 살기 어린 미소를 지은 그는 천천히 자세를 바꾸어 자신의 위치를 그녀가 앉아 있는 곳으로 바꾸어갔다.

오른손 중지에 강한 내력을 집중시킨 화마동은 열화지를 통해 특기인 열화일지살(熱火一指殺)의 수법으로 일격에 목숨을 끊어버릴 준비를 취했다.

쿵!

"끄억!"

하지만 그 일은 그렇게 쉽게 이루어지지 않았으니 갑자기 다리 쪽에서 부서지는 소리와 함께 강한 힘이 그의 다리를 잡아당기기 시작했기 때문이다.

"헉!"

화마동은 급히 몸을 날려 피하려고 했지만 잡아당기는 힘이 상상할 수 없을 정도로 강했기에 그로선 더 이상 버티지 못하고 마차 안으로 끌려 들어가고 말았다.

두둑!

마차 안으로 끌려 들어간 화마동은 누군가의 손에 목이 부러지며 절명하고 말았으니 녀석의 목을 부러뜨린 인물은 바로 루드웨어였다.

"내가 제일 싫어하는 놈 중에 하나가 허락도 없이 얍삽하게 들어오는 놈이지. 뭐 해?"

루드웨어는 녀석의 옷을 벗겨 로노와르에게 건네주었다.

"아! 이런 옷을 입어야 하다니… 억울해."

"잔말 말고 입으라고. 복수 안 할 거야?!"

"휴~"

루드웨어의 말에 할 수 없이 화마동의 옷을 주워 입기 시작한 로노와르였다. 그녀의 모습은 점차 화마동의 모습으로 변해가기 시작했다.

"아까 이 녀석을 보니 양강 계열의 지법을 사용하는 것 같더군. 상당한 열을 내는 것 같았으니 드러나지 않게 조심하라고."

"응."

루드웨어의 당부에 그녀는 고개를 끄덕이고 부서진 틈을 통해서 바닥으로 내려가 화마동과 같은 자세를 잡고 지풍을 날렸다.

물론 그녀가 사용한 무공은 소림의 일선지의 수법이었지만 화염계의 마법을 사용하였기에 강한 열기가 섞여 있었다.

[유리마, 시작하자!]

[알았어!]

루드웨어는 유리마를 향해서 전음을 날렸다. 드디어 그의 계획이 본

격적으로 시작된 것이다.

슈슉!

로노와르의 지풍은 자리에 앉혀놓았던 화마동의 몸을 뚫어버렸다. 루드웨어 역시 마차의 안쪽에서 투건객이 몸에 지니고 있던 단도를 사용하여 그대로 유리마의 등을 꿰뚫어 버렸다.

"끄악!"

갑작스런 기습에 당한 유리마는 어깨에 피를 흘리며 몸을 날렸다. 그 순간 마앙군과 괴돈자가 양 옆에 나타나 유리마의 양쪽 관자놀이를 향해 자신들의 독문병기를 날렸다.

"끄악!"

어깨의 공격에 이어 양쪽에서 기습을 당한 유리마는 반항도 하지 못한 채 비명과 함께 숨을 거두고 말았다. 잠시 후 마차는 불타오르기 시작했다.

"화마동!"

용아는 마차가 불에 타자 크게 당황하며 뛰어나왔는데, 마차의 바닥에서 나온 화마동은 희미한 미소를 지으며 말했다.

"안에 있던 계집년은 처리했다."

"음."

하지만 확실히 처리해야 한다는 생각에 용아는 자신의 조법으로 마차의 벽을 부수고는 안을 들여다보았는데, 아나나 다를까 여인 한 사람이 앉아 있는 자세 그대로 얼굴에 큰 구멍이 나 있는 상태로 죽어 있었다.

"잘 처리했다, 화마동."

"후후후."

자신의 말에 화마동이 만족한 웃음을 흘린 후 옆에 있던 마양군을 보며 말했다.

"너희들이 맡은 녀석은?"

"보시다시피."

마양군은 양쪽의 관자놀이가 병기에 의해 뚫려 버린 시체를 가리키며 말하자 용아는 고개를 끄덕이고는 말했다.

"작전은 성공했다. 돌아가도록 하지."

"알았다."

용아의 말에 마양군은 고개를 끄덕이며 대답했지만 무엇인가 이상한 생각이 들었다.

'생각했던 것보다 간단했다.'

하지만 녀석들의 시체는 모두 확인했기에 그의 의심은 얼마 가지 않았다.

루드웨어 일행의 일을 제외하고는 단 한 번도 자신들의 임무에 실패해 본 적이 없던 십일지단이기에 생긴 방심이었던 것이다.

"가자."

용아가 다른 사람들을 보며 말하니 그들은 각기 옆에 있던 사람의 손을 잡기 시작했고, 가운데 있던 그가 천천히 주문을 외우기 시작했다.

"텔레포트!"

시동어가 외쳐지자 푸른 빛과 함께 그들의 몸은 사라져 갔다.

불타고 있는 마차에는 세 구의 시체만이 남았다. 한데 십일지단의 모습이 완전히 사라지자 마차를 끌던 말의 배에서 한 사람이 모습을 드러냈다.

놀라운 것은 말의 배에서 모습을 드러낸 이는 두 명의 십일지단에게 관자놀이가 뚫렸던 유리마였다.

"두 사람이 잘 잠입한 것 같군."

텔레포트로 도착한 곳은 소 가면을 쓰고 있는 여인이 있는 곳이었다.

용아와 마양군은 사람들과 함께 도착한 후 그녀를 보며 지금까지의 일을 보고했다.

"로노와르란 계집과 유리마란 자는 완벽하게 처리하고 왔습니다."

"음… 마양군, 시체는 확인했는가?"

"예."

"알겠다. 그럼 본단으로 돌아가도록 하자."

"예."

마양군을 상당히 신임하고 있는지 그녀는 더 이상 물어보지 않고 본단으로 돌아갈 준비를 했다.

"어이! 쥐새끼, 넌 짐 들고 본단까지 뛰어와라!"

용아는 멀리서 짐을 챙기고 있는 쥐 가면의 사나이를 보며 비아냥거렸다. 그러자 다른 이들은 크게 웃음을 터뜨렸다.

"알겠습니다."

하지만 그런 말에도 쥐 가면의 사나이는 화를 내지 않고 고개를 연신 숙이며 대답을 하고는 짐을 드니 루드웨어는 조금 불쌍한 생각이 들었다.

'이런 이유로 십일지단이라 말하는 것인가? 음……'

그 역시 십이지에 대한 이야기는 들어서 알고 있었기 때문에 황소의 모습을 하고 있는 부울스라면 상당히 기분 나쁘게 생각했을 것이라는 걸 알 수 있었다.

"장난치지 말고 모두 손을 잡고 마나를 끌어올려라."

"예."

장거리 텔레포트를 시전하려 하는지 십일지단의 인물들은 서로의 손을 잡고 마나를 끌어올리기 시작했다.

"텔레포트!"

소 가면 여인의 주문과 함께 그들은 푸른빛에 감싸여 사라지니 텔레포트의 통로를 벗어나 도착한 곳은 거대한 동굴이었다.

높이가 족히 3장은 되는 듯한 동굴 입구의 위에는 마운동(摩雲洞)이라는 글자가 음각으로 새겨져 있었다.

'마운동이라… 역시…….'

루드웨어는 마운동이란 글자를 보고 그답다는 생각을 했다.

마운동. 그것은 바로 서유기에 나오는 우마왕이 살고 있는 동굴의 이름이었던 것이다.

'그럼 부울스의 아내는 나찰녀고 아들은 홍해아인가?'

이런저런 생각을 하며 안으로 들어서니 거대한 몸집의 마귀상이 복도의 양쪽에 서 있는 것을 볼 수 있었다.

루드웨어는 그 석상에서 마력이 느껴지자 그것이 고렘의 일송이라는 것을 알 수 있었다.

'이거 보통 사람이 본다면 정말 우마왕이란 요괴가 사는 곳으로 알겠는걸?'

그런 루드웨어의 생각은 의외로 정확하다 할 수 있었는데, 이곳은 사천의 깊숙한 곳에 위치한 곳으로 부울스는 이곳 근처에서 요괴라는 이름으로 식량과 돈, 그리고 여자를 약탈하고 있었던 것이다.

무황이라는 그의 직위로 본다면 조금 우스운 일이라 할 수 있었지만 중원에서 당할 자가 거의 없는 그로선 취미 생활이었다. 동굴은 안으로 들어가면 들어갈수록 여러 개의 통로로 나뉘어져 있었기에 만약 이들의 안내가 없이 들어왔다면 몇 년이 걸려도 부울스가 있는 곳은 도착하기 힘들었을 것이다.

루드웨어는 갈림길에 마나를 이용한 표식을 해두고 있었는데, 후에 모든 일을 처리하고 쉽게 빠져나갈 수 있게 하기 위함이었다.

한참을 그렇게 안으로 들어서자 사방에 값비싼 야명주(夜明珠)가 더덕더덕 붙어 있는 곳을 발견할 수 있었다. 이곳이 바로 부울스의 아지트였다.

한쪽 구석에는 인간들의 뼈가 수북이 쌓여 있었고 붉은색의 양탄자를 깐 길 양 옆에는 해골로 장식해 놓은 장식이 있었으니 조금은 호러틱한 분위기라고 할 수 있었다.

양탄자의 끝에는 화려한 황금색의 의자에 거대한 덩치를 지닌 소머리의 남자가 앉아 있었으니 그 사람이 바로 자유 생명체의 하나인 부울스였다.

"우마왕 부울스님께 인사드립니다."

십일지단이 무릎을 꿇고 인사하니 그는 어울리지도 않은 미소 짓는 소머리가 되어서는 말했다.

"하하하하! 너희들이 돌아온 것을 보니 임무를 완수한 모양이구나."

"예, 부울스님의 가는 길에 장애가 되는 자들을 모두 해치우고 돌아왔습니다."

"잘했다. 그런데 십일지단의 두 명이 보이지 않는구나."

"독원과 호패아는 녀석들에게 죽임을 당했습니다."

"알았다. 십일지단의 단원은 네가 대사련의 아이들 중에서 쓸 만한 자를 선출하도록 하거라."

"예."

하지만 그들의 일은 그렇게 쉽게 풀리지 않았으니 루드웨어와 로노와르가 드디어 진면목을 드러냈기 때문이었다.

"부울스, 드디어 네놈을 만나게 되었구나!"

"응?"

갑자기 투견객과 화마동이 자리에서 일어나 소리치니 사람들은 크게 놀랐다.

"본인은 창조주의 명을 받고 이계로 도망친 자유 생명체를 잡기 위해 온 루드웨어다! 부울스, 당장 오랏줄을 받으렷다!"

그제야 부울스는 이들이 자신의 부하로 변장해서 왔다는 것을 깨닫고는 자리에서 벌떡 일어나 소리쳤다.

"겁없는 녀석! 호랑이 굴 속으로 제 발로 들어오다니! 뭐 하느냐! 당장 이것들을 처리하지 않고!"

"그것이 쉽게 될까?"

루드웨어는 다른 이들이 막아서기도 전에 검을 뽑아서 달려들었고 부울스는 옆에 놓인 두 자루의 도끼를 들고서 그와 맞섰다.

쿵!

태산을 집어 던질 정도의 힘을 지닌 부울스가 보통 사람의 키만한 도끼를 들어서 내려치니 마나를 더하지 않았음에도 엄청난 위력이었다.

정수리를 향해 내려치는 도끼를 간신히 피했지만 바닥은 도끼의 위력으로 꽝음과 함께 깊은 구덩이가 파졌다.

"오!"

엄청난 강도의 검은색을 띠는 도끼가 이곳에서 귀한 금속의 하나라는 현철로 만든 도끼라는 것을 깨달은 루드웨어는 방심해서는 안 된다는 생각을 했다.

한편 루드웨어가 부울스에게 달려들 때 로노와르는 그를 도우려는 십일지단과 싸우고 있었으니 그녀의 공격에 이미 세 사람이 죽임을 당한 후였다.

"끄악!"

"흥! 너희 같은 녀석들이 이 로노와르님을 상대할 수 있다고 생각하느냐!"

로노와르는 이미 변신을 풀고 드래코니안의 모습으로 변형해서 싸우고 있었기 때문에 그녀의 신형은 인간의 눈으로는 감지할 수 없을 정도로 빠르게 움직이고 있었다.

"이, 인간이 아니다!"

마양군은 단 일 권으로 용아의 머리를 박살 내는 그녀의 신위를 보며 도저히 싸울 기분이 나지 않았다.

무림인들과의 싸움이라면 이런 정도의 기분이 들지 않을 테지만, 마치 이야기에서나 나오는 신선과 요괴들의 싸움이라고밖에는 볼 수 없는지라 그로선 도저히 현실로 믿겨지지가 않았던 것이다.

"마양군! 정신 차리고 진법을 준비해라!"

소머리의 여인은 패닉 상태에 빠진 마양군에게 소리친 후 철로 만든 탑을 던져 주었다.

그제야 정신이 번쩍 든 마양군은 다른 이들과 함께 소머리 여인을 중심으로 하는 진세로 몸을 날렸다.

"응?"

마양군이 진 안으로 들어서자 엄청난 기운이 밀려 들어오니 로노와르는 만만히 볼 수가 없었다.

"사방천왕진(四方天王陣)!"

네 명의 무인이 진세를 펼치니 먼저 그녀를 공격한 것은 소머리의 여인이었다.

"지국천(持國天) 파천일검(破天一劍)!"

거대한 검을 든 그녀는 파천일검이란 초식을 외치며 일검을 내질렀다. 다른 세 명의 내력이 보태어져 그 위력은 로노와르조차 놀랄 정도였다.

"헉!"

급히 날개를 휘저어 위쪽으로 날아올라 일검을 피할 수 있었지만 공격은 이것이 끝이 아니었다.

"중장천(增長天) 승룡토염(乘龍吐炎)!"

용의 선장을 들고 있는 묘아는 로노와르가 공중으로 몸을 띄우며 도망치자 다른 이들의 내력을 모아 선장을 휘둘렀다. 그러자 엄청난 불덩어리가 날아와서는 로노와르의 몸을 강타했다.

쿵!

"끄억!"

드래코니안의 몸이기에 다행히 치명상은 입지 않았지만 몇 장의 날개가 크게 훼손되어 바닥으로 떨어지고 말았다.

그때 마양군이 공중으로 몸을 띄우고는 소리쳤다.

"광목천(廣目天) 철탑압쇄(鐵塔壓殺)!"

"끼야악!!"

마법이 걸린 철탑인 듯 그가 주문을 외우자 거대하게 변해 사방천왕진의 내력과 함께 그대로 로노와르를 깔아뭉개고 마니 로노와르는 비명과 함께 철탑 밑에 깔리고 말았다.

"로노와르!"

부울스와 싸움을 하던 루드웨어는 그녀가 철탑 밑에 깔리자 크게 놀라지 않을 수 없었다. 그러나 정신이 잠시 딴 곳으로 간 그 순간을 부울스가 놓칠 리 없었다.

"죽어라!"

"끄억!"

부울스는 두 개의 도끼를 하나로 합쳐 그대로 루드웨어의 옆구리를 후려친 것이다.

간신히 검으로 막아 두 동강이 되는 것은 면할 수 있었지만 큰 충격을 받고 튕겨져 날아갔다.

쿵!!

동굴의 벽을 일 장가량 무너뜨리며 박혀 버린 루드웨어였으니 그것을 본 부울스는 손에 들린 도끼를 집어 던졌다.

"태산붕쇄(泰山崩碎)!"

"끄아악!"

엄청난 위력의 도끼는 동굴의 벽에 박힌 루드웨어를 향해 날아갔고, 큰 굉음과 함께 동굴의 벽이 무너져 그는 무너진 동굴의 벽에 묻혀 버렸다.

"휴!"

전력을 다한 기술인지라 부울스도 조금 지쳤는지 숨을 몰아쉬었다.

"꾸아악!!"

모든 것이 끝났다고 생각하는 순간 갑자기 로노와르를 깔아뭉갠 철탑이 흔들거리며 엄청난 괴성이 울려 퍼지니 순간 무지갯빛이 바닥에서 일렁거리기 시작했다.

"젠장! 모두 피해라!"

부울스는 그 무지갯빛이 예사롭지가 않다는 생각을 하며 소리쳤고, 그 순간 철탑은 가루가 되는 듯 무너지더니 엄청난 광선이 하늘로 뿜어져 올라왔다.

쿠구구궁!

동굴의 천장을 부수며 하늘로 뻗어가는 광선은 가로막는 모든 것을 흔적도 없이 소멸시켰다.

"훼!"

철탑이 있었던 자리에서 하나의 인영이 침을 뱉으며 올라오기 시작했다. 바로 드래코니안으로 변한 로노와르였다.

계속 이어진 공격으로 상당한 부상을 입은 로노와르는 서너 장의 날개가 꺾여서는 흔들거리고 있었다.

"이 자식들! 다 죽여 버리겠다!"

"헉!"

수만 근의 철탑에 깔렸음에도 살아 있는 로노와르를 보던 4명의 십일지단은 황당할 수밖에 없었다.

"콱 본체로 폴리모프해 버릴라!"

상당히 열받은 로노와르는 본체로 변하여 한 번에 쓸어버릴까도 생각해 보았지만, 이런 동굴 안에서 다 원소 드래곤으로 변했다가는 온몸이 끼어서 움직일 수 없는지라 고개를 내저으며 녀석들을 향해 다시 한 번 다원소 브레스를 내뿜었다.

"크아압!"

드래코니안의 몸집에서 나오는 브레스는 본체의 힘보다 미약했지만 물체를 소멸시키는 능력을 지녔기에 함부로 대항할 수가 없는 그런 힘이었다.

"피해라!"

부울스는 이 힘을 십일지단이 당해낼 수 없다는 것을 알았기에 피하라는 지시를 내렸다.

"끄악!!"

하지만 방심한 마양군은 그대로 브레스에 당하고 말았으니 그의 몸은 가루가 되어 흩어져 갔다.

"헉!"

마양군이 단 한 번의 브레스로 소멸을 당하자 남은 이들은 크게 당황할 수밖에 없었다.

살아남은 십일지단은 소 가면의 여인과 묘아, 영계녀뿐이었다.

쿠구궁!

로노와르가 한바탕 설치고 있을 때 무너졌던 한쪽 벽이 들썩거리더니 큰 굉음과 함께 무너져 내렸는데, 놀랍게도 무너진 벽에 묻혔던 루드웨어가 다시 몸을 일으킨 것이다.

"루드웨어!"

"젠장할! 엄청난 힘이군."

루드웨어의 몸의 색깔은 파란색으로 물들어져 있어 온몸에 멍이라도 든 것으로 착각할 수 있겠지만, 사실 이것은 아이언 스킨이라는 마법이었다.

부울스의 일격에 벽으로 날아간 루드웨어는 녀석이 던진 도끼를 간신히 위로 쳐올릴 수 있었다. 하지만 벽이 무너지자 급히 온몸을 강철로 만드는 아이언 스킨의 마법을 사용하여 압사를 면할 수 있었다. 하지만 강철로 만들었다고는 해도 그 기세가 너무 강했던 탓인지 루드웨어의 오른쪽 팔뚝은 심하게 구부러져 있었다.

"젠장! 아이언 스킨을 풀면 엄청 아프겠군."

아이언 스킨 자체는 마나를 상당히 잡아먹는 데다 치료 마법조차 쓸 수 없기 때문에 어쩔 수 없이 마법을 풀 수밖에 없었다.

"디스펠 아이언 스킨! 끄억!!"

그 순간 온몸에서 엄청난 통증이 밀려오니 다시 한 번 정신을 집중한 루드웨어는 리커버리 마법을 사용했다.

"리커버리!"

다시 한 번 그의 몸은 푸른빛에 감싸이기 시작하더니 어느 정도 통증이 사라지자 루드웨어는 숨을 몰아쉬며 부울스를 노려보았다.

"나에게 고통을 준 대가를 받게 해주지. 이차전이다!"

"음."

결코 만만치 않은 두 남녀를 보며 부울스는 이들을 너무 쉽게 보았다는 생각이 들었다.

"홍해아(紅孩兒)와 나찰녀(羅刹女)는 무엇을 하는가!"

부울스가 다시금 자신에게 걸어오는 그를 보며 소리치는 순간, 갑자기 지붕에서 불꽃에 휩싸인 소년 한 명과 깃털로 만들어진 큰 부채를 들고 있는 여인이 나타나서는 부울스의 앞에 부복했다.

"우마왕님께 인사드립니다!"

"무엇 하느냐! 저 원숭이 대가리를 없애지 않고!"

"알겠사옵니다."

부울스의 외침에 두 사람은 자리에서 일어나니 루드웨어로선 조금 황당할 수밖에 없었다.

'하긴, 부울스 입장에선 서유기의 우마왕이 마음에 들기는 하겠지. 별놈의 취미를 다 가지고 있군. 그나저나 불의 힘과 바람의 힘을 가진 자들이로군.'

부울스에 의해 한순간에 손오공이 되어버린 루드웨어는 두 손을 꽉 쥐고는 앞으로 쇄도해 들어갔다.

"어머니! 힘을 보태주십시오! 극염분세(極炎焚世)!"

홍애아와 나찰녀는 진짜 모자 사이였는지 홍해아가 불의 힘을 이끌며 소리치자 나찰녀는 부채를 들어서는 루드웨어를 향해서 휘둘렀다.

"알았다. 선풍예회(扇風刈回)!"

홍해아가 만들어놓은 불을 그녀의 화초선의 바람에 따라 루드웨어를 공격하니 바람은 뜨거운 불길과 날카로운 바람의 힘으로 그의 온몸을 휘감기 시작했다.

"거참, 귀찮게 하는 녀석들이군!"

이들의 협공은 강하기는 했지만 그렇다고 해서 루드웨어에게 치명상을 입힐 정도는 아니었다.

"아쿠아 크래쉬!"

루드웨어는 불과 바람이 혼합된 이 공격을 아쿠아 크래쉬로 상대하니 거대한 물기둥이 형성되면서 순식간에 홍해와와 나찰녀를 쓸어버리고 말았다.

"진짜 별것 아니군."

단 한 번의 마법으로 쓰러지자 그로선 조금 싱겁다고 생각할 수밖에 없었는데, 문제는 바로 부울스였다.

"응?"

"크으윽… 감히 내 아들과 아내를."

"어이, 도대체 무슨 생각이야?"

부울스의 얼굴이 시뻘겋게 변하면서 분노하는 기색을 보이자 루드웨어로선 조금 두려워질 수밖에 없었다.

"어이, 이것 봐. 네 아들과 아내는 아직 살아 있다니까?"

"크흐흑! 홍해아, 나찰녀! 반드시 복수를 하고야 말겠다!"

"이봐……."

두려운 부울스였다. 멀쩡히 살아 있는 아들과 아내를 말로 죽여 버린 그는 시뻘겋게 변한 몸이 점차 변형되기 시작했다.

가뜩이나 큰 몸집은 더 더욱 커지며 등에는 큰 날개가 돋아났고, 두 개의 뿔은 더욱 커져서는 일 미터 정도의 크기로 자라나기 시작했다.

"부울스님이 광우귀(狂牛鬼)으로 변신하시려 한다! 모두 피해라!"

소 여인은 그 모습을 보고는 크게 소리를 지르니 그들의 모습을 보아 심상치 않다고 생각한 로노와르와 루드웨어는 그가 광우귀라는 것으로 변하는 것을 지켜보았다.

"우어어엉!"

순식간에 오 미터 이상의 몸집과 함께 큰 날개를 가진 돌연변이 소 인간이 된 부울스는 두 사람을 보며 살기 어린 목소리로 말했다.

"살려두지 않겠다!!"

부울스가 날개를 휘저으며 엄청난 속도로 움직이니 루드웨어는 그 순간 크게 당황하지 않을 수 없었다.

"뭐야! 이런 말은 없었잖아! 끄억!"

부울스가 변신을 한다는 말은 들어본 적이 없는지라 당황하던 그는 그대로 녀석의 일권을 허용하고 말았다. 루드웨어는 엄청난 강권에 그 대로 튕겨져 또다시 벽에 처박혀 버렸다.

쿵!

"감히 내 남편을… 용서할 수 없다!"

루드웨어가 당하자 로노와르 역시 노기가 치밀어 그와 대적을 하게 되니 이것이 바로 용쟁호투(龍爭虎鬪)가 아닐까 싶었다.

드래코니안은 본체의 힘 전부는 아니지만 어느 정도의 힘을 가지고 있는 존재인데다가 로노와르는 소림사의 무공을 익힌지라 그녀의 강권 도 만만치 않았다.

쿵! 쿵!

한번 주먹이 오갈 때마다 엄청난 굉음이 동굴을 울리니 벽 곳곳에는 금이 가기 시작하여 동굴은 언제 무너질지 모르게 되어버렸다.

"끄억! 엄청난 괴력이군."

간신히 몸을 일으킨 루드웨어는 그와 싸우고 있는 로노와르를 도와 주기 위해 다가가려고 했는데, 그때 한쪽에서 조심스럽게 부르는 사람 이 있었다.

"거기 서역인 양반, 잠시 이리 좀 오시구려."

"응?"

고개를 돌려보니 그는 쥐의 가면을 쓰고 있는 십일지단의 인물인지 라 그에게로 가서는 말했다.

"네 녀석은 십일지단의 일원이 아닌가!"

그 말과 함께 일권을 내려치려고 했는데 그는 손을 내저으며 말했 다.

"보시오. 난 쥐 가면을 쓰고 있는 자인데 어찌 십일지단이라 할 수 있겠소이까?"

"음."

그가 얼마 전에 다른 십일지단원에게 당하고 있는 것을 본지라 루드웨어는 고개를 끄덕일 수밖에 없었다.

"그건 그런데, 넌 부울스의 부하가 아니더냐?"

"저 빌어먹을 요괴 녀석의 부하라니 말도 안 됩니다."

그 말과 함께 가면을 벗으니 40대 중년의 잘생긴 얼굴이 드러났다.

"음."

"사실 난 대사련의 련주였던 문창성님의 중손자인 문익현이라 합니다."

"대사련?!"

부울스가 대사련을 다스리는 무황의 직위에 있다는 것을 알고 있는 루드웨어는 조금 놀라지 않을 수 없었다.

"저의 중조부께서… 저 요괴 녀석에게 대사련을 뺏긴 후 저희 가문은 녀석의 꼭두각시가 되어야 했습니다."

"음… 대사련의 련주는 불괴성에 있다고 들었는데?"

"으드득! 그 녀석은 저희 가문이 련주 직을 뺏기자 요괴 녀석에게 아부하의 련주의 자리를 강탈한 자입니다. 진정한 대사련의 련주는 련주만이 익힐 수 있는 독문무공과 함께 만사신령이 있어야 하는데… 무공은 지킬 수 있었으나 만사신령은 저 녀석에게 빼앗기고 말았지요."

"음… 그래, 나를 부른 이유가 무엇인가?"

"저는 만사신령이 있는 곳을 알고 있습니다."

"오!"

"하지만 그곳에는 요괴들이 지키고 있는지라 저의 무공으론 불가능하기 때문에 대협을 부른 것입니다."

그제야 이 문익현이란 자가 원하는 것을 눈치 챈 루드웨어였다.

"알겠네. 일단은 저자를 쓰러뜨리고 난 후에 자네를 돕도록 하지."

"감사합니다. 전 이곳에서 대사련에 속한 무사들을 설득하여 저 요괴를 따르는 무리들을 없애도록 하겠습니다."

"알겠네."

예상치도 않은 곳에서 조력자를 만난 루드웨어였다.

일단 조력자의 일은 뒤로 미뤄둔 루드웨어는 한참 부울스와 싸우고 있는 로노와르를 도와주기 위해 몸을 날렸다.

쿵쿵!

경천동지할 위력의 주먹이 오가고 있는 두 사람의 싸움은 어느 한 사람 물러설 기미를 보이지 않고 있었기에 루드웨어는 크게 소리를 지르며 그의 머리를 장으로 내려쳤다.

"부울스! 일만 년 근무 후 일천 년 정기 휴가다!"

"응?"

부울스는 날개를 휘저으며 뒤로 물러서는 그의 장을 피하기는 했지만 갑작스러운 이야기에 조금 어안이 벙벙했다.

"무슨 소리냐!"

하지만 그가 쉴 기회를 주지 않고 두 사람의 공격은 계속 밀려들고 있었다.

"차압!"

로노와르의 일격이 머리로 날아오니 급히 몸을 숙이는 부울스였지만 역시 부부의 연환공에는 당하지 못하는 모양이었다.

그가 얼굴을 숙이자 밑에서 재빠르게 미끄러져 들어온 루드웨어는 그대로 물구나무를 서는 모습으로 두 발을 사용해서 턱을 가격했고 부울스는 큰 충격에 뒤로 나자빠졌다.

"낙용뇌격(落龍雷擊)!"

"헉!"

로노와르가 그대로 몸을 띄워서 무릎을 아래로 내리며 그의 복부를 내리찍으려 하니 크게 놀라서는 몸을 뒤로 돌려 간신히 피할 수 있었다.

쿵!

"쳇!"

"아직 멀었지!"

하지만 이어진 루드웨어는 무릎찍기가 실패한 그녀의 머리 위에서 나타나 이단옆차기로 그의 얼굴을 가격했다.

"끄윽!"

"파이어 볼!!"

얼굴을 가격당한 그가 튕겨져 나가 벽에 부딪치자 루드웨어는 멈추지 않고 파이어 볼을 난사하기 시작했다. 그의 주위로 수십 개의 파이어 볼이 폭발했다.

쿵! 쿵! 쿵!

강력한 위력의 파이어 볼이 터져 나가자 가뜩이나 금이 가고 있던 동굴은 서서히 붕괴되기 시작했다.

"부울스! 가중한 노동이라 판단할 시 100년 간 특별 휴가다!!"

"꾸어억!!"

자신에게 작렬하는 수많은 파이어 볼의 폭발을 이겨낸 그는 더 이상 분노를 참지 못하고는 앞으로 날아가 일권을 날렸다.

쿵!

"끄윽!!"

루드웨어는 급히 두 팔을 들어 일권을 방어했지만 워낙 위력이 강한 것이기에 그대로 땅으로 박혀 들어갔고, 그것을 놓치지 않은 부울스는 두 손으로 허리를 잡아채고는 조이기 시작했다.

"끄악!!"

엄청난 고통이 밀려오면서 루드웨어의 갈비뼈에서는 뼈 부러지는 소리가 작렬하니 실로 엄청난 힘이라 할 수 있었다.

"내 남편을 놔줘!"

로노와르는 그 모습을 보며 그의 옆구리를 발로 찼지만 그는 꼼짝도 하지 않았다.

"흥! 지금 나의 몸은 방어력을 극상승으로 올린 상태다! 동작은 크게 느려졌을지는 모르지만 신체는 어떠한 금속보다 단단한 것으로 변해 있지!"

"그런!"

로노와르는 그 말에 당황함을 느끼고 계속 주먹을 날려보았지만 아무래도 소용이 없었다.

다윈소 브레스로 날려 버리는 수도 있지만, 잘못하면 루드웨어에게 까지 영향이 미칠 것이므로 꺼려질 수밖에 없었다.

"크으윽… 추가 근무 시… 경중에 따라… 점수를… 1,000점이 모였을 때는… 항성계 하나를 보너스로……."

"젠장할! 도대체 무슨 이야기를 하는 거야!!"

고통스러워하면서도 루드웨어가 끝까지 무엇인가를 계속 이야기하고 있자 부울스로선 영문을 알지 못하고 소리만 지를 뿐이었다.

"이지공(二指功)!"

"끄아악!!"

두 손으로 내력을 끌어 모은 루드웨어가 이지공을 사용하여 그대로 눈을 찌르자 부울스는 고통스런 비명을 지르며 뒤로 물러섰다.

원래 소라는 것이 눈이 똘망똘망할 정도로 클 뿐 아니라 영문을 알 수 없는 이야기에 더욱 커진 눈이었기에 루드웨어의 밥이 되었던 것이다.

방어력을 크게 상승시킨 몸이라고는 하지만 루드웨어가 일점에 집중시킨 공력은 충분히 그 신체마저 움푹 들어가게 할 수 있었기에 부울스의 눈은 안으로 파여 들어간 모습이 되어버렸다.

급히 경화된 신체를 풀어버린 부울스의 눈은 원상태로 돌아왔지만 극심한 고통은 사라지지 않은 상태였다.

"이상이 창조주께서 너희가 돌아왔을 경우 실시하겠다는 복지 정책이다!"

"끄윽… 빌어먹을 녀석……. 그런 것은 싸우지 않고… 말로만 해도 가능한 것이 아니었는가!"

"흥! 그동안 당한 것이 있는데 어떻게 말로 해!"

그 말과 함께 몸을 회전시키며 원심력을 사용하여 그대로 부울스의 복부를 발로 후려 찬 루드웨어였다.

쿵!

"끄윽!"

다시 한 번 충격으로 벽에 처박힌 그였으니 동굴의 붕괴는 더욱 가속화되었다.

쿠구궁!

"무너진다!!"

부울스가 아무리 강하다 하더라도 루드웨어와 로노와르 부부의 협공은 당해낼 수 없었기에 이런 결과가 이어졌던 것이다.

"아이스 스톰!"

동굴이 무너지는 것을 보며 루드웨어는 그대로 부울스에게 마법을 날리니 엄청난 위력의 빙계 마법은 그의 몸에 작렬하면서 일대를 꽁꽁 얼려 버리기 시작했다.

"로노와르!"

"응!"

"머리 위로 브레스를 날려라!"

"알았어!"

루드웨어의 말을 들은 로노와르는 그대로 브레스를 날렸다. 소멸의 위력을 지닌 그녀의 다원소 브레스는 순식간에 머리 위로 커다란 구멍을 만들어놓았다.

"나가자! 플라이!"

"잠깐! 부울스는?"

"창조주의 전언을 전했는데 그가 거부했잖아!"

"……."

대답할 시간도 주지 않고 몰아붙여 놓고는 뻔뻔스럽게 말을 하는 루드웨어를 보며 할 말이 없는 로노와르였다.

뭐, 그가 죽든 살든 상관이 없는 로노와르였기에 불쌍하다는 표정으로 혀를 한번 차주는 것을 끝으로 그녀 역시 날개를 휘저어 몸을 위로 날렸고 동굴은 굉음과 함께 무너져 내렸다.

"찻!"

두 사람이 간신히 구멍을 통해 빠져나간 순간 일대의 산은 그대로 가라앉아 버리니, 부울스의 아지트는 완전히 땅에 묻혀 버린 꼴이 되어 버렸다.

"휴우~ 힘들었다."

"응."

두 사람은 붕괴된 일대를 보며 안도의 한숨을 내쉬곤 중얼거렸다. 흙먼지가 자욱한 산의 모습을 보며 루드웨어는 하늘을 보며 지그시 눈을 감더니 탄식을 하기 시작했다.

"아, 어찌 창조주의 전언을 무시하고 스스로 죽음을 택한단 말인가. 부울스여, 그대의 의지는 높이 살 것이다."

"……."

그의 말을 듣는 순간 로노와르는 한순간 흔들리는 신형을 바로잡지 못하고 땅으로 추락할 위기에 처할 뻔했다.

'뭐야, 저놈은……!'

많은 세월을 같이 지낸 남편이라고는 하지만 가끔씩 보면 저것이 정말 인간일까 하는 착각이 들 정도였다. 아니, 베타계를 통틀어봐도 저런 놈은 없을 것이라는 것이 로노와르의 생각이었다.

"부울스, 자네의 삼가 명복을 비네."

하지만 그의 명복은 그리 길어지지 않았으니 갑자기 큰 소리와 함께 한 인영이 하늘로 날아올랐기 때문이다.

"헉헉… 숨 막혀서 죽을 뻔했다."

크게 숨을 헐떡이며 중얼거리는 이는 바로 자유 생명체로 루드웨어의 아이스 스톰에 의해 얼려서 무너진 동굴에 갇혔던 부울스였다.

"부울스! 살아 있었구나!"

루드웨어는 그가 모습을 드러내자 크게 기뻐하는 표정을 지으며 그를 껴안았으니 그로선 황당할 따름이었다.

"이 자식을!!"

팔꿈치를 사용해서는 그의 등을 후려갈긴 부울스는 오른손으로 머리를 잡고는 그대로 땅을 향해 집어 던졌다.

"끄악!!"

쿵!

플라이 마법을 사용하고 있던 루드웨어였지만 워낙 그 속도라 빨랐던지라 그대로 땅에 처박히고 말았다.

"네년도 덤빌 테냐!"

부울스가 아직도 분노가 가시지 않았는지 로노와르를 노려보며 소리치자 그녀는 손을 좌우로 벌리며 말했다.

"사양하겠어. 나라도 너처럼 행동했을 테니까."

역시나 부울스의 마음을 이해하는 것은 비슷한 경험을 많이 당했던 로노와르밖에 없었던 것이다.

"후."

크게 숨을 몰아쉬는 그. 잠시 후 옷이 갈기갈기 찢어져 거지 꼴이 된 루드웨어가 마법을 사용해 올라왔다.

"너무 과격해, 부울스."

"죽고 싶냐!"

"……."

갑자기 조용해진 루드웨어였다.

"그나저나 창조주의 전언이 사실이냐?"

"응, 자유 생명체 하나 만드는 데는 역시나 비용이 너무 많이 드니까. 차라리 너희들을 유지하고 하급을 더 만드는 것이 효율적이라 생각한 거지."

"그렇군."

그 말에 부울스는 한참을 생각하는 모습이었다.

16장 여사랑의 눈물

"좋다. 어차피 이곳의 생활도 지겨웠으니 창조주의 전언에 따르도록 하지!"

"옳으신 결정입니다."

그의 결정을 기다리고 있었다는 듯이 손을 비비며 간사하게 말한 루드웨어는 그에게 다가가서는 서류와 펜을 주었다.

"음… 도대체 창조주의 저의를 알 수 없군. 다시 돌아오라고 하면서도 자네 같은 망나니를 보내니 말이야."

"헤헤헤, 무슨 말씀을 그렇게 하십니까? 자, 여기에 사인만 하시면 됩니다."

행여 부울스가 사인할 곳을 모르지나 않을까 세세하게 손가락으로 지적까지 하며 설명을 하는 루드웨어였으니, 옆에 있던 로노와르는 남편의 이런 모습에 눈물을 흘릴 뿐이었다.

'흑흑흑… 내 남편이라고는 하지만 너무 꼴불견이다…….'

하지만 이런저런 생각에서도 일은 착착 진행되고 있었다. 부울스의 사인을 받은 루드웨어는 미소를 지으며 말했다.

"그나저나 다른 분들도 부울스님께서 설득해 주시면 어떻겠습니까?"

하지만 루드웨어의 말에 고개를 저은 부울스는 그 이유에 대해서 설명했다.

"내 경우야 이곳에서 하릴없이 있었으니 창조주의 전언을 받아들였지만 두 사람의 경우는 조금 다르네. 라르도의 경우는 엘비나 때문에라도 이곳을 떠나려 하지 않을 것이고."

"엘비나라면?"

"루빈스키가 만든 이계의 에고를 말하네."

"아."

"아무튼 그 에고 때문에 떠나지 않을 것은 분명하고, 루빈스키의 경우에는 이곳의 여인들을 상당히 마음에 들어하고 있었기에 좀처럼 떠나려 하지 않을 것이네."

"음."

그가 말하는 것이라면 틀리지는 않을 것이란 생각에 한숨이 나오는 그였다. 부울스를 설득한 후 이제 일은 쉽게 풀리겠지 하는 생각이 들었었는데, 속을 들여다보니 그렇게 쉽게 풀릴 일이 아니었기 때문이다.

"그렇다면 그들의 거처라도 가르쳐 주시지 않겠습니까?"

그 말에도 역시 고개를 젓는 그였다.

"애석하지만 그것에 대해서는 나도 말해 줄 수 없네. 아무리 내가 다른 길을 간다고 해도 그것은 그들을 배반하는 것이 아닌가?"

"유리마도 배반하지 않았습니까? 배반하는 김에 확실히 한 방을……."

그 순간 부울스의 눈에는 살기가 피어 오르고 있었다.

"헤헤헤, 제가 조금 심한 말을 했나 보군요."

"되었네. 그럼 난 이만 가보도록 하지."

"가다니요? 어디를?"

"창조주의 전언을 받았으니 이제 무의 세계로 돌아가야지."

"네?"

그 말에 루드웨어는 크게 놀랄 수밖에 없었다.

"이, 이 세계를 빠져나갈 방법이 있단 말입니까?"

"응? 무슨 소리야? 그런 방법이 없다면 어떻게 우리가 각 항성계를 돌아다니는 자유 생명체의 일을 하겠어?"

"헉!"

그 말에 큰 충격을 받은 그였으니 창조주의 말하고는 크게 달랐기 때문이다.

창조주는 이 세계를 빠져나가기 위해선 분명 이곳의 일급 신이 모든 부상을 치유한 후에야 가능하다고 했는데, 지금 부울스의 말에는 그들이 없더라도 별문제가 없다는 말이기 때문이었다.

"그런……."

"음… 조금 짐작이 가긴 하는군. 하긴 내가 창조주라도 자네에게 이곳을 빠져나갈 방법 같은 것은 가르쳐 주지 않았겠지만 말이야."

당연했다.

루드웨어의 성격대로라면 그 방법을 가르쳐 주었다간 일도 하지 않고 돌아갈 것이 뻔한 일이었기 때문이다. 그의 성격을 너무나 잘 알고 있는 창조주의 계략이었으니 눈물만 흐를 뿐이었다.

'속았다……'

"계속 고생하게나. 난 이만 돌아가도록 하지."

"잠깐요! 이곳을 빠져나갈 방법이라도 가르쳐 주고 가요!"

하지만 상대는 루드웨어에게 된통 당한 부울스였다.

"거절하네. 이젠 창조주님의 휘하로 돌아갔으니 그분의 말씀을 지킬 의무가 있거든. 그럼."

"아악! 이건 사기야, 사기!"

루드웨어는 그의 발을 잡고는 끝까지 매달리려 했지만 애석하게도 빛이 되어 하늘 위로 빠르게 사라져 가는 부울스였으니 바닥에 무릎을 꿇은 채 비통함을 경험하는 그였다.

"흑흑흑… 이럴 순 없는 기다."

"쯧쯧, 그렇게 평소에 잘했어야지."

로노와르는 그의 등을 토닥이며 키득키득 웃음을 터뜨리곤 위로해 주고 있었다.

물론 그것이 위로인지 놀리는 것인지 알 수 없는 일이지만 말이다.

"돌아가자, 로노와르."

"응."

어깨를 늘어뜨린 채 걸음을 옮기는 그의 뒤로 즐거운 기분이 되어 따라가는 로노와르였다.

얼마 지나지 않아 두 사람은 유리마를 만날 수 있었다. 루드웨어가 내보낸 마나의 신호를 보고 뒤따라온 것이다.

"부울스는 어떻게 됐는가?"

유리마는 두 사람을 만나자마자 부울스에 대해서 물어보았지만 루드웨어는 지금 말할 기분이 아니었다.

"창조주의 전언을 받고는 조건을 수락했어."

"오! 그럼 잘 처리된 것이군. 그런데 이놈은 왜 그래?"

로노와르는 지금까지의 일을 설명해 주었는데, 그것을 모두 들은 유리마는 크게 대소를 하며 말했다.

"하하하! 정말이야?"

"예."

"창조주께서 당연한 일을 한 것이군. 하긴 저놈한테 떠날 방법을 가르쳐 줬었다면 이런 일을 할 놈이 아니었지. 하하하."

"유리마……."

"미안, 미안."

루드웨어의 살기 어린 눈에 웃는 얼굴로 사과를 하는 그였다.

"그나저나 유리마, 당신도 이곳을 빠져나갈 방법을 알겠네요?"

로노와르의 말에 그제야 깨달은 그는 크게 기대하는 얼굴이 되어 유리마를 쳐다보았다.

"맞다! 유리마도 자유 생명체였지!"

그제야 깨달은 그였으니 유리마는 잠시 그가 자신의 세계에서 제일의 마법사였던 이가 맞는가 하는 의문이 들었다.

"쩝쩝. 뭐, 간단하게 말한다면 나 역시 이곳을 빠져나갈 방법은 알고 있지."

"흑흑. 정말이야? 유리마, 우리 좀 이곳에서 벗어나게 해주라. 난 이제 이곳이 질렸어. 따뜻한 오크 다리를 먹고 싶단 말이야!"

하지만 절규에 가까운 그의 부탁을 들어줄 수 없는 것이 유리마의 입장이었으니 그는 그 이유에 대해서 설명해 주기 시작했다.

"애석하지만 지금의 나로선 불가능하네."

"왜!"

"세계를 넘나들 수 있는 방법은 창조주가 내리신 차원의 이동 구슬이 있어야 하는데, 애석하게도 난 그것을 녀석들에게 뺏겨 버렸거든."

"……."

"루빈스키나 라르도, 둘 중에 한 명이 가지고 있다고는 생각하네."

그 말에 크게 실망한 루드웨어였다.

"쳇!"

"후후후, 일이 이렇게 되었으니 어쨌든 루빈스키와 라르도를 설득해야겠군. 로노와르, 이제 진천명이라고 하는 젊은이와 홍련칠화를 만나러 갈까?"

"예."

침통한 루드웨어를 놓아둔 채 먼저 사라져 가는 그들의 뒷모습에 루드웨어는 한숨을 내쉴 뿐이었다.

"그나저나 뭐 잊은 것 같기도 한데 뭐지?"

분명 부울스의 아지트에서 누군가와 약속을 한 것이 있다고 생각하는 그였으나 한참을 생각해도 생각나지 않자 이내 두 사람의 뒤를 따라갔다.

한편 무너진 아지트에선 한 남자의 절규 소리가 들려오고 있었으니 바로 문익현이었다.

"이 빌어먹을 서역인!"

약속한 것은 지켜주지도 않고 그가 하려던 일마저 망쳐 버린 서역인 루드웨어에게 분노의 눈물과 절규를 지르는 그였던 것이다.

"여보, 흑흑흑… 그러길래 서역인들은 믿어서는 안 된다고 했잖아요. 흑흑흑."

"크흐흑!"

소머리의 여인은 문익현을 위로하며 또 다른 삶을 기약할 수밖에 없었다.

일주일 후 일행들은 진천명과 홍련칠화들을 만나기로 약조한 서경의 백화천루(白花天樓)란 기루에 도착할 수 있었다.

백화천루는 서경에서 다섯 손가락 안에 들 정도의 큰 기루였는데, 이곳에 있는 기녀들은 하나같이 어여쁘기로 유명했다.

"오!"

루드웨어는 여기저기 보이는 화려한 복색의 여인들을 보며 기쁨의 눈물을 흘리고 있었지만 그 탓에 잠시 후 로노와르의 일격에 허리를 강타당해야만 했다.

"호호호, 어서들 오세요!"

나긋나긋한 웃음을 터뜨리며 일행들에게 다가온 여인은 붉은 비단 소매로 붉은 입술을 가리며 손님을 맞았다.

"하하하! 종군, 좋아. 백화관(白花館)에 들고 싶네."

"어머, 소문을 들으셨나 보네? 백화관을 다 알고 말이야."

유리마의 말에 놀란 표정을 지으며 옆구리를 살짝 찌르는 여인이었으니 그는 미소를 지을 뿐이었다.

"애랑아! 연화야! 미려야! 손님들을 백화관으로 모시도록 하여라."

"예, 언니!"

그녀가 고개를 돌려서는 간드러진 목소리로 사람을 부르니 비단 자락을 하늘거리며 아름다운 미색의 세 여인이 종종걸음으로 와서는 루드웨어와 유리마의 품에 안겨서는 말했다.

"어머, 몸도 좋으셔라~ 자, 이쪽으로 오세요."

"허허허… 큭!"

괜히 좋다고 웃다가 다시 한 번 일격을 당한 루드웨어였다.

로노와르는 지금 남자의 모습으로 폴리모프한 상태였다. 주루에 들어오면서 여인의 모습을 할 수가 없었기 때문이다.

그녀의 곁에도 나긋나긋한 여인이 붙었지만 그리 감흥이 없는 그녀는 부채를 펴며 고개를 돌릴 뿐이었으니 그런 모습에 더욱 반하는 것이 바로 기녀였다.

"어머~ 너무 멋있어요. 이 부드러운 턱 선 하며, 멋진 검미. 소녀, 한눈에 공자님께 반해 버렸답니다."

"흠흠."

할 말이 없는 로노와르였다.

어쨌든 다른 사람들과 만나기로 약조한 장소인 백화관으로 그들은 향했다.

화려하게 꾸며진 방으로 들어서자 루드웨어는 천천히 자리에서 일어나 창문을 열어 그곳에 붉은 깃발을 꽂았다.

"어머, 손님은 무림인이신가 봐요?"

"허허, 검을 차고 있는 것을 보면 모르겠느냐?"

"서경에선 글만 아는 서생들도 검을 차고 다닌답니다. 하지만 공자께선 너무나 멋지셔서 땀 냄새 나는 무림인이라고는 전혀 믿어지지 않는걸요?"

"허허, 보는 눈은 있어가지고서리. 자, 이 멋진 공자의 품에 한번 안겨보지 않으련. 끅!"

계속되는 로노와르의 구타에 눈물을 흘릴 수밖에 없는 루드웨어였다.

창문에 걸어놓은 깃발은 자신들이 이곳에 도착했다는 표식으로 진천명은 그 깃발이 걸리면 적어도 일주일 이내에 이곳으로 온다는 약조를 했었다. 하나 루드웨어 일행이 주루에 머무른 지 일주일이 지났건만 진천명과 홍련칠화들의 모습은 보이지 않았다.

"휴, 언제 오는 거야?"

로노와르는 이제 기녀들을 상대하는 것도 지쳤는지 한숨을 내쉬며 괴로워하고 있었다. 남자들의 전당에서 어찌 여자들이 기분 좋을 수 있겠는가?

"푸하하하! 낙원이로다! 낙원! 그냥 자유 생명체들 냅두고 이곳에서 계속 살까?"

"……."

마누라 앞에서 기녀들을 끼며 웃고 있는 루드웨어, 한마디로 간이 부었다고 할 수 있었다. 매일 밤만 되면 주루에서의 일로 사지 뼈가 몽땅 부러질 정도로 맞아도 변하지 않는 그였으니 역시나 사람의 본성이란 것은 어쩔 수 없는 모양이었다.

그때, 방문이 열리면서 새로운 기녀들이 모습을 드러내니 일행들은 의아하지 않을 수 없었다.

지금까지 도중에 기녀를 바꾸는 일은 없었기 때문이다. 또 괴이하게 느껴지는 것은 들어온 기녀들이 하나같이 상당한 무공을 익히고 있다는 것이었다.

"호호호! 저희 주루에서 손님들을 위해 특별히 데리고 온 아이들이랍니다."

그 말과 함께 여주인이 눈짓을 하니 그녀들이 모두 팔뚝을 걷어 올렸는데, 팔뚝 중간 부분에 붉은색의 점들이 있는지라 루드웨어는 크게 놀라며 소리쳤다.

"수궁사!"

수궁사는 순결을 고이 간직하고 있는 처녀들만이 가질 수 있는 것으로 일종의 증표라고 할 수 있었다.

루드웨어는 주루의 기녀들에게서 수궁사가 있는 것을 보니 이번에 기녀가 된 아이라는 것을 알고는 크게 놀랍지 않을 수 없었다.

"하하하하! 쓰읍! 이거 뭐라고 말을 해야 할지 모르겠군."

본래 여인들이 기녀가 될 때 한 가지 의식이 있었으니 그것은 바로 순결을 바치는 것이었다.

보통 주루에선 이런 아이들이 오면 많은 돈을 받고 손님들에게 기회를 내주는데, 루드웨어는 이런 기회가 공짜로 자신에게 왔기에 흘러내리는 침을 닦으며 기뻐하고 있었던 것이다.

"주접을 떨어라, 주접을!"

더 이상 참지 못한 로노와르는 침을 닦고 있는 루드웨어의 안면을 그대로 후려갈기고는 자리에 일어나서는 소리쳤다.

"우린 이런 것은 필요없다! 당장 이것들을 데리고 사라져라!"

하지만 루주는 로노와르의 말에도 아랑곳하지 않고 간드러진 웃음을 터뜨리며 아이들에게 손짓을 하니 그녀들은 그들의 곁에 가서는 다소곳하게 앉았다.

"허허허!"

두 줄기의 피를 흘리면서도 루드웨어는 뭐가 그리 좋은지 연신 웃음을 짓고 있다가 로노와르의 살기 어린 눈빛에 고개를 숙일 수밖에 없었다. 그때 유리마의 곁에 있던 여인이 그의 손을 덥석 잡고는 자신의 가슴으로 가져가니 그로선 크게 당황할 수밖에 없었다.

"어허! 이게 무슨 짓인가?"

마음속으로는 그렇지 않지만 겉으로는 점잖음을 표방하는 그였다. 얼굴이 시뻘겋게 변하며 소리치고 있었음에도 힘주어 손을 빼지 않는 것을 보니 그도 남자긴 남자였는가 보다.

"호호호!"

그 순간 그의 옆에 있는 기녀가 간드러진 웃음을 터뜨리자 유리마는 이유를 몰라 당황할 뿐이었다.

"응?"

"묵 가가! 저예요, 저!"

"응?"

자신을 묵 가가라고 부르며 가슴으로 안겨드는 그녀를 보며 당황한 그였지만, 잠시 후 그 목소리가 귀에 익다는 것을 깨닫고는 그녀의 정체를 알아챌 수 있었다.

"아! 초희 아니냐!"

"응?"

유리마의 외침에 루드웨어와 로노와르 두 사람은 놀라지 않을 수 없었는데, 초희는 얼굴을 가리는 망사를 벗어 던지고는 묵립의 팔에 매달리면서 소리쳤다.

"묵 가가, 다시 만나서 너무 기뻐요!"

"하… 하……."

초희의 행동에 유리마가 뒤통수를 긁으며 멋쩍어하자 다른 기녀들도 망사를 벗었다. 홍련칠화였다.

"신녀님께 인사드립니다."

이미 그녀들은 남자로 모습을 바꾸고 있는 로노와르를 알아보고는 인사를 하고 있으니 폴리모프를 풀어 본모습을 나타낸 그녀는 크게 기뻐하며 말했다.

"너희들을 다시 보니 본 신녀도 기쁘기 그지없구나."

갑자기 근엄있게 말을 하는 로노와르, 평소의 그녀를 너무나 잘 아는 루드웨어는 고개를 돌려서는 키득키득 웃음을 터뜨릴 뿐이었다.

하지만 그의 웃음이 오래가지 않아 또 다른 일행들이 합류했다.

"하하하하! 여러분들, 이곳에 다 모여 계셨군요."

"아빠, 예랑이는 분 냄새가 나서 싫어요."

루드웨어들을 보며 크게 웃음을 터뜨리는 남자와 그 옆에서 코를 쥐며 인상을 찌푸린 여아였다.

문 쪽에서 들리는 중년 남자와 어린 여아의 목소리의 익숙함에 떨리는 얼굴로 고개를 돌아보자 그곳에는 역시나 예랑이와 예랑이 아빠가 있었다.

"자네도 이곳에 있었는가?"

루드웨어가 난데없이 등장한 부녀를 보며 황당한 표정으로 물어보자, 도리어 그가 영문을 모르겠다는 표정을 하며 물었다.

"무슨 소리입니까? 이 기루는 제가 운영하고 있는 곳인걸요?"

"응?"

영문을 몰라 하고 있는 그였으니 그들과 함께 들어온 도연랑이 미소를 지으며 대답했다.

"예랑이의 부친께서는 하오문의 문주이십니다."

"하오문의 문주라……."

하오문은 강호에서 사기꾼이나 도박사 같은 밑바닥 인생들이 모여 만들어진 문파로 어둠의 세계에서는 가장 넓은 정보망을 가진 조직이라 할 수 있었다. 설마 순진무구의 상징인 예랑이의 부친이 하오문의 문주일 것이라고는 생각지도 못한 루드웨어는 황당할 수밖에 없었다.

"그렇다는 것은 예랑이는……."

"하하하, 그렇죠. 제가 죽는다면 다음 대 하오문주는 예랑이가 되겠지요."

"아앙! 아빠, 난 문주 되기 싫어!"

그 말에 예랑이는 아빠의 배를 치며 앙탈을 부리니 예랑이 아빠는 아이를 안아 올리고는 미소를 지으며 물었다.

"그럼 우리 예랑이는 무엇이 되고 싶니?"

"으음… 예랑이는 커서 예쁜 신부가 되고 싶어."

"아이고! 우리 예쁜 예랑이!"

또다시 부녀의 애틋한 정을 보이고 있으니 남자들의 야성이 꿈틀거리는 주루에 와서 하는 행동에 어이가 없을 뿐이었다.

하지만 언제까지 이렇게 즐거운 분위기만 있을 순 없었으니, 다음에 등장한 남자가 일행들의 흐트러진 정신을 일깨워 주었다.

"주군께 인사드립니다."

"오! 진천명!"

역시 강호오룡의 일 인인 진천명은 다른 이들과는 달리 포권을 하며 무인답게 인사를 하고 있었다.

"그래, 잘 지냈는가?"

"예. 주군께서 말씀하신 대로 무황성의 종적을 찾기 위해 여기 계시는 하오문의 문주님과 함께 강호 곳곳을 찾아보았습니다."

"오! 역시 누구의 수하와는 참으로 다른 모습이로다!"

그 누구의 수하라고 해봤자 로노와르밖에 없었으니 잘난 척을 하며 배를 내미는 그였다.

"하지만 강호의 어느 곳에도 무황성의 종적은 찾을 수 없었습니다."

"후후."

역시나 웃음을 터뜨린 것은 로노와르였다.

"음… 하긴 그들의 힘이라면 차원 왜곡 같은 것을 이용하여 성의 모습을 숨겼겠지."

"이런 이유로 불괴성이나 무림맹과는 달리 총단의 위치가 알려져 있는 마교를 집중적으로 조사했고 총단의 소재지를 파악할 수 있었습니다."

"오!"

역시나 일에 한해서는 딱 부러지는 진천명이었다.

진천명이 말한 마교 총단의 위치는 중원을 벗어난 곳, 바로 서장이었다.

"수고했네. 일단은 서장으로 향하도록 하세나."

"예."

일행 중에서 지낭이라 불릴 수 있는 진천명은 이미 예상하고 서장으로 떠날 만반의 준비를 하고 있었기에 일행들은 또다시 탐복하지 않을 수 없었다.

예랑이와 그의 부친은 서장으로 가는 긴 여행을 할 수 없는지라 서경에 남아 중원의 판도를 살피는 역할을 맡게 되었는데, 그 와중에 일행들을 깜짝 놀라게 한 일이 있었다.

바로 홍련칠화의 한 사람인 선무낭자 소심랑이 서경에 남기로 한 것

인데, 예랑이 아빠와 소심랑은 아무도 모르는 사이에 사랑하는 사이가
되어버린 탓이었다.

평소의 소심랑 성격을 생각한다면 크게 놀라운 일이라 할 수 있었으
니 두 사람이 합쳐지게 되는 데 가장 큰 공을 세운 사람은 바로 예랑이
었다.

예랑이는 전에 했던 말 그대로 예쁜 신부가 되는 것이 꿈이었으니
예의가 바르고 다소곳한 소심랑은 예랑이의 이상형이었던 것이다.

이런 이유로 예랑이 아빠와의 만남도 자주 있었으니 원래 얼굴을 자
주 하다 보면 정이라는 것이 생기는 것이 인지상정인지라 두 사람은
어느 사이에 서로를 존대하고 사랑하는 사이가 되어버린 것이다.

예랑이의 모친은 아이가 어렸을 때 병으로 숨을 거둔지라 엄마의 정
이 모자란 예랑이에게 사려 깊은 소심랑은 좋은 어머니가 될 수 있다
는 생각에 다른 여인들은 크게 기뻐하는 모습을 보여주었다. 물론 이
일로 인하여 묵립에 대한 초희의 대시가 더욱 거세어진 것은 당연한
일이었다.

"마교를 담당하고 있는 자는 라르도로 한때 무적검성 양운이란 이름
으로 천하제일인의 자리에 선 적이 있는 사람이다."

"무적검성 양운이 무황의 일인이란 말입니까?!"

유리마의 말에 진천명은 크게 놀란 표정을 지을 수밖에 없었으니 검
을 다루는 그는 중원에서 이름을 날리는 고수들 중에서도 혼자의 힘으
로 천하제일인이 된 무적검성을 가장 존경하고 있었기 때문이다.

강호오룡이라고는 하지만 구대문파와 같은 대문파 출신이 아니었기
에 그들에게 수모를 당한 적이 있었기 때문이다.

"그렇다네. 라르도는 전 세계에서도 검술 하나로 최고의 자리에 있

던 자, 그런 그가 중원의 검술마저 익혔으니 현재 그의 검술 실력은 아마도 우리 셋의 무공으론 어림도 없다고 할 수 있겠지.”

“음.”

물론 세 사람이 무공만으로 싸울 것은 아니었다. 로노와르는 드래코니안의 힘을, 루드웨어는 마법을, 유리마는 영안을 이용한 암흑 마법 등 자신들의 장기를 사용한다면 충분히 승산이 있을 것이다. 하지만 지금은 다른 이들이 같이 동행을 하고 있었기에 그 정도의 실력을 가진 이가 게릴라전으로 나온다면 많은 피해를 감수해야만 했다.

또 마교라면 정파나 사파와 버금갈 정도의 초고수들을 보유하고 있는 곳이었기에 일이 그리 쉽게 풀리지 않을 것은 확실했다.

서장. 동남쪽으로는 운남성을 동쪽으론 금사강을 경계로 사천성과 경계하고 있는 곳으로 홍교가 일대를 좌지우지하고 있는 곳이다. 달라이 라마를 중심으로 한 서장 홍교는 독특한 무공을 보이고 있었는데, 그 무공 역시 중원의 무공과 비교해서 뒤지지 않는지라 중원인들은 이들이 언제 중원무림으로 밀고 내려올지 모른다는 생각에 주의를 하고 있는 자들이었다.

숨 쉬기조차 힘든 고원, 바로 티베트 고원의 중턱 부근에는 서장에서 흔히 볼 수 없는 중원식의 거대한 성(城)이 존재하고 있었다.

근처의 서장인들에겐 마군성(魔軍城)이란 이름으로 불리고 있는 이곳은 중원 대륙을 삼분하고 있는 집단인 마교의 총단이었다. 하지만 외부에는 중원에서 온 자들이 홍교의 교리를 배우고자 모여 사는 곳으로만 알려져 있었다. 거의 매일 홍의라마들이 드나들고 있었기에 그러한 주변 사람들의 생각은 더욱 굳혀가고 있었다.

성벽의 남쪽에선 한 여인이 까마득히 내려다보이는 대지를 보며 길게 탄식을 하고 있었는데, 허리에 차여진 검으로 보아 무림의 여인이라는 것을 알 수 있었다.

'아… 진 가가……'

진 가가. 그녀가 대지를 보며 애타게 부르고 있는 자는 바로 루드웨어의 수하이자 오룡의 일 인인 진천명이었으니 그녀는 그를 사모하는 여사랑이었다.

"크크크, 천하가 다 알아주는 마녀 적련화 여사랑이 한숨을 쉬고 있다니 우습기 그지없군."

"…우경."

진천명을 생각하는 그녀에게 다가서는 이는 만근퇴 우경이란 자였다.

여사랑과 우경은 마교 내에서 좌우사자의 직함을 가지고 있는지라 사람을 별로 사귀지 않는 그녀가 가장 친하게 지내는 이가 우경이었다.

"아직도 정파의 그놈을 생각하는가?"

"……."

"쳇! 나같이 멋진 놈을 제쳐 두고 생각한다는 놈이 허명만 가득한 오룡의 일 인이라니… 밥맛 떨어지는군."

"흥! 그 사람이 오룡의 일 인이라고는 하지만, 현재의 무공 실력은 당신을 넘어선다는 것을 말하지 않았나?"

"후후후. 알아, 안다고. 지금 너의 무공은 거의 부교주와 맞먹는 수준이니까."

놀랍게도 우경은 여사랑과 진천명이 무공을 같이 익혔다는 것을 알고 있었다.

이런 일이 밝혀지면 여사랑은 교의 배신자로 낙인찍혔을 것이 분명
했으니 그녀가 우경이란 사람을 얼마나 믿고 있는지 말해 주는 장면이
었다.

"그나저나 나랑 함께 가자."

"뭐 하러?"

"쳇! 교주께서 부르신다고."

"흥!"

그를 보며 콧방귀를 뀐 여사랑은 그 순간 하늘 높이 몸을 날렸는데,
그 모습이 한 마리 학과 같은지라 우경은 탐복할 수밖에 없었다.

"호오! 드러나는 각선미 굉장한데… 끅!"

그 말이 끝나기도 전에 여사랑의 지풍이 날아와서는 그의 이마를 가
격하니 눈물날 정도의 통증에 우경은 그 자리에서 주저앉고는 이마를
쓰다듬으며 신음했다.

"큭… 으그그그… 여사랑!!"

화가 난 그는 자리에서 일어난 여사랑을 소리 높여 불렀지만 그녀는
미소를 지으며 손을 흔들고 있었다.

"후후. 뭐 해, 우경! 교주님께서 부르신다며?"

"쳇!"

그녀의 미소에 화를 낼 수가 없는 우경은 천천히 성벽에서 내려가며
생각했다.

'진천명, 너에겐 절대 적린화를 내줄 수 없다!'

우경, 그는 진천명을 향하여 투기를 일으키고 있었으니 그 역시 여
사랑이란 여인을 사랑하고 있었기 때문이다.

모든 것은 그날의 일이 화근이었다.

오룡의 일 인인 진천명을 처리하기 위해 교의 좌우사자인 여사랑과 그는 함께 중원으로 나갔는데, 한순간의 오판으로 그녀와 전혀 다른 방향으로 움직였던 것이다.

그 탓에 여사랑은 행방불명이 되어 그의 마음은 찢어질 듯이 아플 수밖에 없었다. 하지만 오랜 시간이 지난 후 그녀가 다시 교로 돌아왔다는 소식을 들은 그는 지금까지의 모든 아픔이 사라졌지만 얼마 지나지 않아 또 다른 아픔이 그를 찾아왔다.

다시금 돌아온 그녀는 다른 남자를 사랑하고 있었던 것이다.

'네 녀석이 진정으로 적련화를 사랑한다면… 이곳으로 오겠지. 와라! 그리고 나 우경에 의해 시험을 받게 될 것이다. 그녀를 사랑할 자격이 있는지 없는지를……'

성벽을 내려온 여사랑은 우경과 함께 거대한 건물로 들어갔다.

화련각이란 명패가 붙어 있는 곳으로 교주인 홍화신군이 거처하고 있는 건물이었다.

"어서 오십시오, 좌우사자님."

교주의 방 앞에서 여사랑은 두 사람을 만날 수 있었다.

한 명은 붉은 옷을 입고 있는 인물로 불타오르는 듯한 붉은 머리의 이십 대의 청년이었으니 그가 바로 홍화신군의 첫째 제자인 천마 문천익이었다.

그 옆에는 삐삐 마른 인물이 푸른색의 연기가 뿜어져 나오는 곰방대를 물고 있었는데, 독으로는 남만 독문의 문주에 버금간다고 알려져 있는 홍화신군의 둘째 제자 구시독인 예운이었다.

"크크크."

음흉한 웃음을 흘리고 있는 그는 여사랑을 보며 긴 혓바닥을 놀리며 침을 삼키고 있었기에 소름이 끼칠 지경이었다.

"구시독인, 죽고 싶은가?"

여사랑을 보며 입맛 다시고 있는 예운을 마땅치 않게 보는 우경이 두 손을 허리 뒤로 돌리며 살기를 내뿜으니 그는 음흉한 웃음을 지으며 옆으로 물러서며 말했다.

"크크크, 제가 어찌 좌우사자님의 상대가 될 수 있겠습니까?"

"……."

한두 번 보는 얼굴은 아니었지만 예운이란 녀석은 보면 볼수록 밉살맞게 느껴지는 놈인지라 없애 버리고 싶었다. 하지만 아무리 좌우사자의 직함을 가지고 있다 하더라도 교주의 제자에게 함부로 손을 쓸 수는 없는지라 우경은 끓어오르는 살기를 억누르며 여사랑에게 말했다.

"좌사자, 갑시다."

"예."

여사랑 역시 예운을 베어버리고 싶은 생각이 굴뚝같았지만 화를 누르며 우경의 말에 고개를 끄덕이곤 그들 옆을 지나갔다.

"크크크… 정말 맛있게 생긴 계집이란 말야."

예운이 그녀가 옆을 지날 때 조용히 읊조리듯이 중얼거리니 고수인 그녀가 그런 말을 못 들을 리가 없었다.

"큭!"

화가 난 여사랑이 도를 뽑아 들었는데 그녀보다 더 빠르게 만근퇴 우경이 움직였다. 한순간 그의 손에서 푸른색의 섬광이 번뜩이는가 싶더니 예운의 몸 주위로는 수십 개의 침이 한 치 정도의 일정한 간격을 두고 박혔다.

이 정도라면 간담이 써늘해지는 것은 당연하겠지만, 오히려 예운은 재밌다는 듯이 미소를 짓고 있었으니 그의 배짱이 상당하다는 것을 말해 주고 있었다.

"예운! 한 번만 더 그 딴 소리를 지껄인다면 그 침들은 너의 사혈들로 향할 것이다!"

"크크크, 여부가 있겠습니까?"

곰방대를 벽에다 툭툭 털며 중얼거리는 그가 고개를 돌려 돌아서니 우경은 녀석의 뒤통수에 비침(飛針)을 박아버리고 싶은 심정이었다.

"우경, 됐어요."

"조심해야 해. 저 녀석은 자신의 실력이 높아진다면 교주님마저 잡아먹을 녀석이다."

여사랑의 말에 우경이 이를 갈며 말하니 그녀 역시 그의 말에 고개를 끄덕일 뿐이다.

과거의 마교는 괴이한 성격의 자들은 많았지만 교도들 사이의 사소한 다툼 같은 것은 거의 없었는데, 무황성이 마교를 장악한 이후로는 저런 자들이 점점 늘어가고 있었다.

두 사람은 그들의 곁을 지나 교주의 방에 도착했다.

"교주님, 좌우사자가 도착했습니다."

"들라 해라."

"예."

문 앞을 지키는 시녀가 말하자 교주의 목소리가 들려왔다.

방 안으로 들어서자 오십 대의 중년인이 붓을 들고는 무엇인가를 적고 있는 모습이 보였는데, 종이 위의 필체는 용이 꿈틀거리는 듯한 느낌이 들 정도였다.

좌우사자가 당도한 후에도 한참을 글씨를 쓰던 중년인은 천천히 벼

루 위에 붓을 내려놓고 심호흡을 하고는 말했다.

"어서 오게나."

"교주님께 인사 올립니다."

두 사람은 교주를 보며 포권을 하고는 앞에 있는 의자에 앉았다.

"무황성에서 연락이 왔다."

"음……."

솔직히 우경은 무황성을 마음에 들지 않아 하고 있었기에 얼굴을 찌푸릴 수밖에 없었지만, 지금 이 순간 교를 위해선 무황성의 명령을 거부할 수 없었다.

"서한에 따르면 본 교의 총단으로 무황성의 권위에 도전하는 적들이 오고 있다더군."

"음."

"숫자는 아홉뿐이라 하나 하나하나의 무공은 본 교 서열 백 위 권 이상의 인물이라 하니 자네들이 이들을 맡아주었으면 하네."

"알겠습니다."

명을 받은 두 사람은 자리에서 일어나 인사를 하고는 나가니 그들의 뒷모습을 보며 작게 한숨을 쉬는 교주였다.

[이젠 됐소이까?]

[크크크, 물론이오.]

교주가 안타까운 표정으로 전음을 날리는 어둠의 한편에서 금색 가면을 쓴 자가 모습을 드러내며 그를 향해 음흉한 웃음을 짓곤 대답해주었다.

'아! 교를 위하여 좌우사자를 버릴 수밖에 없단 말인가…….'

자신의 힘이 없음에 대한 원통함에 교주는 눈물을 흘릴 수밖에 없었지만 십만마교도를 위해서는 어쩔 수 없는 선택이었다.

한편 교주의 명을 받은 좌우사자는 자신들의 휘하 세력을 이끌고는 총단을 벗어나니 드디어 루드웨어 일행과 마교의 싸움, 그 서막이 올랐다.

"그나저나 의외로 조용하군."

서장으로 진입한 루드웨어 일행들은 분명 녀석들의 공격이 있을 것이란 예상을 했지만 의외로 조용하자 조금 이상하게 생각할 수밖에 없었다.

"이렇게 된 거 포달랍궁이라도 놀러 가자. 응?"

"넌 무림인으로 정신이 있는 거냐, 없는 거냐? 서장의 지주라고도 할 수 있는 포달랍궁에 가서 무슨 봉변을 당하려고."

"그런가?"

"거기다 듣자 하니 홍의라마들은 색도 밝힌다는데 거기 가서 끔찍한 일이라도 당하려면 어떻게 하려고."

"브레스로 지져 버리지 뭐."

로노와르의 입장에서 보면 당연한 말이었기에 귀여운 그녀의 머리를 쓰다듬어 준 루드웨어는 마차를 모는 진천명을 보며 말했다.

"진천명, 마교의 총단은 아직 멀었는가?"

"예. 적어도 오 일 이상은 더 가야 한다 생각됩니다."

"음."

넓고 넓은 중원이었다.

자신의 세계라면 디멘전 패스라도 사용해서 움직이련만 이곳은 마계라는 곳의 위치도 모호할 뿐 아니라 좌표조차 없으니 어찌할 도리가 없었다. 하지만 이런 심심한 여행은 그리 오래가지 않았다. 기다리고 있었던 녀석들이 드디어 일행의 앞에 모습을 드러냈던 것이다.

흑회색의 자갈이 넓게 깔려져 있는 서장의 들판, 그 멀리서 수십 기의 말들이 빠른 속도로 일행들이 타고 있는 마차를 향해 달려오고 있었다. 홍의라마나 이곳에 있는 주민들이 저렇게 떼로 몰려 급하게 말을 타지 않는 것을 감안한다면 저자들이 중원에서 온 자들이라는 것은 쉽게 밝혀지는 일이었다.

루드웨어가 이글 아이를 사용하여 살펴보니 역시나 중원의 복색을 하고 있는지라 일행들을 보며 말했다.

"아무래도 마교의 무사들 같다. 모두들 만반의 준비를 하도록 해라."

"예."

일행들은 그의 말에 모두 병장기를 뽑아 들었으나 원근감이 부족한 루드웨어였기에 일행들은 자그마치 이십여 분을 기다려야 하는 수고를 겪어야 했다.

"휴, 멀리서 보이기는 하는데… 언제 오는 거야?"

"뭔 놈의 공기가 이렇게 맑아! 젠장, 너무 잘 보여서 탈이군. 쩝."

역시나 서장의 맑은 공기를 탓하는 루드웨어였다.

하릴없이 기다리면 뭐 하겠는가?

루드웨어 일행은 멍석을 깔아놓고 역시나 그들이 도착할 때까지 차를 나누고 있었으니 얼마 후 도착한 마교의 무사들은 이들의 모습을 보고 황당할 수밖에 없었다.

"이제야 오는군."

녀석들의 모습을 보며 천천히 자리에서 일어난 진천명은 맨 앞에서 갈색 갈기를 휘날리고 있는 말을 타고 있는 무사를 보며 소리쳤다.

"중원에서 온 진천명이라 하오이다!"

"진천명!"

무리들의 대장인 듯한 자는 진천명의 이름을 듣고는 크게 놀라지 않을 수 없었으니 말에서 내린 그는 가볍게 포권을 하며 물었다.

"그대가 강호오룡의 일 인이라 알려져 있는 진 대협입니까?"

"그렇소이다. 대협의 존성대명은 어떻게 되는지요?"

"홍련교 우사자 만근퇴 우경이라 하외다!"

"우경!"

진천명 역시 크게 놀라지 않을 수 없었으니 한때 루드웨어를 만나기 전 자신을 쫓고 있던 무사의 이름이었기 때문이다. 하지만 그의 마음을 더욱더 진정시키지 못하게 하는 것이 있으니 그를 떠나 버린 사랑 적련화 여사랑의 동료라는 것을 알기 때문도 있었다.

"우 대협… 여 여협께서는 잘 계신지요."

"물론이오. 본인과 함께 당신들을 맞이하려 나오기까지 했으니까요."

"아!"

그 말에 사방을 둘러보니 한쪽에서 고개를 숙이고 있는 여인의 모습을 볼 수 있었다.

"여사랑!"

여사랑의 모습을 확인한 그는 그녀를 향해 뛰어가려고 했지만 파공음과 함께 그의 발 밑으로 수십 개의 장침이 떨어져 내렸다.

"큭!"

"서로의 입장을 잘 이해하지 못한 모양이군요."

장침을 던진 우경은 진천명에게로 강한 살기를 띠고 있었다.

한편 두 사람의 모습을 보고 있던 루드웨어와 로노와르는 조용히 속닥거리고 있었으니…

로노와르는 진천명이 크게 격동하는 모습을 보고는 궁금함을 느끼고 그를 보며 물었다.

"저 여자가 누군데 진천명이 저러는 거야?"

"음… 뭐라고 할까? 내가 이곳에 들어오면서 알게 된 사람이 있는데, 그게 바로 진천명하고 여사랑이지."

"그런데?"

"진천명하고 여사랑은 뭐랄까… 그래, 연인 사이였는데, 어느 날 여사랑이 갑자기 사라져 버리더라고. 아무래도 진천명의 밤일이 시원치 않았나 봐."

"쯧쯧… 불쌍하기도 해라."

"그런 것이 아니지 않습니까!"

두 사람의 이야기를 들으며 동시에 여사랑과 진천명은 얼굴이 시뻘겋게 변하며 소리쳤다.

"괜히 그래."

"뭐 찔리는 게 있었나 보지. 쩝쩝."

"……."

역시나 말로는 당할 수 없는 두 사람이었으니 한숨을 내쉰 그는 여사랑을 보며 말했다.

"왜… 왜 나를 떠났소이까?"

"진 가가……."

하지만 그녀는 더 이상 그를 보며 말하지 않고 고개를 돌리니 우경은 부하들을 보며 손을 들었다.

그의 신호와 함께 뒤에 있던 무사들은 병장기를 뽑아 들고는 일행들을 향해 진세를 이루기 시작했다. 그 모습을 보고 있던 진천명은 고개를 돌려 루드웨어 일행을 보며 말했다.

"이 일은 저에게 맡겨주시면 안 되겠습니까?"

"음… 혼자서 할 수 있겠는가?"

"힘 닿는 데까지 노력해 보겠습니다."

"알겠네."

여사랑의 일을 감안한다면 진천명이 혼자 나서는 것도 그리 나쁘지 않은 일인지라 루드웨어는 고개를 끄덕이며 수긍해 주었다.

루드웨어가 이렇게 진천명의 청을 허락한 것에는 다른 이유도 있었으니 예상외로 자신들을 상대하기 위해 나온 자들의 무공 실력이 그렇게 높지 않다는 것이 그 이유였다.

'우경이란 자는 실력이 있다고 하나 진천명에 비하면 한 수 아래. 분명 우리들의 실력을 알고 있을 그들이 왜 이들만 보낸 것일까?

그렇게 생각한다면 무엇인가 다른 일을 꾸미고 있다고 볼 수 있었으나 주변에는 어떠한 낌새도 느낄 수가 없었기에 불안한 생각이 들고 있었다.

"개진(開陣)!"

이런저런 생각을 하고 있는 동안 마교의 진세가 드디어 시작되었다. 진천명은 일행들이 말려들지 않게 하기 위해서 빠른 속도로 앞으로 몸을 날리고는 자신의 앞에 있는 두 사람의 무사들을 순식간에 쓰러뜨렸다. 하지만 두 사람 쓰러뜨린 정도로 진세는 흐트러지지 않았고 우경을 중심으로 한 이십여 명의 무사들은 진천명을 향해 검을 찔러왔다.

"차압!"

쌍검을 휘두르며 태극검무를 시전하는 진천명은 진세가 몰아치고 있음에도 전혀 당황하지 않았다. 그 모습을 보며 루드웨어는 안 보는 사이에 그의 무공이 크게 상승했음을 알 수 있었다.

"파암세(破巖勢)!"

진을 조종하는 우경이 소리치자 그를 둘러싸고 있는 무사들의 검기가 하나로 이어져서는 진천명을 향해 빠르게 쏘아졌다.

쿠궁!

엄청난 위력의 검기가 쏟아지며 주위의 자갈을 산산조각으로 만들며 공격하고 있었기에 진천명은 정신을 차릴 수가 없었다.

"태극원무!"

피하기만 해서는 안 된다는 생각을 한 진천명은 방어 초식인 태극원무를 시전하니 정면으로 원형의 검막이 형성되어 쇄도해 들어오는 검기를 막았다.

쿵쿵쿵!

이십여 명의 내력이 하나로 합쳐져서 날아온 검기였기에 태극원무의 막은 금세 깨어질 듯한 모습이었다. 하지만 그가 노린 것은 바로 이것이었다. 태극원무를 깨기 위해 검기가 한 군데로 모일 것은 분명한 일이었기에 그 틈을 타 몸을 움직일 공간을 마련한 것이다.

왼발을 축으로 빠른 속도로 몸을 회전시킨 그가 빠른 속도로 검기들을 비껴 앞으로 나오니 다시 검기가 자신을 향해 오기 전에 진천명은 진세를 향해 초식을 날렸다.

"양의선무 혼천세!"

혼천세의 수십 개의 검기는 진세를 향해 뻗어 나갔다.

"헉!"

양의선무 혼천세는 진천명의 내력 삼 분의 일 이상이 소모되는 만큼 그 위력은 타의 추종을 불허할 엄청난 검공이었다.

대지를 무너뜨릴 듯한 기세로 날아오는 검기에 우경과 무사들은 크게 놀라지 않을 수 없었다. 그 순간 뒤에서 누군가가 날아와서는 양의 천무 혼천세를 향하여 도를 날렸다.

"자비구생도법 제8식 천망만번(天網萬藩)!"

자비구생도법 태극검무와 함께 역사 속으로 사라졌던 무공이 다시 세상으로 나오니 천망만번의 초식은 순식간에 수백 개의 도를 만들어내며 일대를 뒤덮어갔다.

쿵쿵쿵!

진천명의 양의선무 혼천세는 천망만번의 초식에 막혀 공중에서 검기의 폭발을 일으켰고, 그 순간 엄청난 진공의 공간이 형성되며 강한 바람이 주변에 수많은 돌풍을 만들어내기 시작했다.

"큭… 여사랑."

자비구생도법. 진천명이 알고 있는 한 그 무공을 익히고 있는 자는 자신이 사랑하는 여인인 여사랑밖에 없었기 때문에 큰 폭발로 기가 역류되어 입에서 피를 흘리고 있는 진천명은 미간을 찌푸렸다.

강하게 일렁이는 흙먼지가 사라져 가며 멋들어지게 도를 든 자세를 잡은 여인이 모습을 드러내니 바로 여사랑이었다.

"우와! 진천명이랑 거의 막상막하잖아?!"

로노와르는 자비구생도법을 사용하는 여사랑의 무공을 보며 탐복하듯이 중얼거렸고, 그 말에 고개를 끄덕이는 루드웨어였다.

"진천명의 태극검무와 여사랑의 자비구생도법은 어떻게 말하면 상극의 검술이라고 할 수 있지."

"응? 상극?"

"태극검무는 신검수사 요의, 자비구생도법은 백나도천 굉의가 말년에 완성한 무공이야. 죽을 때까지 맞수로 남았던 두 사람인만큼 상대의 무공에 대한 철저한 연구 결과가 남아 있을 수밖에 없다는 거지."

"음."

"그나저나 내가 걱정하는 것은 저들이 아니라고."

"무슨 소리야?"

"무황의 한 사람인 부울스를 상대로 승리했다는 것을 다른 무황들도 알고 있을 텐데 왜 저들만 보냈을까?"

"그건 그렇네."

"분명 무슨 함정이 있으리라 생각되는데… 그걸 모르겠어."

진천명이 여사랑과 마교 측의 인물과 싸우고 있을 때 이미 유리마와 도연랑, 안초희의 모습은 사라지고 없었다. 이상하다는 생각에 루드웨어는 유리마에게 전음을 통해 아무도 모르게 빠져나가라 지시했던 것이다.

한편 진천명과 여사랑이 싸우고 있는 곳에서 약 백 리 정도 떨어져 있는 곳에선 이십여 명의 은색 가면을 쓰고 있는 자들이 마법진을 그려놓고 주문을 중얼거리고 있었다.

"크크크, 무황님에게 대적한 죄, 죽음으로써 갚게 해주마."

은색 가면의 주술사들을 보며 황금 가면은 음침하게 중얼거리고 있었으니 바로 무황성의 인물들이었다.

대지에 그려져 있는 마법진은 적어도 9서클 이상의 고위 마법을 실현할 수 있을 정도의 상위 마법진이었으니 한 사람 한 사람의 손에 들려져 있는 검은색의 구슬에선 상상도 하지 못한 마나가 빠른 속도로 빠져나가고 있었다.

구슬에서 느껴지는 마나의 양은 드래곤 하트에 버금가는 엄청난 양, 그런 구슬을 십여 명의 인물들이 하나씩 들고 있다는 것을 감안한다면 그들이 준비하고 있는 마법이 엄청난 것임을 짐작케 하고 있었다.

[금면사자, 계획은 잘 진행되고 있습니까?]

그때 금면사자의 옆으로 면사를 쓴 한 여인의 모습이 흐릿한 영상으로 드러나자 그는 급히 무릎을 꿇어 포권을 하고는 말했다.

"천무신녀님께서 말씀하신 대로 마교의 잔당을 이용하여 녀석들을 멈추게 하였습니다."

[당신들이 가지고 있는 구슬은 천룡의 여의주, 무황성 최고의 비보이기도 한 물건까지 건넸음에도 성공하지 못한다면 죽음을 각오하세요.]

"맡겨주십시오, 천무신녀님!"

천무신녀는 그의 대답을 듣고는 고개를 끄덕이고 사라졌다.

그녀의 모습이 사라지자 금면사자는 안도의 한숨을 내쉬었다.

"휴… 과연 천무신녀님. 손바닥에서 벗어날 수 있는 자가 누가 있단 말인가."

천무신녀. 무황성의 금면사자인 그는 남아 있는 무황들보다 이 천무신녀라는 여인을 더 두려워했다.

개방이나 하오문을 넘어서는 엄청난 정보력과 함께 선계의 물건이라고도 할 수 있는 여의주를 십여 개나 유용할 수 있는 자를 어찌 무서워하지 않을 수 있겠는가?

한편 여사랑과 진천명의 싸움은 더욱 거세어지고 있었다.

서로 상극이라고도 할 수 있는 무공을 지니고 있는 데다가 거의 모든 면에서도 누가 우세하다고 볼 수 없는 두 사람이었기 때문이다.

두 사람의 무공의 여파로 서장의 넓은 대지는 자갈밭처럼 흉하게 변했다.

"헉헉!"

상당한 내력을 소모한지라 여사랑과 진천명은 숨을 크게 몰아쉬며 대치했고, 마교의 무사들은 이들의 놀라운 무공에 입을 다물지 못하고 있었다.

그중 우경의 놀라움은 더욱 크다 할 수 있었는데, 한때 자신과 같이 마교의 좌우사자의 직함에 있었던 그녀는 실제 무공 면에선 한 수 아래였는데, 잠시 모습을 감춘 후 보인 무공은 이제 부교주 정도가 아니라 교주에 버금갈 듯했기 때문이다.

느껴지는 기도로 자신을 넘어섰다는 건 어느 정도 짐작은 했지만, 설마 이 정도의 수준이라고는 생각하지 못했던 우경은 한숨이 나왔다.

'가까이 하기에는 너무 센 당신인가……'

적련화 여사랑, 그녀는 이제 우경이 넘보기에는 너무 높은 경지에 있었던 것이다. 구시독인 예운이 교 내에서 여사랑은 눈엣가시처럼 생각하는 것도 어쩌면 이런 그녀의 기도를 읽었기 때문일 수도 있다고 생각하는 그였다.

"양의검무(陽意劍舞) 패천세(覇天勢)."

진천명의 패천세는 지금까지의 초식을 모두 압도하는 듯한 강한 힘을 가지고 있는 초식이었다.

보법을 사용하며 땅을 진동시키는 진각과 함께 시전되는 패천세에 여사랑은 크게 놀라 뒤로 몸을 날렸다.

"하앗!"

쿵!

강한 검기가 여사랑이 있던 자리를 향해 내리꽂히자 굉음과 함께 그녀가 있던 곳의 흙은 사방으로 날렸다.

"제15식 강우격파(强雨擊波)!"

패천세로 인하여 파편이 날아오자 여사랑은 그 위력을 경시하지 못하여 급히 도를 휘둘러서는 몸을 보호했다.

그것을 놓치지 않은 진천명은 드디어 음의선무(陰意線舞)를 시전하기 시작했다.

"음의선무 암선세(暗線勢)."

태극검무는 화려하고 강한 위력을 가진 양의선무와 함께 그와는 다른 음의선무라는 것을 가지고 있었다.

음의선무는 양의선무와는 전혀 다른 성질을 가지고 있었으니 진천명의 암선세가 시전되자 여사랑은 크게 놀라지 않을 수 없었다. 한순간 진천명의 기도가 완전히 사라졌기 때문이다.

"아!"

하지만 그의 모습은 얼마 지나지 않아 여사랑의 눈앞에서 드러났다. 패천세로 자욱한 흙먼지의 밑에서 한 자루의 검이 빠른 속도로 그녀의 턱을 향하여 밀려왔던 것이다.

챙!

그녀는 급히 몸을 젖히며 도를 내려쳐 간신히 검을 쳐낼 수 있었지만 그것이 끝이 아니었다. 검은 다시 위에서 아래로 밀려오는가 싶더니 다시 좌우 규칙성없이 빠르게 밀려와 그녀로선 받아치기에만 급급

할 뿐 공격을 생각할 수조차 없었다.

챙그렁!

드디어 진천명의 폭우와 같은 검끝에 여사랑은 들고 있던 도를 놓치고 말았다.

"아!"

여사랑의 목에 겨누어져 있는 진천명의 검. 두 사람의 싸움은 진천명의 승리로 끝이 난 것이다. 진천명은 루드웨어와 함께 많은 일을 겪으며 지내왔기에 무공이 크게 상승한 반면 심적 고통이 컸던 여사랑의 경우에는 그만큼 무공의 진척이 늦었던 것이 그 원인이었다.

"여사랑……."

그녀의 이름을 조용히 부른 그는 두 개의 검을 다시 검집에 넣고는 그녀를 가슴에 끌어안은 후 말했다.

"이제 다시는 당신을 떠나게 하지 않겠소!"

"진 가가."

진천명의 말을 듣는 순간 그녀는 온몸의 힘이 사라지는 것을 느꼈다. 두 사람은 지금 이 순간 다시 하나로 합쳐지게 된 것이다.

한편 두 사람의 싸움을 지켜보고 있었던 로노와르는 고개를 갸우뚱거릴 뿐이었다.

"이해를 못하겠네?"

"뭐가?"

"저럴 거면 뭘 하러 그렇게 피 터지게 싸웠대?"

"음… 무림의 마와 정의 숙명이 아니었을까?"

"쳇!"

괜히 심술 부리는 로노와르였다.

하늘에선 이 두 사람의 결합을 기뻐하기라도 하듯 십여 개의 유성이 눈부신 선을 그렸고 홍련칠화들은 아름다운 러브스토리에 감동하고 있었다.

"아! 유성까지… 정말 아름다운 날이야."

"응?"

천영살대 유란의 말에 천천히 고개를 든 루드웨어였으니 유성의 움직임이 조금 이상하다는 것을 느낄 수 있었다.

"저거… 어디서 많이 보던 건데… 로노와르, 저 유성 무리를 보고 뭐 느끼는 것 없냐?"

"응? 그리고 보니 꼭 메테오 같네?"

"메테오… 까아악!!'

그제야 눈치 챈 루드웨어는 크게 비명을 질렀다.

하늘에선 그들을 향해 수십 발의 메테오가 떨어지고 있었기 때문이다.

"설마! 녀석들이 노리던 것이 이것인가!"

루드웨어는 자신들을 잡아둔 이유를 눈치 채고는 다른 이들을 보며 소리칠 수밖에 없었다.

"로노와르! 드래코니안으로 변형해서 브레스로 메테오를 격추해라!"

"알았어!"

로노와르는 그의 말을 듣고 급히 몸을 변형하니 십여 장의 날개와 여러 개의 뿔을 지니고 있는 용녀의 모습이 되어 자신들을 향하여 날아오는 유성을 향해 브레스를 발사했다.

"로노와르 방공 시스템 작동! 후아악!!"

이로써 서장의 대지에선 메테오 폭격과 로노와르의 대공 브레스의 상상을 불허하는 접전이 시작되었다.

쿠구궁!

하늘로 치솟아 올라가는 무지갯빛의 브레스는 머리 위로 떨어져 내리는 메테오의 운석을 파괴하며 하늘에 큰 섬광을 만들어내었다. 실제로는 위급하기 그지없는 일이었지만 사람들은 마치 불꽃놀이 쇼를 보는 것 같아 황홀할 지경이었다.

로노와르가 머리 위로 떨어지는 메테오를 막고 있을 무렵, 유리마는 하늘에서 섬광을 뿜어내며 폭발하는 유성들을 보며 그것이 메테오라는 것을 깨닫고 크게 놀라지 않을 수 없었다.

"묵 가가, 너무 아름다워요. 우리들의 사랑을 하늘에서 축하해 주는가 봐요."

이게 어떤 상황인지 알지도 못하는 안초희는 유리마의 팔에 붙어서는 말하니 그로선 땀만 흐를 뿐이었다.

'저 정도의 메테오라면 엄청난 힘이 필요할 텐데… 도대체 어디지!'

하지만 일단 마법이 시전됐다면 그 마나의 흐름이라는 것이 존재한다. 유리마의 영안은 공중에 새겨진 마나의 흐름을 볼 수 있는 힘도 있었기에 얼마 지나지 않아 메테오 마법이 시작된 진원지를 찾아낼 수 있었다.

"저쪽이다!"

그가 적의 위치를 찾아내자 도연랑과 안초희는 고개를 끄덕이고 경공을 시전하기 시작했다.

수없이 많이 떨어지는 메테오를 로노와르가 간신히 버텨내고는 있지만 브레스란 것이 한없이 나오는 것은 아닌지라 빨리 적을 처리하지 못하면 일행들은 목숨을 부지하기 어려웠다. 또한 브레스로 메테오를 떨어뜨리기는 하지만 완전히 부수어 버릴 수는 없으니 얼마 지나지 않아 메테오의 조각이 분열되어 땅으로 떨어지기 시작했고, 굉음과 함께 대지는 크게 뒤흔들리기 시작했다.

"실드!"

메테오의 파편이 대지를 불바다로 만들어 버리자 급히 사람들을 모은 루드웨어는 실드를 쳐 사람들을 보호할 수 있었지만 문제는 그것이 아니었다.

이런 식으로 대지가 불바다가 된다면 막는 것은 문제가 없을지라도 보통의 사람이라면 질식을 면하지 못할 것은 당연한 것이기 때문이다. 물리적인 방어는 가능해도 공기를 만든다는 것은 창조의 능력이 없는 이상 불가능하기 때문이다.

"이곳을 벗어나야겠는데……."

하지만 그것이 불가능한 것이 현재 메테오와 좌표 값이 어디로 정해 졌는지 알 수 없기 때문이다.

메테오는 일정한 곳에 운석을 떨어뜨리는 것과 움직이는 물체에 좌표를 설정하는 것이 있는데, 만약 살아 있는 것에 좌표가 정해졌다면 움직임에 따라 메테오의 방향이 바뀌기 때문이다. 이러한 움직이는 좌표의 설정은 9서클 궁극 마법 중에서도 고난이도의 설정이 필요한 마법이었지만 자유 생명체라면 충분히 가능한 마법이었다.

'유리마가 원흉을 알아내지 못한다면 일이 어렵게 되겠는걸.'

"루드웨어! 이제 브레스도 얼마 남지 않았어!"

다원소 드래곤의 엄청난 마나로 인해 보통은 몇 발 사용하지 못하는 브레스를 로노와르는 수십 발을 사용할 수 있었지만, 그렇다고 무한대는 아닌 만큼 이제 떨어져 내리는 메테오를 처리할 수 있는 시간이 얼마 남지 않았다.

한편 효율적으로 메테오에 대항하기 위해 실드의 공간을 넓게 만들지 않았기 때문에 마교의 무사들은 그대로 폭발에 휩쓸리는 꼴이 되어버렸다.

"끄악!"

여기저기서 들려오는 비명 소리에 더 이상 참지 못한 쌍검무랑 당매는 루드웨어에게 말을 할 수밖에 없었다.

"루드웨어님, 마교의 무사들을 버려두실 건가요?"

"응? 그럼 어떻게 하라고?"

"적이지만 불쌍하잖아요."

유란 역시 당매의 말에 수긍했지만 역시나 루드웨어는 고개를 저을 뿐이었다.

"애석하지만 나로선 메테오를 상대로 실드의 범위를 크게 할 수는 없다고. 잘못하면 우리 모두 메테오의 폭발에 휩쓸릴 테니까. 그리고 애석하게도 저들에 관용을 베풀고 싶은 마음은 없군."

"예?"

"아군에게 배신당해 미끼로 사용된 자들이니 그런 식으로 죽는 것이 순리이겠지."

"그런!"

루드웨어의 말을 당매는 도저히 수긍할 수가 없었다. 아무리 적이라고는 하지만 아군에게 버려진 채 죽임을 당하는 것을 보면 구해주고 싶은 것이 인지상정이 아니겠는가?

"또 저들 중 이 상황을 알고 있었던 자가 있다고 한다면 분명 실드를 사용하여 메테오를 막고 있는 나를 공격할 것이 분명할 터. 한순간이라도 실드가 사라진다면 어떤 일이 벌어질지를 너 역시 잘 알고 있지 않는가?"

"아!"

다음 이어지는 말에 당매 역시 아무 말도 할 수가 없었다. 하지만 그것은 머리 속으로 수긍했을 뿐 마음으로 받아들일 수 있는 것이 아니었다. 죽어가는 사람들을 그대로 방치할 만큼 그녀는 모질지 못한 사람이었기 때문이다.

"루드웨어님, 제발 부탁드립니다."

"여사랑."

여사랑은 진천명에게 잡혀 실드 안에서 몸을 피하고 있었지만, 밖에 우경과 자신들의 부하가 있었기에 그대로 보고 있을 수만은 없었다.

"저의 목숨이라도 내놓을 테니 제발 저들을 구해주십시오!"

"주군, 저 역시 부탁드립니다."

진천명 역시 무릎을 꿇고 부탁하니 루드웨어로선 난감할 수밖에 없었다.

'젠장! 이 이상 언제 메테오가 끝날지 모르는 상황에 저들을 받아들이다간 죽기 십상인데……. 유리마, 뭐 하는 거야!'

한편 여사랑은 자신을 위해 머리를 박으며 부탁을 하고 있는 진천명의 모습을 보며 감동하지 않을 수 없었다. 자신은 그를 버렸음에도 불구하고 그 사랑을 잊지 않은 진천명은 자신의 부하들을 위해서까지 희생하는 모습을 보이고 있었기 때문이다.

진천명은 사랑하는 사람 자체뿐만 아니라 그녀와 관련된 모든 것을 감싸줄 수 있는 모습을 지니고 있다는 생각에 가슴이 뭉클해졌다.

"휴… 알았다. 로노와르, 잠시만 메테오의 파편이 떨어지지 않게 해 줘!"

"젠장! 그게 쉬운 일인 줄 알아!"

파편마저 떨어뜨리지 않게 하기 위해선 그녀의 브레스는 수가 많아지고, 그렇게 된다면 그들이 버틸 수 있는 시간도 크게 줄어드는 일이었다.

하지만 밖에서 죽어가고 있는 사람들을 위해서 두 사람은 잠깐의 시간을 벌 수밖에 없었다.

쿵! 쿵!

얼마 지나지 않아 메테오에 의한 폭풍과 불길이 어느 정도 사라지자 루드웨어는 실드를 해제했는데, 그 순간 뜨거운 열풍이 일행들에게 밀어닥치니 밖의 상황이 얼마나 끔찍한 것인가를 알게 해주었다.

"이런! 열기가……."

"실드가 아니었으면 우리 역시 살아남기 어려웠는걸."

매화는 밀어닥치는 열기에 얼굴을 가리며 중얼거렸다.

진천명과 여사랑은 실드가 해제되자 급히 사람들을 구하기 위해 밖으로 몸을 날렸지만, 이미 그때는 많은 사람이 죽임을 당한 후였다.

"우경!"

"끅… 여사랑……."

우경은 얼굴의 반 이상이 화상을 입고 있었고 그 외에 살아남은 일곱 명의 무사들 역시 중상을 면치 못하고 있었다.

단순히 파편만으로도 이런 결과가 일어난 것을 감안한다면 메테오가 정통으로 지상으로 떨어졌다면 어느 누구도 살아남지 못했다는 것을 알 수 있었다.

급히 여사량과 진천명들이 사람들을 끌어오자 루드웨어는 다시 실드를 쳤고, 그러자마자 대지에 또다시 수십 개의 메테오의 파편이 떨어져 와서는 대지를 진동시키며 불길의 폭풍을 휘몰아가기 시작했다.

"이거 완전히 서유기에 나오는 화염산의 꼴인걸."

실드 밖의 모습을 보며 유란이 중얼거리자 다른 이들 역시 고개를 끄덕일 수밖에 없었다.

"대충 중얼거리고 녀석들이나 데리고 오라고."

"예."

루드웨어의 말에 진천명은 우경을 비롯한 화상을 입은 마교의 무인들을 데리고 왔다.

"쳇! 리커버리!"

일단은 데리고 온 사람들인지라 보통의 힐링 마법으로 치료가 불가능하다고 생각한 그는 고급 치료 마법인 리커버리를 사용했다.

그의 손에서 나온 푸른색의 빛은 화상을 입은 사람들의 몸을 휘감기 시작하니 서서히 상처가 치료되기 시작했다.

"아!"

사람들은 이러한 치료 마법을 보는 것은 처음인지라 크게 감탄했다. 하지만 애석하게도 그런 감탄은 곧바로 경악으로 이어져 버렸다.

루드웨어의 예상대로 무황 측은 용의주도한 수법을 사용했던 것이다.

"무황 만세!!"

"루드웨어님!!"

치료를 받고 있던 무사 한 명이 어느 정도 상처가 치료되자마자 검을 뽑아서는 그대로 루드웨어에게 쇄도해 들어갔던 것이다.

"큭!! 차앗!"

리커버리를 사용할 때 갑작스럽게 공격해 온 터라 루드웨어는 그의 공격을 막지 못하고 복부에 검을 허용하고 말았다.

퍽!

급히 일장을 날려 자신의 복부에 검을 꽂아 넣은 녀석의 머리를 박살 내긴 했지만 몸에 큰 부상을 입고 말았으니 일행들의 주위에 있던 실드는 서서히 사라져 가기 시작했다.

"제, 젠장할… 실드!!"

복부에 통증을 느끼면서도 루드웨어는 이를 악물며 다시 한 번 실드를 펼쳤지만 큰 상처에 이내 무릎을 꿇고 말았다.

"루드웨어님!"

급히 진천명이 달려와서는 그의 복부에 박힌 검을 뽑아버리고 상처를 치료했지만, 출혈이 심해 금세 천은 시뻘겋게 물들어갔다.

"바보들… 봐라……."

크게 상처를 입은 루드웨어는 저들을 안으로 들여보내자고 말한 사람을 보며 투덜거렸다.

"괜찮으십니까!"

"루드웨어님."

"됐다… 리커버리."

마법을 사용하여 자신의 몸을 치료하기는 했지만 내력이 담긴 검이었는지라 내상을 치료할 방도가 없는 루드웨어는 서서히 정신이 흐려지는 것을 느낄 수 있었다.

"크윽!"

"루드웨어님!"

"젠장할… 날 보지 말고 다른 녀석들을 찾아봐! 프로텍션 프롬 파이어의 마법으로 몸을 보호하고 있는 놈이 있을 수도 있다!"

"예?"

주문의 이름을 모르고 있는 진천명은 되물을 수밖에 없었으니 루드웨어는 신경질을 내며 소리쳤다.

"젠장할! 불의 내성을 가지는 술법으로 몸을 보호하고 있는 녀석이 또 있을 수 있으니 찾아보라고!"

"무황 만세!"

아니나 다를까 루드웨어의 짐작은 틀리지 않았으니 자신의 정체가 드러날 것이라 생각한 무황의 암살자는 다시 모습을 드러내어 그대로 진천명에게로 검을 휘둘렀다.

"끄윽! 차앗!"

다행히 이들의 모습에 크게 놀란 진천명이 급히 녀석의 검을 가로막아 또다시 루드웨어가 공격당하는 것을 막을 수 있었지만, 검을 제대로 뽑지 못한 상태에서 막아서던 진천명은 팔꿈치에서부터 팔이 잘려져 땅에 떨어졌다.

"진 가가!"

진천명은 왼손이 잘려 나간 상태에서 검을 뽑아 녀석을 쓰러뜨리고는 팔을 움켜쥐며 무릎을 꿇었다.

여사랑은 이 모습에 크게 놀라지 않을 수 없었으나 이미 일은 끝난 후였다.

"루드웨어님을 보호해라!"

남아 있는 홍련칠화들은 한 명에서 끝난 것이 아니라는 것을 깨닫고는 급히 루드웨어의 앞을 막아서니 마교의 암살자가 다시 한 번 '무황

만세'라는 외침과 함께 달려들었지만 루드웨어를 쓰러뜨릴 수는 없었다.

"진 가가! 진 가가!"

여사랑은 진천명의 부상에 눈물을 흘리며 소리치고 있었는데, 팔이 잘려 나간 통증을 참으면서 그는 미소를 지어 그녀를 안심시켜 주었다.

"여사랑… 난 괜찮소."

"진 가가… 흑흑흑… 저 때문에……."

얼굴 가득히 식은땀을 흘리고 있는 진천명의 모습을 보며 여사랑은 눈물을 참을 수가 없었다.

"젠장할, 더럽게 아프네."

상처를 치료하긴 했지만 아직 통증이 완전히 사라진 것은 아니었기에 루드웨어는 얼굴을 일그러뜨렸다.

"흑흑흑… 진 가가."

"여사랑, 너무 걱정하지 마시오. 팔 하나 없다고 이 진천명이 쓰러질 정도는 아니오."

"하지만… 흑흑."

여사랑이 눈물을 멈추려 하지 않자 그는 크게 한숨을 내쉬었다.

그녀의 마음을 굳게 먹게 하기 위해서 마음을 추스르고는 떨어져 나간 자신의 팔을 들며 말했다.

"죽음 뒤에 썩어 흙으로 돌아갈 이 팔보다 당신의 마음을 다시 얻을 수 있었다는 것이 더 기쁘오."

그 말과 함께 진천명은 미소를 지으며 내력을 돋워서는 자신이 팔을 삼매진화로 태워 버려 재로 만들었다.

"흑흑… 진 가가."

진천명의 말에 여사랑은 더 이상 참지 못하고 그의 품에 안겼는데, 옆에서 보고 있었던 루드웨어는 그 순간 크게 놀라지 않을 수 없었다.

"끄악… 진천명! 도대체 무슨 짓을 한 거냐!"

"예?"

루드웨어의 말에 그는 고개를 돌리며 되물을 수밖에 없었다.

"무슨 일을 한 거냐니요?"

"헉! 이런 병신 같은 새끼!"

"그러고 보니 외팔이가 됐으니 그 말도 맞긴 하군요."

"젠장할! 그게 아니란 말이야!"

"예?"

"이런 미친놈아! 팔을 삼매진화로 태워 버리면 어떻게 하겠다는 거야!"

루드웨어의 노기 어린 외침에 진천명은 이유를 알 수 없었다.

"잘려진 팔에 미련을 가질 필요는 없지 않습니까?"

"멍청한 녀석! 조금만 더 기다리지, 조금만! 네 녀석의 팔을 다시 원상태로 만들 수 있었단 말이야!"

"헉!"

그 순간 진천명은 큰 충격을 받을 수밖에 없었다.

"휴… 잘려진 팔은 완전히 원상 복구시킬 수는 없지만 어느 정도 움직이게는 할 수 있었는데… 너의 성급함 때문에…….."

"끄헝헝헝…… 진 가가!"

여사랑은 루드웨어의 말에 한참을 멍하게 있다가 사실을 깨닫고는 더욱 크게 울음을 터뜨리고 말았으니 진천명 역시 허무하기는 마찬가지였다.

화타와 같은 명의가 잘려진 몸을 다시 붙일 수 있다고는 들었지만 현 중원에서 그런 의술을 가진 사람이 어디 있겠는가?

그런 보통 사람의 생각을 가진 진천명은 잘려진 팔에 미련을 두지 않기 위해서 과감히 산매진화로 태웠던 것인데…

애석하게도 그와 같이 있는 루드웨어란 사람은 결코 보통 사람이 아니었던 것이다.

충격에 뭐라고 말을 할 수가 없는 진천명이었으나 여사랑의 울음소리가 들리자 자신이 이래서는 안 된다는 것을 깨닫고는 미소를 지으며 말했다.

"괜찮습니다. 그 팔로 여 소저의 마음을 얻을 수 있었으니까요."

"정말 괜찮은 거야? 불편할 텐데?"

"괜찮습니다."

"밥 먹기 어려울 텐데?"

"괜찮습니다."

"중요한 것은 태극검무는 쌍검을 사용하는 것인데, 이제 넌 태극검무를 잃어버린 것과 같은데 괜찮은 거야?"

"괜찮으니 제발 더 이상 말을 하지 말아주십시오."

무인에게 무공을 잃어버렸다는 것은 죽는 것보다 더한 고통이었으니 괜찮다고 말하는 진천명의 눈에선 눈물이 흘러내리고 있었다.

"휴……."

"멍청이, 루드웨어! 어떻게 좀 해봐! 브레스가 동났단 말이야!"

그때 로노와르의 비명과도 같은 외침이 터져 나오니 급박함을 느낀 그는 급히 그녀를 보며 소리쳤다.

"브레스는 멈추고 실드에 치중하자! 어느 정도 버티고 있으면 유리마가 해결해 줄 거야!"

"알았어!"

그 말에 로노와르 역시 루드웨어의 실드로 들어와서는 자신 역시 머리 위로 실드를 형성시켰다. 하늘에선 두 사람의 실드로 메테오가 쏟아지듯이 떨어지기 시작했다.

쿵! 쿵! 쿵!

"꺄악!"

불바다로 변한 대지에 여인들은 두려움에 크게 비명을 지르기 시작하니 루드웨어는 한시라도 빨리 유리마가 녀석들을 처리해 주기를 빌 수밖에 없었다.

이렇듯 루드웨어 일행은 고생하고 있을 때 유리마는 마나의 흔적을 쫓아 추적한 끝에 간신히 녀석들이 있는 곳을 찾을 수 있었다.

"저기다!"

"빨리 가요! 이러다간 모두 죽겠어요!"

초희는 멀리서 유성이 떨어지며 일대가 큰 폭음과 함께 불바다가 되는 것을 보며 급히 소리쳤다.

자신이 할 수 있는 최대의 경공을 사용해서 움직이기 시작하니 평소의 몇 배는 더 빠른 듯한 모습이었다.

"적이다!"

드디어 가면을 쓴 자들이 있는 곳으로 도착할 수 있었으니 유리마들의 모습을 본 청동 가면 무사들은 크게 소리 지르고는 그들을 공격하기 시작했다.

"흥! 다크 파이어 볼!"

시간을 지체할 수 없다고 판단한 유리마는 지체없이 자신의 특기인 암흑 계열 마법을 사용했고, 그의 주위로 검은색의 불꽃의 구들이 형성되며 청동 가면의 무사들에게 날아갔다.

쿵! 쿵!

"끄악!!"

암흑 계열의 마법인만큼 유리마의 다크 파이어 볼은 신체가 아닌 정신을 태워 버리는 위력을 가지고 있었기에 불길에 휩싸여 버린 그들은 크게 괴로워하며 나둥그러지기 시작했다.

금면사자는 이들이 예상외로 자신들을 빨리 찾아내자 미간을 찌푸렸다.

'예상했던 것보다 빠른 속도로 찾아냈군. 치!'

하지만 조금 더 있으면 메테오로 모조리 쓸어버릴 수 있다는 것을 알기에 전력을 다하여 그들을 막아 나가야 했다.

"청동사자는 동귀어진하는 일이 있어도 저들을 막아라!"

"예!"

금면사자의 명령이 떨어지자 청동사자들은 갑자기 오른 소매를 들어서는 무엇인가의 단추를 누르니 그들의 몸에선 엄청난 기운이 터져 나오기 시작했다.

"이런!"

유리마는 그제야 그들의 몸에 있는 장치의 정체를 알 수 있었으니 바로 생명 에너지를 사용하여 힘을 늘리는 장치였던 것이다.

"무황 만세!"

완전히 세뇌가 된 듯 그들은 모든 생명 에너지를 탕진하고 죽을 것을 알면서도 무황 만세라는 말을 외치며 달려드니 그 기세는 유리마로서도 쉽게 당해내지 못할 엄청난 것이었다.

"젠장! 블로드 체인 라이트닝!"

동귀어진을 각오하고 달려드는 청동사자를 보며 유리마는 전격 계열의 마법을 난사하며 그들을 쓰러뜨려 가기 시작했다. 하지만 온몸이 시꺼멓게 타버린 후에도 좀비처럼 움직이는 그들을 보며 혀를 내둘렀다.

'쳇! 역시 그 방법밖에 없단 말인가.'

금면사자와 마법진을 이루는 자들을 상대하기 위해서 고위 마법을 쓰지 않고 있던 유리마는 이러다간 시간을 놓쳐 버리겠다는 생각에 이를 악물며 금지의 주문을 외울 수밖에 없었다.

"한없이 펼쳐진 어둠의 공간, 당신을 받드는 자의 부탁이니 세상의 존재들에게 칠흑의 어둠의 세계를 보여주소서! 카오스 홀!"

구우우웅!

유리마의 어둠의 마법, 카오스 홀의 시동어가 터지자 일대는 크게 뒤흔들렸다. 서서히 그의 앞에선 검은색의 원이 형성되며 존재하는 모든 것이 그 원 속으로 빨려 들어가기 시작하자 사람들은 크게 당황하지 않을 수 없었다.

"꺄악!"

"젠장! 도 소저와 안 소저는 나의 뒤로 오시오!"

자신의 몸이 끌려 들어가자 비명을 지르는 그들을 보며 유리마는 급하게 소리를 질렀고, 간신히 몸을 움직인 그녀들은 유리마의 등에 붙을 수 있었다.

"아! 따뜻한 낭군의 등."

"안초희!"

"호호호."

유리마의 외침을 웃음으로 무마하는 초희였다.

한편 카오스 홀이 형성되자 청동사자들은 그 엄청난 흡기에 비명을
지르기 시작했다.

"끄악!"

버티고 있던 무사 한 명이 카오스 홀의 흡기에 몸의 뼈가 부러지듯
이 우그러들어 버리며 빨려 들어가자 청동사자들은 그 모습에 공포를
느낄 수밖에 없었다.

"끄악!"

하지만 그들은 카오스 홀을 피하지 못했고 일각 정도가 지나자 유리
마를 향해 공격하던 청동사자들은 모두 카오스 홀에 빨려 들어가 사라
졌다.

"큭! 헉헉!"

카오스 홀이 사라지자 유리마는 가쁜 숨을 쉬며 무릎을 꿇었다.

"묵 가가, 괜찮아요?"

"괜찮소… 하지만 내력의 태반을 소실해 버렸구려."

카오스 홀은 강한 위력을 가지고 있는 한편 엄청난 마나를 손실시켜
시전자의 몸에 큰 충격을 주기 때문에 유리마는 좀처럼 쓰지 않는 수
법이었다. 하지만 시간을 조금이라도 지체하면 루드웨어 일행이 죽는
다는 것을 알고 있었기 때문에 청동사자를 해치우기 위해 카오스 홀을
사용한 것이다.

"꺽!"

있는 힘을 다해 몸을 일으킨 유리마는 천천히 금면사자의 앞으로 걸
어가서는 소리쳤다.

"당장 메테오를 멈추지 않는다면 너희들까지 카오스 홀의 힘으로 없애 버리겠다!"

"큭!"

유리마의 엄청난 기술을 본 금면사자는 크게 당황되었다.

설마 청동사자를 단 한 번의 기술로 쓰러뜨릴 수 있다고 생각이나 해봤겠는가?

"이렇게 물러설 수는 없지. 은면 1, 2호는 저들을 막도록 하라!"

금면사자의 명이 떨어지자 메테오를 실행하고 있던 은 가면의 무사들이 움직이기 시작하니 유리마는 옆에 있던 두 여인을 보며 말했다.

"도 소저, 안 소저, 나의 등으로 내력을 불어넣어 주시오."

"예."

도연랑과 안초희가 자신의 내력을 불어넣어 주자 유리마는 운기조식을 통해 그녀들이 보내준 힘을 끌어올렸다.

"하압!"

"파이어 블래스터!"

"체인 라이트닝!"

은면사자들은 유리마가 기를 모으기 시작하자 급히 손에 들린 검은 구슬을 들어 마법의 시동어를 외치니 불기둥과 전격계의 마법이 유리마를 향해 몰아쳤다.

"실드!"

설마 녀석들이 이런 엄청난 기세의 마법을 시전할 줄 생각지도 못한 유리마가 크게 놀라서 실드를 치니 굉음과 함께 대지가 진동했다.

챙그랑!

"끄악!"

유리마의 실드는 엄청난 힘을 견디지 못하고 깨지고 말아 세 사람은 폭발의 여파에 실려 공중으로 날아가 버리고 말았다.

"꺄악!"

"초희!"

폭풍에 하늘로 치솟아오른 초희가 비명을 지르자 유리마는 크게 놀라 급히 도연랑과 안초희에게 마법을 사용했다.

"패더 폴!"

다행히 유리마의 마법은 먹혀들어 두 사람의 땅에 떨어지는 속도는 크게 감소해 자신 역시 패더폴 마법을 사용하여 지상으로 가볍게 내려왔다.

다행히 실드가 깨진 것이 상대의 마법이 끝나가고 있던 시점이라 큰 피해는 없었던 것이다.

'그나저나 저들이 들고 있는 검은 구슬… 아무래도 강력한 마나 중 폭력을 지닌 마나메탈인 것 같군.'

주문 자체는 중간 서클의 마법이었지만 위력은 족히 8서클 급에 달하는 위력이었기에 그들의 손에 있는 구슬이 평범한 것이 아니라는 것을 알 수 있었다.

유리마는 두 사람이 보내준 내력을 받아 어느 정도 마나를 유지할 수 있었지만, 상대가 생각지도 못한 마나메탈을 가지고 있자 일이 쉽게 풀리지 않겠다는 것을 직감할 수 있었다. 하지만 그 반대로 이것이 기회일 수도 있었으니 저들이 들고 있는 마나메탈을 손에 넣을 수만 있다면 고위 마법이 가능한 그에게는 역전의 기회가 오는 것이기 때문이었다.

"헤이스트!"

땅에 내려선 유리마는 급히 자신의 몸에 보조 마법인 헤이스트를 걸고는 자신의 앞을 막고 있는 은면사자들을 향해 쇄도해 들어갔다.

하지만 은면사자들의 공격도 만만치 않았으나 그들은 유리마가 접근전을 하려 한다는 것을 눈치 채고는 급히 마법을 난사하여 접근할 틈을 주지 않았다.

"이런!"

계속 밀려오는 마법 때문에 그가 할 수 있는 것이라곤 실드를 사용하여 방어를 하거나 몸을 피하는 것뿐이었다. 그때 그를 도와주는 이가 있었다.

"차압!"

두 명의 은면사자가 유리마에게 마법을 난사하는 데 정신없는 틈을 타 패더 폴로 안전하게 땅으로 착지한 도연랑과 안초희가 은면사자들을 기습했던 것이다.

"끄악!"

"헉!"

은면사자들은 갑작스러운 공격에 크게 놀랄 수밖에 없었다. 무공이 약한 편에 속한 안초희의 상대인 은면사자는 몸을 피할 수 있었으나 도연랑의 상대는 팔이 잘리고 말았으니 그의 손에 들려 있던 검은 구슬이 땅으로 떨어져 내렸다.

'기회다!'

검은 구슬이 떨어지자 유리마는 급히 몸을 날렸다. 그때 그의 앞으로 하나의 인영이 빠른 속도로 튀어나와서는 머리를 향해 검을 날렸다.

"차압!"

챙!

간신히 검을 뽑아 녀석의 공격을 막은 유리마가 공격해 온 자를 살펴보자 그는 다름 아닌 바로 이들의 대장인 금면사자였다.

"후후후, 당신의 생각대로 되지는 않을 것입니다."

"칫!"

금면사자에게 계획을 간파당했다는 것을 깨달은 유리마는 검을 휘두르며 그를 공격하기 시작했다. 하지만 최고의 직급에 있는 자답게 그의 무공은 뛰어났기에 내력이 크게 소모된 유리마는 쉽게 녀석을 쓰러뜨릴 수가 없었다.

몇 번의 검이 오가자 녀석을 최대한 빨리 쓰러뜨리기 위해 남은 내공을 모두 사용한 유리마는 지쳐 가기 시작하니 한순간 위기에 봉착하고 말았다.

"끅!"

금면사자는 지친 유리마가 틈을 보이자 급히 검을 휘둘러 그의 허벅지를 베어 쓰러뜨렸다.

"호호호."

"이런."

음흉한 웃음을 지으며 다가서는 금면사자를 보며 유리마는 패배를 직감하며 미간을 찌푸렸다.

"이거 당신을 너무 과대평가한 것 같군요."

"칫."

시간을 단축하기 위해 너무 서둘렀던 것이 실수였던 것이다. 하지만 일은 금면사자에게 유리하게만 흘러가지는 않았다.

"아~ 아~!"

유리마가 그의 검에 죽임을 당하려는 순간 아름다운 여인의 노랫소라가 울리기 시작했는데, 그 순간 모든 사람들은 몸이 이상하게 굳어지는 듯한 느낌이 들었다.

"음공?! 큭!"

노랫소리의 주인은 바로 안초희였다. 그녀는 선녀지음이라는 이름이 있는 만큼 음공은 다른 이들보다 한 수 위의 재간을 가지고 있었다. 해서 검공으로 유리마를 구할 수 없다고 판단하여 급히 특기인 음공을 사용한 것이다.

금면사자는 자신의 몸을 마비시킨 노랫소리가 음공이라는 것을 깨닫고는 고개를 돌렸는데, 그 순간 복부에서 강한 통증이 밀려와 신음을 내지르고 말았다.

고개를 돌린 틈을 타 유리마가 급히 검을 들어서는 그의 복부를 찔러 버린 것이다.

"제길."

잠깐의 방심으로 인해 유리마의 검에 찔린 금면사자는 급히 뒤로 몸을 날려 피하니 그 순간 도연랑이 유리마를 향해 무엇인가를 집어 던졌다.

"묵 대협!"

"차압!"

도연랑이 던진 것은 검은 구슬이었으니 그것을 받아 쥐자 엄청난 힘이 자신의 몸으로 스며드는 것을 느낄 수 있었다.

"드래곤 하트!!"

그 힘의 크기를 느낀 유리마는 자신이 들고 있는 마나메탈이 드래곤 하트라는 것을 깨닫고 크게 놀라지 않을 수 없었다.

"이 정도 힘이면 충분하다! 도 소저, 안 소저, 내 뒤로 몸을 피하시오!"

"예!"

검은 구슬을 얻어 마나가 재충전된 유리마는 두 여인을 보며 소리쳤다.

"한없이 펼쳐진 어둠의 공간 당신을 받드는 자의 부탁이니 세상의 존재들에게 칠흑의 어두움의 세계를 보여주소서! 카오스 홀!"

여인들이 자신의 뒤로 몸을 피하자 그는 카오스 홀을 사용했고, 또다시 검은색의 구가 형성되며 모든 것을 빨아들이기 시작했다.

"쳇! 은면사자, 퇴각하라!"

부상을 입은 금면사자는 더 이상 싸우지 못하는 것을 간파하고 급히 명령을 내렸다. 그러자 메테오의 마법진을 형성하고 있던 은면사자들은 텔레포트 마법을 사용하여 이내 그곳을 벗어났다.

적들이 모두 사라지자 유리마는 크게 안도의 한숨을 쉬니 그 순간 카오스 홀은 아지랑이와 같이 사라졌다.

"아!"

안초희는 사라진 카오스 홀이 전에 보던 것과는 크게 다르다는 것을 깨닫고는 탄성을 내질렀는데, 유리마는 미소를 지으며 말했다.

"방금 사용한 것은 카오스 홀이 아닙니다."

"그럼?"

"카오스 홀은 암흑 마법 계열 중에서도 금단의 수법. 평상시의 저라도 제대로 사용하려면 거의 대부분의 마나를 소비해야 하는데, 잠깐 힘을 흡수한 정도로는 어림도 없지요."

"그런가요?"

"방금 사용한 것은 일루션입니다. 환상을 사용하여 적을 속이는 마법인데, 금면사자는 카오스 홀의 위력을 본 적이 있는 데다가 부상까지 당했기 때문에 속고 만 것이지요."

"아!"

그 말에 초희는 크게 감탄했다. 급박한 상황에도 유리마는 상황을 정확하게 파악하여 허장성세로 승리를 이끌어낸 것이다.

아무리 뛰어난 사람이라 하더라도 급박한 순간에 이런 기지를 발휘한다는 것은 힘든 일이라 할 수 있었기에 유리마가 더 멋있게 보이는 초희였다.

'아! 묵 가, 당신은 어찌하여 날이 가면 갈수록 멋있어지나요.'

속으로 이런 생각을 한 초희는 지쳐서 땅에 주저앉고 있는 유리마에게 달려들었다.

한편 이 시간에도 루드웨어들은 하늘에서 떨어져 내리는 메테오에 의해 고통받고 있었다.

메테오의 특성상 그 주문이 시동되기까지의 시간도 오래 걸리는 것은 당연한 것이지만, 애석하게도 주문이 끝났다고 해서 바로 끝나는 주문도 아니었던 것이다.

워낙 그 수가 많은 메테오였는지라 아직도 하늘에서 수십 개의 운석이 땅으로 떨어져 내리고 있었으니 금이 가고 있는 실드 속에서 루드웨어는 최후를 생각할 수밖에 없었다.

"로노와르! 우리 죽나 보다!"

"응?"

로노와르를 보며 한탄하는 그였지만 예상외로 그녀는 별로 심각한 반응을 보이지 않았다.

"미안하지만 루드웨어, 난 루카스를 위해서라도 끈질기게 살 거야."

"……."

그렇다. 메테오의 위력은 엄청났다. 하지만 세상 어느 드래곤이 메테오에 맞아 죽었다는 소리가 있단 말인가? 강한 위력의 메테오라도 거대한 몸집의 다원소 드래곤에게는 기껏해야 짱돌 수준이었던 것이다.

지금이야 다른 사람도 있고 하니 드래곤으로 변하는 것을 자제하며 실드로 막고 있는 로노와르였지만 여차하면 본체로 폴리모프하여 도망갈 준비를 하고 있었던 것이다.

"배신자."

"무슨 소리. 루덴스의 성에 있을 때도 날 버리고 도망갔던 게 누군데?"

"쳇!"

자업자득이었다.

유리마의 손에서 간신히 몸을 피한 금면사자는 피가 솟구쳐 나오는 상처를 감싸며 가쁜 숨을 내쉬고 있었다.

'젠장! 반 시진만 더 버텼어도……'

그들을 처리하지 못했다는 것을 아쉬워하며 옆에 있는 천을 들어서는 상처를 치료하려고 했는데, 그때 그의 곁으로 흐릿한 형체가 만들어지며 한 여인의 모습이 드러났다.

그녀의 모습을 확인한 금면사자는 크게 놀라서는 치료하던 것을 멈추고 무릎을 꿇으며 인사를 올렸다.

"천무신녀님께 인사 올립니다."

[천룡의 구슬까지 건네었는데도 실패를 했구나.]

"헉! 그, 그것이… 마교의 녀석들이 그들의 발길을 멈추게 하는 것에 실패했는지라……"

금면사자는 자신의 실패를 마교에게 떠넘기려 했다.

[어리석은 것! 자신의 실수를 다른 자에게 떠넘기려 하다니.]

천무신녀는 그가 변명하는 모습을 보고는 미간을 일그러뜨리며 가볍게 손을 들었는데, 그 순간 전격의 힘이 발하면서 금면사자를 향해 내리쳐졌다.

"끄악!"

전격에 당한 금면사자는 찢어지는 듯한 고통에 비명을 지르며 괴로워하기 시작했는데, 일각 정도가 지나자 천무신녀는 가볍게 손을 내저어 전격의 힘을 해소시켰다.

"헉헉."

고통이 사라지자 크게 숨을 헐떡였지만 천무신녀가 앞에 있는지라 몸을 추스르고 다시 무릎을 꿇었다.

[네 녀석이 실패하는 탓에 무황께서 직접 납시겠다 하시는구나.]

"한번의 기회를 더 주신다면 목숨을 걸고 녀석들을 없애도록 하겠습니다!"

[되었다. 이제는 무황님께서 직접 손을 쓴다 하시니 네 녀석은 무림맹으로 향하도록 하여라.]

"무림맹으로 말씀입니까?"

[아무래도 무림맹에서 무황의 권위에 반하는 세력이 있는 듯하구나. 넌 은면사자와 함께 무황의 권위에 반하는 세력을 일소하도록 하여라.]

"예!"

천무신녀는 고개를 끄덕이며 이내 사라졌다. 그 모습이 완전히 사라지자 금면사자는 그제야 크게 한숨을 내쉴 수 있었다.

'휴… 빌어먹은 년. 언젠가 네년의 그 도도함이 나의 발 밑에 무릎

꿇을 날이 있으리라!'

금면사자는 천무신녀를 생각하며 살기를 띠었지만, 지금 이 순간 그녀에게 대적할 힘은 크게 미약한 상태였기에 송곳니를 감출 수밖에 없었다.

오색의 빛이 화려하게 하늘을 수놓고 있는 무황성.

무황성 내부의 작은 정원에선 한 소년이 나신의 여인의 무릎에 머리를 베고는 누워서 하늘을 보고 있었다.

그의 옆에는 한 자루의 검이 놓여져 있었는데, 그 모양은 중원의 검이 아닌 서양의 투 핸디드 소드의 모습을 하고 있었다.

하지만 보통의 투 핸디드 소드보다 더 큰 이 검은 소년의 키보다 한 배 반은 더 큰 듯했다.

한참을 그렇게 하늘을 보고 있던 소년은 지그시 자신의 얼굴을 내려다보고 있는 여인을 보며 말했다.

"녀석들이 어디까지 왔지?"

"마교의 성에서 오십 리 정도 떨어진 곳에 있습니다."

"그래? 이제 나가봐야겠군."

여인의 말에 천천히 자리에서 일어난 소년은 옆에 놓여진 투 핸디드 소드를 들어서는 어깨에 걸치며 말했다.

"엘비나."

"예, 라르도님."

"인간이 되고 싶지 않아?"

"인간이요?"

"그래. 창조주의 권능이라면 널 충분히 인간으로 만들어주실 수 있을 거야."

"하지만……."

"이런, 엘비나는 내가 싫은 거야?"

라르도의 실망하는 듯한 표정에 그녀는 미소를 지으며 답했다.

"아니요. 제가 가장 사랑하는 분이 라르도님인걸요?"

"하하하, 쑥스럽네. 그럼 이따 보자고."

그 말과 함께 라르도는 텔레포트 게이트를 열어 서서히 사라져 갔다.

그의 모습이 완전히 사라지자 엘비나는 천천히 자리에서 일어났는데, 그런 그녀의 뒤로 한 남자가 푸른 빛과 함께 모습을 드러내었다.

"루빈스키님께 인사드립니다."

"후후후, 라르도와의 시간은 재밌었나, 엘비나?"

"……."

엘비나가 그의 말에 아무 말도 하지 못하자 루빈스키는 입가에 미소를 지으며 말했다.

"크크크, 인간의 꿈을 꾸고 싶은가 보군. 하지만 엘비나, 라르도에게 환심을 사는 것은 좋다만 네년은 어차피 나의 손에서 벗어날 수 없음을 기억하도록 하여라. 너의 목적은 단 하나, 라르도의 힘을 흡수하여 나에게 건네주는 것이니까."

"예."

"크크크크. 라르도 녀석, 자신의 힘이 줄어드는 것도 모르고 허상에 사로잡혀 있다니……. 그 멍청함의 보답으로 그 힘은 내가 가져 주지. 레리스와 유리마 녀석에게 했던 것처럼 말이야. 푸하하하!"

루빈스키의 웃음을 들으며 엘비스는 조용히 고개를 숙이고 있었지만, 기계의 영상임에도 불구하고 그녀의 손끝은 미세하게 떨리고 있었다.

'라르도님······.'

그 시간 루드웨어 일행은 멀리 보이는 마군성을 보며 탄성을 내지르고 있었다.

물론 이것은 마군성의 웅장함이 아닌 산의 경사도 때문이었다.

"젠장할! 등산도 아니고 이게 무슨 꼴이야!"

"휴."

루드웨어와 유리마는 실드를 사용하느라 상당한 힘을 소비한 이후였기에 피로감이 쌓여 괜히 신경질을 부리고 있었다.

"원래 마교 총단은 신강에 있었지만 그쪽의 총단이 외부에 너무 드러나 있어 이곳으로 옮긴 거예요. 일단은 포달랍궁이라는 존재가 있는 만큼 마교가 중원의 무리들에게 공격당할 일은 극히 적으니까요."

"그렇겠군. 포달랍궁으로선 마교를 상대하려는 무리라 하더라도 자신들의 영역을 침범하는 자들이니만큼 상대할 수밖에 없겠지."

여사랑의 말에 진천명은 고개를 끄덕이며 수긍을 했다.

"이번처럼 소수로 이루어진 무리가 총단을 침범하는 것은 어느 누구도 예상하지 못한 일이에요. 설마 천하의 삼대세력 중의 하나인 마교를 상대로 열 명도 안 되는 사람들이 덤비리라고 누가 생각할 수 있었겠어요."

우경 일행은 마교가 자신을 배신했다는 것을 알게 된 후 무림에 환멸을 느끼게 되어 살아남은 자신의 부하들과 함께 은거하기로 하며 떠났으나 여사랑은 진천명을 따라 이곳으로 오게 된 것이다.

"그나저나 우리가 이곳까지 왔다면 마교에서도 눈치를 챘을 텐데, 왜 한 사람도 보이지 않는 거지?"

유리마의 말에 여사랑 역시 이상하게 느끼고 있는지라 고개를 끄덕이며 말했다.

"저도 그것을 이상하게 생각하고 있었어요."

"아무래도 무황이 직접 나설 것 같군."

그들의 말에 루드웨어는 한마디를 내뱉고는 마군성을 가리키며 말했다.

"인간의 힘으로는 절대 불가능한 거대한 기운이 마군성에서 느껴지고 있다."

로노와르나 유리마 역시 그러한 기운을 알아채고 있었기에 고개를 끄덕였다. 금면사자의 메테오 작전에 의해서 많은 마나가 소모되었기에 조금 걱정이 되었다.

유리마가 가져온 흑구슬에는 상당한 마나가 남아 있었지만, 세 사람의 마나를 모두 채우기 위해선 흑구슬이 수십 개는 되어야 가능하기 때문에 입가심 정도에 지나지 않았다.

뭐, 그 정도의 양이라도 무림에서 본다면 상당하긴 하겠지만 무황이란 존재를 상대하기 위해선 부족하다고 할 수 있었던 것이다.

"이곳에서 기다릴까? 아니면 계속 올라갈까?"

"휴식을 취하는 것이 나을 것 같군."

루드웨어는 구태여 이런 상태로 적을 상대할 필요는 없다고 생각했고, 다른 이들도 고개를 끄덕였다.

"자, 그럼 멍석 깔자!"

로노와르는 일단 결정이 되자 짐에 있던 멍석을 꺼내어서는 바닥에 깔아놓으니 일행들은 금세 서장의 한복판에서 피크닉을 즐기는 분위기가 되어버렸다.

"브라마트라 강을 지날 때 밀을 샀었거든. 그래서 이 몸이 직접 요리를 해주도록 하지!"

로노와르가 가죽 주머니를 하나 꺼내 들어 자랑을 하니 루드웨어는 투덜거리는 표정을 지으며 말했다.

"쳇! 오늘은 도연랑의 요리를 맛볼까 했는데 틀려먹었군."

"뭐야!"

"마신과 싸울 때 너에게 대접받았던 오크 요리를 생각한다면 눈물이 날 지경이다."

"흥!"

신이 거부한 땅을 만들 정도의 결과를 낸 로노와르의 요리를 생각하며 그는 손을 내젓고 있었으니 그녀는 두고 보라는 얼굴을 하며 당매를 보며 말했다.

"당매! 무형독!"

"예."

로노와르의 지시를 받은 당매는 그대로 당삼랑에게 받은 무형독을 루드웨어에게 뿌리니 그는 기겁을 하며 도망갔다.

"뭐 하는 짓이야!"

"이야기를 들어보니 음식 투정을 하는 남편은 굶기는 게 가장 좋은 수단이라더군. 오늘 저녁을 좀 굶어야 정신을 차릴 것 같아서 말이야."

"쳇!"

그녀의 말에 투덜거리는 루드웨어였지만 로노와르는 아랑곳하지 않고 사람들을 보며 말했다.

"자, 오늘은 만화신녀 로노와르의 풀코스를 여러분에게 선보이도록 하지요."

"우우우~"

멀리서 야유를 보내는 쪼잔한 루드웨어였다.

어쨌든 파이어 볼 한 발로 더 멀찍이 그를 쫓아낸 그녀는 여러 가지 재료를 사용하여 음식을 만들기 시작하니 얼마 지나지 않아 향기로운 냄새가 진동하기 시작했다.

"우와! 기대되는군요."

"음~ 맛있는 냄새."

냄새가 진동하자 사람들은 크게 탄성을 지르며 기대하는 표정을 지었다. 이런 이유로 멀찍이 떨어진 루드웨어는 후회의 마음이 가득했다.

"젠장."

"정말 맛있는 냄새로군요."

그런 그의 옆에 한 남자가 기대된다는 표정을 하며 검을 내려놓고는 탄성을 내뱉으니 아니라는 듯 고개를 저은 루드웨어는 그의 귀에다 대고 속삭였다.

"냄새만 그럴듯하다고. 전에 저런 냄새에 속아 녀석이 만든 스튜를 먹어봤는데 일주일 동안 설사 때문에 고생했다니까."

"오! 그런가요? 냄새를 봐선 그럴 것 같지 않은데 말입니다."

"무슨 소리! 중원에 겉과 속이 다른 것이 얼마나 많은데."

"음… 그렇군요."

루드웨어의 말에 고개를 끄덕이며 수긍을 하는 남자였는데, 루드웨어는 자세히 생각해 보니 처음 보는 남자인지라 고개를 갸우뚱거리며 물었다.

"그나저나 자네는 누구인가?"

"아! 소개가 늦었군요. 순호라고 합니다."

"순호?"

"강호에서는 막검자란 이름으로 불리고 있지요."

"아! 자네가 사파십대거두의 일 인인 막검자 순호라는 사람이군."

"십대거두라니요. 십대괴두라면 모를까."

"하하하, 그나저나 사파의 인물인 자네가 이곳엔 웬일인가?"

난데없이 등장한 사파십대거두의 일 인인 순호의 등장에 이자가 적이 아닐까 하는 생각이 든 루드웨어였다.

"하하하, 너무 경계는 하지 마십시오. 당신들의 적은 아니니까 말입니다."

"음."

눈을 보아하니 거짓을 말하는 것 같지는 않았지만 루드웨어는 경계를 늦추지 않았다.

"그럼 무슨 일로 왔는가?"

"별거 아닙니다. 저는 지금 이곳저곳 돌아다니며 검의 이치에 대해서 알고자 하는 수도자일 뿐이죠."

"음."

루드웨어는 사파십대거두에 대해 어느 정도는 알고 있었다.

그중 막검자 순호는 비무를 하는 중에 더럽게 치사한 방법으로 승리를 거두는 자라는 것을 알고 있었기에 그의 말을 좀처럼 믿을 수가 없었다.

"듣자 하니 강호에서 자네는 검술보다는 다른 수법으로 승리를 얻는 것에 집착한다고 들었는데?"

"하하하, 그런 소문이 났습니까? 전 검술을 행했을 뿐인데 말입니다."

"……."

"중원에 검술 중에선 검법을 시전하면서 주먹이나 발을 사용하는 것이 있습니다. 물어보지요. 그것은 검법입니까, 아니면 각법이나 권법입니까?"

"음, 일단은 검무 도중 상대의 틈을 찾아 공격하는 방법이니만큼 검법이겠지."

"바로 그겁니다. 다른 이들에게는 조금 이상해 보일지는 모르겠지만 전 비무를 하는 중에 그 빈틈을 발견하곤 도중에 사용한 것뿐인데, 아무래도 저의 심오한 이치를 사람들이 이해하지 못하는 모양이더군요."

"……."

물론 말이야 맞기는 하지만 검법보다는 이상한 수법을 더 많이 사용하는 것을 감안한다면 조금은 무리가 있는 이치였다.

"그나저나 전 음식이 다 된 것 같으니 이만."

순호는 음식이 다 된 것 같자 루드웨어에게 양해를 구하고는 멍석이 깔려진 곳으로 향하니 그의 모습에 황당할 뿐이었다.

'강호에선 기인이사가 많다고 하던데 저런 녀석도 있었군.'

어차피 루드웨어야 순호와 같은 범주에 속하는 인물이었기에 그리 거부감이 들지는 않았다.

"뭐야! 넌 처음 보는 놈이잖아? 누구냐? 마교의 녀석이냐!"

그때 순호를 보며 로노와르의 외침 소리가 들렸다.

"무슨 말씀이십니까? 전 각지를 돌아다니면서 맛의 수행을 하고 있는 수도자일 뿐입니다. 이곳을 지나다 도저히 참을 수 없는 냄새가 흘렀기에 식도(食道)의 극치에 달한 자가 누구인가 견식을 한번 해볼 양으로 들렀을 뿐입니다.”

“뭐야?”

“죄가 있다면 맛있는 냄새를 풍기는 당신의 요리가 죄지 어찌 수도자를 탓하십니까! 당신께서 저의 맛의 수행을 방해하신다고 해도 소용없습니다. 빨리 음식을 내놓으십시오!”

“이 녀석이! 어디서 적반하장이야!”

“에잇!”

말싸움을 하다가 이제는 음식을 강탈하듯이 먹고 있는 순호를 보며 루드웨어는 한숨이 나올 뿐이었다.

어떻게 된 것이 자신들의 주위로는 멀쩡한 녀석보다는 조금 괴이한 녀석들이 모이고 있다는 생각이 들었던 것이다.

“끄악!”

이어지는 순호의 비명 소리에 루드웨어는 올 것이 왔다는 생각이 들었다.

“막검자 순호여… 저승에선 꼭 맛있는 음식을, 아니, 인간이 먹을 수 있는 음식을 먹을 수 있도록 빌겠네.”

하지만 예상은 크게 틀려졌으니 이어서 들린 그의 외침 때문이었다.

“어찌 이리 완벽한 맛이 있을 수 있단 말인가!”

“엥?”

“정말 맛있어요!”

“만화신녀님은 음식 솜씨도 뛰어나세요.”

“호호호, 보통이지 보통!”

"굉장하군요!"

여기저기 칭찬 소리가 난무하는 것을 보며 루드웨어는 주린 배를 움켜잡으며 눈물을 흘릴 수밖에 없었다.

한편 마교의 총단에선 십만마교의 총수라고 할 수 있는 교주가 거대한 검을 들고 있는 소년의 앞에 무릎을 꿇고 앉아 있었다.

"그런 일이 있었단 말인가?"

"예, 무황님."

"알겠네. 이제부터는 내가 직접 나서도록 하겠네."

"알겠습니다."

거대한 검을 들고 있는 소년, 그는 바로 라르도였다. 교주에게서 지금까지의 일을 들은 후 금면사자가 마교에 왔다는 것을 알게 된 라르도였으니 한참을 생각에 잠길 수밖에 없었다.

'음… 루빈스키가 왜 마교로…….'

가면 무사들은 바로 루빈스키의 부하들로 만들어져 있었다.

"일호!"

"예!"

한참을 생각에 잠겨 있던 라르도가 일호란 이름을 부르자 어둠 속에서 한 남자가 조용히 모습을 드러내었다. 검은 복면을 쓰고 있는 자로 라르도가 거느리고 있는 무황검단의 단장의 직에 있는 사람이었다.

"본제가 직접 나설 것이니 너희들은 내가 말했던 세 명의 인물과 같이 있는 다른 자들을 유인하여 처리하도록 하여라."

"존명!"

라르도의 말에 대답을 한 그는 또다시 어둠 속으로 사라졌다. 자리에서 일어난 라르도는 검을 들어서 어깨에 걸치고는 교주를 보며 말했다.

"내가 아닌 다른 무황의 명령에 따랐다고 하나 목적을 위해 부하를 희생한다는 것은 잘못된 일이다."

"……."

"대를 위해 소를 희생한다는 말이 있으나 희생된 소에 의해 대가 흔들릴 수도 있는 것이 바로 조직, 조직을 관리하는 자로서 아랫사람에게 반드시 보여야 할 것은 바로 인의라 할 수 있으니 그것을 명심하도록 하여라."

"명심하도록 하겠습니다."

"잘 들어라. 오늘부로 마군성은 사라진다."

"예?"

라르도의 말에 교주는 크게 놀랄 수밖에 없었다.

마군성이 사라진다는 말은 마교가 사라진다는 말과 다름이 없다고 생각했기 때문이다.

"무황님! 그것은……!"

"물론 마교가 사라지는 것은 아니다. 서장의 마군성이 사라질 뿐이니 교주는 본래 있었던 신강으로 총단을 옮기도록 하여라."

"아!"

그 말에 크게 안도의 한숨을 쉴 수 있던 교주였다.

"그리고 신강으로 옮김과 동시에 본제는 마교에서 완전히 손을 떼도록 하겠다."

"그건?"

다시 한 번 놀랄 수밖에 없는 교주였다. 라르도는 그의 손을 잡고는 자리에서 일으켜 주며 말했다.

"수백 년을 이어온 마교는 다시 본질로 돌아가는 것이네."

"무황님."

"마교는 마교인의 손으로 이끌어져야 하는 법, 나 같은 무황이 있음으로 해서 전과 같은 불미스러운 일이 일어나는 것 같군. 이 싸움이 끝난 후 본제는 금분세수하여 무림에서 떠날 생각이니 자네는 마교인을 통솔하여 진정한 마교의 교리를 중원에 세울 수 있도록 하게."

라르도의 말을 들은 교주는 크게 놀라는 한편 감탄했다.

인간이란 거대한 권력을 쥐게 되면 그것을 놓치지 않으려 하는 것이 보통이거늘 만인지상의 자리에 있던 그는 스스로 그것을 버리려 하고 있기 때문이다.

"알겠습니다."

"그동안 마음 고생이 심했네, 교주. 본제가 나가면 즉시 마군성을 파괴하도록 하게."

"알겠습니다."

라르도, 그는 이 싸움을 마지막으로 모든 것을 끝낼 생각을 하고 있었던 것이다.

쿠구궁!

"뭐야?!"

대지를 진동시키는 굉음에 루드웨어 일행들은 모두 놀라 잠에서 깨어났다.

"음음… 루드웨어, 무슨 일이야?"

그의 품에서 잠을 자고 있던 로노와르는 눈을 비비며 자리에서 일어나서는 물었는데, 루드웨어는 도저히 이해할 수 없다는 표정을 하며 한쪽을 가리키며 말했다.

"로노와르… 마군성이 폭발했다."

"응?"

그 말에 어리둥절한 표정이 된 로노와르는 그가 가리키는 마군성을 바라보았는데, 아나나 다를까 마교의 총단인 마군성이 시뻘건 불길과 함께 타오르고 있는 것을 볼 수 있었다.

"루드웨어님! 마군성이!"

"보았네. 도대체 무슨 일인지 알 수가 없군."

진천명의 말에 고개를 끄덕인 루드웨어는 마군성이 갑자기 불타고 있는 이유를 알 수가 없었다.

"기습이다!"

그때 불타는 마군성의 모습에 정신이 빠져 있던 일행들 뒤로 여인의 외침이 들려왔는데, 그것이 천영살대 유란의 목소리라는 것을 안 사람들은 모두 병장기를 빼어 들었다.

붉게 타오르고 있는 마군성의 불빛 뒤 어둠 속에서 수십 명의 무사들이 일행들을 향해 밀어닥치고 있는 모습을 볼 수 있었으니 루드웨어는 드디어 마교의 무리들이 이빨을 드러내었다는 것을 알 수 있었다.

"진천명!"

"예!"

"넌 다른 여인들과 함께 녀석들을 처리하도록 해라!"

"예!"

루드웨어의 지시를 받은 진천명은 고개를 숙여 대답하고는 급히 여사랑과 함께 몰려오는 무사들을 향해 몸을 날렸다.

"진천명과 홍련칠화들로 될까?"

"느껴지는 마나의 기운들로 본다면 꽤 실력있는 자들이긴 하지만 우리들을 상대할 수준은 아니었다. 아무래도 다른 것을 노리고 있는 만큼 유리마와 너, 나는 그것에 대비하는 것이 나을 것 같아."

루드웨어의 말에 그녀는 고개를 끄덕이며 수긍을 했다. 아니나 다를까 얼마 지나지 않아 달과 별을 가리기 시작하며 구름이 일대를 뒤덮기 시작했다.

"썬더 스트라이크!!"

한 남자의 목소리가 크게 대지를 울리자 그 순간 구름에서 강렬한 빛이 일렁거리더니 루드웨어 일행들의 머리로 번개가 떨어졌다.

"실드!"

번개가 떨어지는 것을 본 세 사람이 급히 실드를 사용하여 방어를 하자 번개는 흩어져 버렸다.

"휴!"

겨우 번개를 막을 수 있었던 루드웨어가 안도의 한숨을 쉬는 순간, 구름 위로 떠오르는 번개의 섬광 사이로 천천히 거대한 검을 들고 있는 남자의 모습이 드러났다.

"라르도!"

유리마의 외침에 루드웨어는 크게 놀라지 않을 수 없었다.

"라르도?"

섬광 사이로 드러나 보이는 앳된 얼굴, 작은 몸집에 비해 거대한 투핸디드 소드… 이러한 특징은 바로 자유 생명체 라르도의 모습이었기에 루드웨어는 마른침을 삼켰다.

"부울스를 처리했으니 이제 슬슬 저의 차례가 된 것 같기에 직접 당신들에게 찾아왔습니다."

"음."

그의 말에 드디어 올 것이 왔다는 것을 깨달은 루드웨어는 품에서 족자를 꺼내어서는 소리쳤다.

"라르도! 본인은 창조주께서 파견한 사람으로 당신에게 직장의 처우 개선을 통한 복직을 제안하기 위해 찾아왔다!"

"후후후, 부울스가 받아들인 조건이라면 괜찮을 것 같군요."

그의 말에 루드웨어는 숨을 크게 들이마신 다음 멋들어지게 족자를 펼치곤 소리쳤다.

"처우개선 사항으로 첫째, 1만 년 노동 후에 1천 년 정기 휴가. 둘째, 가중한 노동이라 판단됐을 경우에는 100년 간 특별 휴가. 셋째, 추가적으로 일을 처리했을 경우에는 그 일의 경중에 따라 점수를 받고 총 1,000점이 모였을 땐 항성계 하나를 보너스로 지급한다. 헉헉… 이 정도면 썩 괜찮은 것이 아닌가, 라르도?"

창조주의 말을 한번에 내뱉은 루드웨어는 잠시 숨을 헐떡인 후에 소리쳤는데, 라르도는 시큰둥한 반응을 보일 뿐이었다.

"후후후. 첫째, 가중한 노동에 대한 정의가 제대로 되어 있지 않군요. 그 가중한 노동이라는 것이 도대체 어떤 수준일까요? 둘째, 일의 경중에 따라 점수를 준다고 했는데, 과연 그 점수는 무엇을 기준으로 정해져 있는지 의문이며, 셋째, 항성계 하나가 보너스라고 하는데, 그 보너스로 받는 항성계가 어떤 것이냐가 의심스러운 사항이라고 할 수 있군요."

루드웨어의 말에 문제점을 지적하고 나선 라르도였으니 흠칫한 마음과 함께 만만치 않은 녀석이라는 생각이 들었다.

"세상의 모든 자가 너를 속인다고 하더라도 창조주만은 너에게 진실만을 이야기하신다. 라르도여, 따뜻한 창조주의 품으로 돌아와라!"

"창조주의 따뜻함에 치가 떨려서 도망친 것인데 무슨 말을 하십니까?"

"으드득!"

한마디도 지지 않는 라르도를 보며 루드웨어는 더 이상 참지 못하고 말았으니 이를 갈던 그는 족자를 집어 던지고는 소리쳤다.

"젠장! 이래서 남 밑에선 일하기 싫다니까!"

"어이."

유리마는 흥분된 루드웨어를 진정시키려고 했지만 이미 도화선에는 불이 붙은 후였다.

"정 안 된다면 힘으로라도 보내주지, 라르도."

"크크크, 처음부터 그렇게 나오셔야지요."

"애초부터 삐뚤어진 녀석 같으니 매가 약인 것 같군."

교섭은 결렬이었다. 노사 간의 합의가 결렬된 시점, 이제 공권력을 투입하여 밀어붙이는 시점이라 생각한 루드웨어는 마나를 끌어올리기 시작했기에 라르도 역시 자신의 거검을 좌우로 휘두르며 몸을 풀었다.

"까아악! 멋진 검이다!"

하지만 루드웨어의 긴장감을 흐트러뜨리는 사람이 있었으니 바로 로노와르였다.

"뭐야?"

"저 검 너무 멋있어. 내 멀티 엘레멘트 소드에 비교해도 뒤지지 않겠는걸?"

"……."

"비켜봐. 저자의 검과 한번 붙어봐야 할 것 같아!"

더 이상 참지 못한 로노와르는 공간 속에서 자신의 검을 뽑아 들고는 루드웨어를 발로 차버렸다. 멀찍이 날려간 그는 마누라의 포악함에 눈물을 흘릴 뿐이었다.

"호오!"

라르도 역시 로노와르의 3미터가 넘는 거검을 보고는 크게 탄성을 내지르고 있었으니 검에 대한 관심은 두 사람이 크게 다르지 않은 듯했다.

"여러 가지 원소의 힘이 느껴지는 검이군요."

"내 숨결을 불어넣었으니까. 그나저나 그 검은 아무래도 오리하르콘으로 만들어진 것 같은데?"

"예, 창조주의 밑에서 일을 할 때 받은 순수 오리하르콘 검이지요."

신의 금속이라고 할 수 있는 오리하르콘. 그 금속은 구하기 어려울 뿐만 아니라 그것으로 검을 만드는 것조차 쉬운 일이 아니었다.

이러한 검을 가지고 있으니 어찌 로노와르가 관심을 가지지 않을 수 있겠는가? 거기다가 멀티 엘레멘트 소드는 오리하르콘을 구하기가 어려워 단순히 도금을 했을 뿐이지만 상대는 순수 오리하르콘이라는 말에 군침을 흘릴 수밖에 없었다.

"창조주에게 가서 하나 더 만들어달라고 하고 그 검 나 주면 안 될까?"

"후후, 어려운 일이군요."

"쳇! 쪼잔하긴!"

역시나 드래곤은 힘으로 뺏어야 한다는 생각을 한 로노와르는 시동어를 외치며 드래코니안의 모습으로 변신했다. 라르도를 상대로 인간의 모습으로 싸운다는 것은 무리라는 것을 잘 알고 있었기 때문이다.

"호오! 다원소 드래곤의 드래코니안이로군요. 이거 재밌겠는걸요?"

"얼마나 재밌을까는 한번 붙어봐야 알겠지?"

먼저 선공을 가한 것은 로노와르였다. 십여 장의 날개를 휘저으며 하늘로 날아오른 그녀는 급강하하며 라르도를 향해 검을 휘두른 것이다.

쿠구궁!

엄청난 검강이 발현되며 일대를 잿더미로 만들어 버렸지만 라르도는 이미 몸을 날려 그것을 피한 뒤 허공답보를 사용하여 로노와르에게 쇄도해 들어갔다.

"검황무적검법(劍皇無敵劍法) 일검패천(一劍覇天)!"

자신의 범위 안에 로노와르가 들어온 것을 안 그는 일검패천의 초식명을 외치며 검을 휘둘렀다. 그의 검은 공간 자체를 잘라 버리며 밀려왔다.

"헉!"

엄청난 기세에 도저히 막을 수가 없다고 생각한 그녀는 그대로 천근추를 사용해서는 피하니 간발의 차이로 겨우 그의 공격을 피할 수 있었다. 하지만 그녀의 뿔 중 하나가 한 치 정도 베어져 버려 그녀는 화가 났다.

"아앙! 멋들어진 내 뿔이!!"

"칫. 보기 흉하다고 할 때는 언제고."

"크리처!"

"끄악!!"

괜히 한마디 했다가 마누라의 일검에 죽을 뻔하는 루드웨어였다.

"로노와르, 주의해라! 녀석의 검법은 공간 자체를 잘라 버리는 검술이다! 세상에 존재하는 모든 것을 잘라 버릴 수 있다고!"

그때 들려온 유리마의 외침에 그녀는 고개를 끄덕였다.

"공간마저 베어버리는 검과 원소 자체를 소멸시키는 검. 한번 붙어 볼까?"

과연 어떠한 것이 더 강할까 하는 생각에 로노와르는 검을 마주쳐 볼 생각을 하며 다시 그를 향해 몸을 날렸다.

"달마삼검!"

소림의 무공을 배운 그녀는 달마삼검을 사용하여 검을 날렸고, 강한 위력의 검이 라르도를 향해 뻗어갔다.

"의외군요. 땡초들의 검법을 다 아시니 말입니다. 그럼 전 무적검성 때의 무공을 사용해 볼까요? 차압!"

로노와르의 공격을 보며 미소를 지은 라르도가 일검을 내뻗으니, 순간 수십 개의 검영이 난무하기 시작했다.

"중검(重劍)!"

라르도의 검에 그녀가 중검을 사용하여 대응해 나갔다. 그러자 검은 아주 천천히 그를 향해 뻗어 나가 그녀에게 쇄도해 들어오던 검영들을 모두 쳐내기 시작했다. 라르도는 그녀의 검을 향해 일검을 내질렀다.

카강!

날카로운 파철음이 일대를 크게 울렸는데, 놀랍게도 라르도와 그녀의 검끝이 정교하게 마주쳤다.

"하앗!"

로노와르가 자신의 내력을 크게 끌어올려 검을 밀어붙이기 시작하자 그 순간 놀라운 일이 벌어졌다. 내력에 의해서 로노와르의 검이 밀려가나 했으나 그것은 착각이었던 것이다.

"끼약!"

사태를 파악한 그녀는 크게 비명을 지를 수밖에 없었으니 그녀의 멀티 엘레멘트 스워드 속으로 녀석의 검이 파고들어 왔던 것이다.

급히 검을 빼어서는 뒤로 물러섰으나 거의 일 미터가량 파먹은지라 눈물이 날 수밖에 없었다.

"흑흑, 어떻게 만든 검인데……."

"일단은 검의 대결에선 제가 이겼다고 볼 수 있겠군요."

그런 마음을 아는지 모르는지 라르도가 미소를 지으며 중얼거리니 로노와르는 노기가 끓어올랐다.

"애검의 복수전이다!"

"마음대로 하시기를."

여유있는 라르도를 보며 다시 달려든 로노와르였으니 이번에는 방법을 조금 달리했다.

검과 검의 대결에선 우세를 점하지 못하는 것을 깨달은 그녀는 드디어 브레스 공격을 시작했다.

"푸아!"

그녀의 입에서 뻗어 나온 브레스가 날아오자 라르도는 검막을 사용하여 방어를 했다. 검막에 부딪친 브레스는 바로 튕겨져 나갔으니 그 또한 그의 검의 위력을 증명해 준다 할 수 있었다.

"하이 그래비티!"

"끄윽!"

하지만 드래곤에게 브레스만 있는 것은 아니었다. 강력한 마법을 사용할 수 있는 종족이 바로 드래곤이었으니 하이 그래비티의 중압 마법에 당한 라르도의 몸은 빠른 속도로 하강하기 시작했다.

"차압!"

쿠구궁!

검강을 날려 속도를 완화시킨 라르도는 땅으로 착지함과 동시에 다시 발을 굴러 로노와르를 향해 쇄도해 들어갔고 그녀는 그를 보며 검을 던졌다.

귀를 찢는 듯한 파공음을 동반하며 날아오는 거검에 라르도는 크게 놀라 몸을 피했는데, 그 순간 로노와르의 신형이 뒤에서 나타나 그의 등에 일장을 내질렀다.

"반선수!"

쿵!

장법에 당한 라르도는 튕겨져 날아갔는데 일장을 당하는 순간 호신강기를 내뿜었기 때문에 큰 부상은 면할 수 있었다.

"룡아참격(龍牙斬擊)!"

방심하다 일격을 당했다는 생각에 라르도는 룡아참격의 수법을 사용하여 검을 휘두르니 순간 수십 개의 검기가 공간을 잘라 버리며 그녀를 향해 몰아쳤다.

"흥!"

하지만 거리가 떨어져 있는지라 콧방귀를 뀐 그녀는 빠른 속도로 밑으로 하강하여 검기를 피한 후, 떨어진 검을 잡고는 다시 그를 향해 공격해 들어갔다.

한편 두 사람의 싸움을 지켜보고 있던 루드웨어와 유리마는 무엇인가 이상하다는 생각이 들었다.

"유리마, 너도 느끼고 있나?"

"응. 자유 생명체 라르도… 이상하게 그의 힘이 약한 것 같군."

"나도 동감이다. 창조주에게 받은 자료에 의하면 로노와르를 상대로 저렇게 고전할 자가 아닌데."

검으로 신급에 달하는 힘을 가진 라르도. 그를 상대로 싸우는 로노와르는 다원소 드래곤으로 힘만 엄청날 뿐이지 실제로 검에 대한 조에는 그리 깊지 않다고 할 수 있었다.

하지만 그런 로노와르에게 스피드와 힘으로 일격을 당했으니 어찌 이상하지 않을 수 있겠는가?

두 사람의 이야기처럼 라르도는 자신의 능력이 크게 감소되었음을 느끼고 긴장을 하고 있었다.

'이런!'

물론 근년에 얻은 무황의 검술을 사용한다면 로노와르를 상대로 승기를 잡을 수 없는 것은 아니었지만, 루드웨어와 유리마가 있는 것을 감안한다면 무황의 검술은 지금 사용할 수 없었다.

하지만 무적검성 시절의 무공만을 사용해서는 그녀를 상대로 제대로 된 승기는 잡을 수가 없었고 무차별적으로 날아오는 마법에 제대로 된 무공을 사용할 수 없었다.

"인페르노! 블리자드! 워터 볼! 체인 라이트닝!!"

쿠구구구구쿵! 쿵!

시동어만으로 거의 모든 마법을 사용할 수 있는 로노와르의 마법에 검막으로 대치하고 있었지만 시간을 지체한다면 차라리 무황의 검술을 쓰느니만 못하다는 것을 알고 있었기에 라르도는 이를 악물었다.

'할 수 없군.'

라르도는 힘을 감추려던 전의 생각을 버리기로 하며 천천히 검에 내공을 집어넣었다.

푸른색의 강한 검기가 검신을 타고 흐르는 것을 보며 루드웨어와 유리마는 놀란 표정을 지었다.

"아무래도 일격에 끝낼 것 같군."

"준비해 두도록 하지!"

다른 이들이 알고 있음에도 불구하고 당사자인 로노와르는 라르도를 밀어붙이고 있다는 생각에 연신 마법을 난사하고 있었다.

'호호호, 드디어 나도 제대로 된 활약을 하는구나!'

루드웨어와 같이 다니며 자신의 능력이 모자람에 얼마나 많은 눈물을 흘렸던가. 하지만 오늘 라르도를 상대로 승리를 거둔다면 남편 역시 아무 말도 못할 것이라 생각하며 기세 좋게 밀어붙이고 있는 그녀였다.

"하압!"

드디어 라르도는 그녀를 쓰러뜨리기 위해 힘을 끌어올리니 갑자기 자신의 눈앞에 있는 존재의 몸에서 거대한 마나를 느끼자 그녀는 크게 놀랐다.

"아!"

"무황무적검법(武皇無敵劍法) 멸천겁(滅天劫)!!"

라르도가 검을 휘두르는 순간 엄청난 위력의 검기가 뻗쳐 와 그 기세에 로노와르는 비명을 내질렀다.

"꺄악!! 실드!!"

일단은 여자답게 비명을 한번 지른 로노와르는 급히 실드를 사용하여 멸천겁을 막으려고 했지만 무황무적검법의 엄청난 힘을 급하게 친 실드로는 막을 수가 없었다. 날카로운 소리와 함께 실드는 깨어져 나가고 모든 것을 부수어 버릴 듯한 기운이 밀려왔다.

"루드웨어!"

피할 수 없다고 생각한 로노와르는 자신도 모르게 가장 의지하고 있는 남자의 이름을 외치고 말았다!

쿠구구궁!

엄청난 굉음. 라르도의 멸천겁은 근처에 있는 대지를 쑥밭으로 만들어 버렸으니 그가 자랑하는 무황무적검법의 위력을 알 수 있는 장면이었다.

자신의 검공에 드래곤이란 존재인 로노와르조차 살 수 없으리라 생각한 라르도였으나 서서히 큰 폭발의 먼지가 가라앉자 놀라지 않을 수 없었다.

"크윽!"

자신이 완전히 쓰러뜨렸을 것이라 생각했던 드래곤인 로노와르는 놀랍게도 두 사람에 의해 보호받아 목숨을 부지하고 있었기 때문이다.

한편 멸천겁에 의해 죽임을 당할 것이라 생각한 로노와르는 두 손을 들어 얼굴을 막고는 눈을 질끈 감고 있었다. 한데 녀석의 공격에 당했다면 아픈 기운이라도 날 텐데 아무렇지도 않자 이상하게 생각되어 천천히 눈을 떴다.

"후후! 귀여운 것, 그래도 위험할 때는 남편을 찾는군."

"끽!"

그의 양쪽에서는 루드웨어와 유리마가 한 손을 들어서 실드를 치고 있는 모습이 보였으니 그제야 자신이 두 사람에게 구해졌다는 것을 알 수 있는 로노와르였다.

"칫! 누가 도와달라고 했나."

"아앙! 헤츨링 때하고 너무 똑같아서 귀여워 죽겠다!!"

멋쩍어서 심술 부리는 로노와르를 보며 두 볼을 꼬집으면서 즐거워하는 루드웨어였다.

한편 라르도는 두 사람의 방해로 인하여 로노와르를 죽이지 못했다는 것을 깨닫고는 이를 갈 수밖에 없었다. 한 사람이라도 죽여 승기를 점해볼까 했는데, 그것이 실패한 것이다.

"죽어라! 공파참(空破斬)!"

이제는 속공만이 살길이라 생각한 라르도는 검을 들어서는 공파참을 날리니 세 사람이 있는 곳에선 큰 진동이 일어났다.

채재쟁!

급기야 공기의 진동으로 인하여 실드가 깨지자 세 사람은 몸을 날려 피하게 되었다.

"이번엔 내가 한번 나서볼까!"

로노와르를 안전한 곳으로 피신시킨 루드웨어는 플라이 마법을 사용하여 라르도를 향해 몸을 날렸다.

"파이어 블래스트!"

라르도의 위치를 파악한 그는 파이어 블래스트를 시전했고 거대한 불길의 파도가 라르도를 향해 밀려갔다.

"파(破)!"

하지만 이런 공격에 당할 라르도가 아니었다. 밀려오는 불길을 보며 기합을 내지르니 순간 기공에 의해 불길의 파도는 갈라져서 그의 양쪽으로 비켜 나갔다.

"호오!"

검공 최고의 경지에 달한 자다운 면모를 보이고 있는 라르도를 보며 잠시 탄성을 내뱉은 루드웨어는 품에서 비도를 꺼내어 그를 향해 집어 던졌다.

"섬광비도술!"

드디어 루드웨어 일가의 무공 중 하나인 비도술이 펼쳐지니 백색의 광선이 빠르게 라르도를 향해 일직선으로 뻗어 나갔다.

"혈비도 무랑의 비도술인가!"

녀석의 비도술을 견식한 적이 있던 라르도는 놀란 표정을 짓기는 했지만 당황하지 않고 고개를 돌려 날아오던 비도를 피할 수 있었다. 하지만 그것으로 루드웨어의 비도 공격이 끝난 것은 아니니, 다시 몇 개의 비도를 꺼내어 든 그는 섬광비도의 수법으로 계속 라르도를 공격했다.

"이 정도의 수법으로 나를 이길 수 있다고 생각하는가! 너의 비도술은 왕년에 혈비도에 비하면 크게 뒤처진다는 것을 알아야지!"

라르도는 섬광비도를 피하며 루드웨어를 도발하기 시작했으니 쉴 새 없는 공격에서 반격의 기회를 포착하기 위함이었다.

"흥!"

그의 말에 루드웨어는 내력을 크게 끌어올려 손을 움직이니 손에서 발출되었던 섬광비도의 방향이 곡선으로 휘어져서는 라르도를 공격해 왔다.

"이기어검의 수법!"

검술의 최상승의 경지 중 하나인 이기어검의 경지를 루드웨어가 섬광비도의 수법으로 사용한 것이다. 그의 비도가 혈비도 무랑의 수준까지 올라왔다는 것을 깨달은 라르도는 피하던 것을 멈추고는 검을 뽑아 그대로 날아오는 비도를 쳐냈다.

챙!

눈에 보이지도 않을 정도의 속도로 날아오는 비도를 검을 휘둘러 튕겨낸 라르도는 한번 발을 굴러 루드웨어를 향해 쇄도해 들어갔다.

"하압!"

라르도가 달려오는 모습에 루드웨어는 허리에 있는 청강검을 뽑아서는 그의 검에 대항하여 휘두르니 그것을 보는 로노와르는 크게 놀라지 않을 수 없었다.

"루드웨어! 녀석의 검과 부딪치면 안 돼!"

순수 오리하르콘 검인 라르도의 검을 보통의 청강검이 막을 수 있을 리가 만무하다고 생각한 로노와르가 크게 소리쳤지만 이미 피할 시간 따윈 존재하지도 않았다.

"끝이다!"

루드웨어가 청강검을 휘두르자 녀석을 검과 함께 베어버리겠다 생각한 라르도는 온 힘을 다해 검을 휘둘렀다. 그런데 마치 무엇인가에 힘이 빨려 들어가는 듯한 느낌과 함께 검이 오른쪽으로 크게 흘러가니 라르도는 자신의 실수를 깨닫고는 크게 당황할 수밖에 없었다.

"아뿔싸!"

일검에 베어버리겠다는 생각에 패도적인 검공을 사용하여 한 공격이었다. 루드웨어는 강공에 대해 최적의 반응이 가능한 무당의 무공을 익히고 있었기에 모든 것을 부술 듯한 라르도의 검공을 흘려 버릴 수 있었다.

쿠구궁!

루드웨어의 의해 오른쪽으로 치우쳐진 라르도의 검강은 대지를 부수어 버렸지만 루드웨어에게는 조금의 상처도 주지 못했고, 오히려 이어진 루드웨어의 검술에 의해 라르도는 어깨에 검상까지 허용하고 말았다.

"크윽!"

크게 놀란 라르도는 몸을 날려 뒤로 피할 수는 있었지만 어깨에서 붉은 피가 흘러내리며 발 밑을 붉게 물들이고 있었다.

'강(剛)과 유(柔)의 무리마저 잊어버리다니! 한심하군!'

평생을 검에 매달려 살아온 라르도에게 강과 유의 무리라는 것은 일상과도 같은 것이었는데, 모든 것을 베어버리는 자신의 검에 현혹되어 유의 속성을 잊고 만 자신을 생각하며 자책할 수밖에 없는 그였다.

"이런 나 같은 삼류무사에게 당하다니. 검에 관해선 신급에 이르렀다는 자네의 명성을 믿을 수가 없는걸?"

"큭!"

루드웨어의 조롱에 노기가 치솟아오를 수밖에 없었지만 흥분으론 유의 무공을 상대할 수 없다는 것을 알고 있었기에 심호흡을 하며 마음을 가라앉혔다.

과연 무에 대해서만은 존재하는 모든 세계에서 창조주를 제외하면 따를 자가 없는 그였으니 눈 깜짝할 사이에 그의 기도는 고요하게 변해갔다.

'윽! 대단한 녀석이군.'

녀석의 기도를 느낀 루드웨어는 자신의 도발에도 고요함을 만들어가는 그를 보며 대단하다는 생각을 했다.

"당신의 말대로 아직 검에 대해서 더 배워야 할 것 같군."

"음."

두 사람은 서로를 바라보며 기회를 포착하기 시작하니 일대는 로노와르 때와는 달리 조용하게 변하고 말았다.

서로 간에 강공을 삼가고 유의 무공을 사용하고 있었기 때문이다.

동류의 무공이라면 라르도의 상대가 될 수 없다는 것을 알고 있는 루드웨어는 어쩔 수 없다는 생각을 하며 천천히 마법을 사용할 준비를 했다.

검을 사용하는 무사가 아니라 마법사였기 때문에 자신의 장점을 버리고 상대의 장점으로 싸울 필요는 없다고 생각했기 때문이다.

일단 마법으로 싸우기로 결정한 이상 근접전은 불필요하다 생각한 루드웨어는 플라이 마법을 사용하여 뒤쪽으로 몸을 날렸다.

"검황무적검법 격파세(激波勢)!"

루드웨어가 뒤로 물러서자 라르도는 검을 휘둘러 강한 검파(劍波)를 날렸다.

[방(防)!]

원소 마법만을 사용하던 루드웨어가 드디어 언령 마법을 사용하여 자신에게 밀려오던 검파를 막아내자 검파는 무엇인가에 막힌 듯 공중에서 폭발하며 진공의 공간을 만들어냈다.

휴우욱!

한순간 만들어진 진공의 공간은 그대로 주위의 공기를 빨아들이기 시작하니 강한 돌풍이 일대를 뒤덮었다.

"차압!"

그리고 그때를 놓치지 않고 돌풍으로 눈이 가려진 틈을 타서 쇄도해 들어간 라르도는 진공의 공간에 형성된 돌풍을 검기를 섞어 루드웨어를 향해 밀어붙였다.

쿠구궁!

라르도의 검기에 힘이 더해진 돌풍은 엄청난 속도로 밀려 들어갔고 루드웨어는 돌풍에 맞서기 위해 토네이도 마법을 날렸다.

"토네이도!"

라르도가 밀어붙인 돌풍과 부딪치자 지금까지의 몇 배 위력을 자아내는 돌풍으로 변해 버리니 엄청난 바람에 사람들은 신형조차 유지할 수 없게 되어버렸다.

"크윽!"

공중에 몸을 띄우고 있는 루드웨어에게는 그것이 치명적으로 작용했으므로 어쩔 수 없이 그는 땅으로 내려섰다. 한데 땅에 내려서서 주위를 둘러보니 라르도의 모습이 보이지 않았다.

"헉!"

갑작스런 느낌에 고개를 돌리니 그가 착지한 땅으로 강한 검기가 밀려왔다.

"지둔술?!"

라르도가 지둔술을 사용하여 땅으로 숨어 들어간 것을 알게 된 루드웨어는 급히 검기를 피한 후 마법을 시전했다.

"어스퀘이크!"

지둔술에 대항하여 지진 마법을 시전하자 엄청난 굉음과 함께 땅이 뒤흔들리기 시작했다.

쿠구궁!

계속 지둔술을 행하다간 압사할 수 있었기에 라르도는 급히 땅에서 빠져나오려 했는데, 그것을 가만히 내버려 둘 루드웨어가 아니었다. 급히 녀석이 있다고 생각한 땅에 두 손을 갔다 댄 그는 마나를 최대한 끌어올려 마법을 사용했다.

"하이 프리즈!"

그의 손에서 형성된 냉기는 한순간에 일대를 모두 꽁꽁 얼리고 말았으니 대지를 통해 전파된 냉기는 돌풍마저 얼려 버리며 일대를 침묵의 공간으로 만들어 버렸다.

"끝인가."

하이 프리즈로 대지를 얼려 버리자 지둔술을 사용하여 땅으로 숨어든 라르도는 전혀 반응을 보이지 않았기에 녀석을 쓰러뜨렸다고 루드웨어는 생각했다. 한데 얼마 지나지 않아 대지에서 날카로운 소리와 함께 금이 가기 시작했다.

"여긴가!"

지둔술로 숨어버린지라 녀석의 위치를 확실하게 파악하지 못했던 루드웨어는 대지의 움직임으로 위치를 파악하곤 빠른 속도로 몸을 날려서 두 손을 그대로 대지에 박아 넣고는 시동어를 외쳤다.

"볼케이노!"

시동어를 외치자 그의 주변에 있던 땅은 다시 엄청난 고온으로 변하기 시작했고 얼마 지나지 않아 열기에 대지가 녹아 들어가며 뜨거운 용암으로 변화되기 시작했다.

"와! 무섭다……!"

"루드웨어는 싸울 때 사정이 없는 놈이니까."

로노와르는 루드웨어의 쉴 새 없는 마법에 감탄하지 않을 수 없었다. 자신이 마법의 종족인 드래곤이라고 해도 그만큼 마법을 사용할 수 없기 때문이다.

일대의 땅을 용암으로 만들어 버린 루드웨어는 거기서 끝을 내는 것이 아니었다. 이내 하늘로 몸을 날려 숨을 크게 들이쉬곤 두 손을 하늘로 치켜들어서는 마지막 일격의 주문을 외웠다.

"배컴 스피어!!"

마법을 사용하여 수십 개의 진공의 창을 만들어낸 루드웨어는 사정 없이 용암 속으로 마법을 난사하기 시작했다.

쿠구구궁!!

용암 속으로 파고들어 가는 진공의 창은 그 안에서 폭발을 일으키며 커져 나가니, 마치 화산이 터지는 것과 같은 모습으로 용암이 솟구치기 시작했다.

이 엄청난 전투를 보며 진천명들은 물론 습격한 무황검단마저 싸움을 멈추고는 경악에 입을 다물지 못하고 있었다.

"저것이 정녕 인간들의 싸움인가!"

천신들의 싸움이라고 해도 이 정도는 아닐 것이라는 생각을 하는 이들이었다.

"헉헉!"

한편 용암 속으로 수백 개의 진공의 창을 던진 루드웨어는 상당한 힘을 소비했는지라 지친 모습으로 숨을 헐떡였다.

'이 정도면 죽었으려나?'

녀석의 쓰러진 것을 본 것이 아닌지라 루드웨어는 천천히 땅으로 내려와서는 용암의 구덩이로 걸음을 옮겼는데, 그 순간 용암 속에서 무엇인가가 빠른 속도로 튀어나왔다.

"끄아악!"

"칫!"

루드웨어는 그 모습에 아직 싸움이 끝나지 않았다는 것을 알 수 있었다. 용암에서 튀어나온 것은 엄청난 내력을 뿜어내어 자신의 주위로 원형의 호신강기를 뿜어내고 있는 라르도였기 때문이다.

하지만 계속되는 공격에 그가 멀쩡할 리가 없었으니 땅에 착지하여 호신강기를 푼 라르도는 더 이상 버티지 못하고 그대로 뒤로 넘어지고 말았다.

"무황님!"

그 순간 무황검단은 자신들의 주군이 쓰러진 것을 보고는 크게 놀라서 그를 향해 몸을 날리기 시작했다.

"멈춰라!"

무사들이 자신들 쪽으로 달려오는 것을 본 루드웨어가 미간을 일그러뜨리고는 소리를 지르자 무황의 무사들은 엄청난 내력이 실린 사자후에 거의 대부분 참지 못하고 땅으로 떨어지기 시작했다.

무사들의 움직임이 멈춘 것을 본 루드웨어는 천천히 쓰러진 라르도에게 걸음을 옮겼다.

"크으윽!"

라르도는 그가 다가오자 힘을 다해 몸을 일으키려 했지만 용암 속에서 몸을 보호하느라 거의 대부분의 내력을 소비했기에 몸을 지탱할 힘조차 없었다.

"패배를 인정하는가?"

"큭… 너의 승리다."

"후후후."

라르도가 자신의 패배를 인정하니 간사한 웃음을 한번 흘린 루드웨어는 천천히 품에서 종이를 꺼내었다. 그리곤 라르도의 손을 잡아 천천히 손도장을 찍었다.

이것이 바로 폭력을 통한 강제 계약이라 할 수 있었다.

"흑흑흑… 무황님."

무황이 패배를 인정하자 무사들은 슬픔에 눈물을 흘리기 시작했다.

이들이 너무나 서럽게 우는지라 루드웨어는 조금 찜찜하지 않을 수 없었다.

"어이… 이제 가자구."

"응."

눈물을 흘리는 무사들을 보며 도망가듯 사라지는 루드웨어 일행이었다.

한편 근처에 숨어서 이들의 싸움을 처음부터 끝까지 지켜본 이가 있었으니 바로 막검자 순호였다.

"대력무황에 이어 검무황이 패했군. 후후, 아직 천변무황이 남았다 하나 저들의 무공을 감안하면 그 혼자의 힘으로 상대하는 것은 불가능할 터. 드디어 나의 시대가 도래하는가. 푸하하하!"

하늘을 보며 대소를 터뜨리는 순호의 손에선 천천히 황금의 가면이 그 모습을 드러냈다.

18장 혈풍

"크윽."

루드웨어와의 싸움에서 큰 상처를 입은 라르도는 검을 지팡이 삼아 간신히 무황성에 도착할 수 있었다.

"라르도님!"

라르도가 큰 상처를 입고 도착하자 엘비나는 크게 놀라지 않을 수 없었다.

"괜찮아, 엘비나… 크윽!"

내상은 상당히 심한 것이었다. 라르도는 엘비나를 안심시키려다 참지 못하고 각혈을 하고 말았다.

"잠시만 기다리세요."

라르도의 모습에 엘비나는 그를 치료해 주려고 했는데, 그때 뒤쪽에서 누군가의 목소리가 들려왔다.

"라르도를 치료할 필요 없다!"

"아……."

그 목소리에 엘비나는 더 이상 움직일 수가 없었다. 라르도는 천천히 고개를 돌려 목소리의 주인공을 확인하고는 이를 갈며 말했다.

"루빈스키."

"하하하! 라르도, 꼴이 아주 좋게 변했구나!"

"……."

그의 모습에 라르도는 아무 말도 할 수가 없었는데, 루빈스키는 엘비나를 보며 더욱 충격적인 말을 건넸다.

"뭐 하느냐! 빨리 라르도의 힘을 흡수하지 않고!"

"하지만… 지금 힘을 흡수하면 생명에 지장이……."

"하하하, 그런 것이 무슨 상관이냐?"

"루빈스키!!"

"멍청한 녀석, 넌 레리스처럼 나에게 힘을 주면 끝나는 존재다. 아쉽게도 부울스의 괴력을 얻는 것은 실패했지만, 네 녀석의 검의 힘을 얻게 된다면 난 너를 쓰러뜨린 창조주의 개들보다 더 강한 힘을 가진 존재가 되는 것이지. 크크크."

"레리스 누님의 힘마저……!"

루빈스키의 말에 라르도는 놀라지 않을 수 없었다.

하지만 이런 것은 어느 정도 예상하고 있던 일이었다. 자신의 힘이 줄어들고 있을 때부터.

"어느 정도 느끼고는 있었지만 믿고 싶었던 것을……. 루빈스키, 부탁이지만 나의 힘을 가져가는 대신 엘비나에게 자유를 줄 수 없겠는가? 그것은 자네의 명을 받고 내가 창조주가 보낸 자들과 싸운 후에 해주겠다던 약속이 아니었는가?"

"아……!"

그 말에 엘비나는 크게 놀라는 모습을 보였다.

"크크크, 그렇게도 엘비나의 자유가 네 녀석에게 중요한 일이었던가?"

"…사랑하는 이니까."

"크크크, 어차피 네 녀석에게 뺏은 힘만 있으면 엘비나의 도움 같은 것은 필요없을 테니 그동안의 정을 생각해서 자유를 주도록 하지."

"고맙다."

라르도는 루빈스키의 말에 고맙다는 말을 한 후 천천히 엘비나에게 손짓을 하며 말했다.

"엘비나, 나에게 가까이 와주겠어?"

"…예."

그의 말에 엘비나는 천천히 걸음을 옮겨서는 주저앉아 있는 라르도의 곁으로 걸어갔다.

그녀가 다가오자 라르도는 천천히 그녀의 두 볼에 손을 올린 후 미소를 지으며 말했다.

"네가 자유를 찾게 되면 창조주에게 부탁하여 생명체가 될 수 있게 해달라고 부탁하려 했는데… 아무래도 자유를 줄 뿐 새로운 삶을 주지는 못하겠구나. 미안하다."

"라르도님……."

떨리는 그녀의 음성을 들으며 라르도는 천천히 그녀에게 다가가서는 입술을 포갰다.

입맞춤 사이로 두 사람의 눈에선 하염없이 눈물이 흐르고 있었다.

하지만 그 광경을 보고 있던 루빈스키는 경멸의 미소를 짓고 있을 뿐이었다.

"엘비나, 시작해라!"

"…예."

자신의 주인인 루빈스키의 말에 고개를 끄덕인 그녀는 천천히 라르도의 몸에서 힘을 흡수하기 시작했다.

"헉!"

갑작스럽게 많은 양의 힘이 빠져나가자 라르도는 더 이상 몸을 지탱하지 못하고 쓰러져 고통스러워했다. 이제 상처의 고통을 막아줄 힘이 사라지고 있었기에 큰 고통이 밀려온 것이다.

라르도의 힘을 흡수하는 엘비나의 눈에선 눈물이 흘러내리고 있었다. 그것을 보며 신음하고 있던 그는 이를 악물며 고통을 참아내고는 천천히 손을 들어 그녀의 눈에 흐르는 눈물을 닦아주며 말했다.

"너의 눈에 흐르는 눈물은 나에게 더 큰 고통을 주는구나. 눈물을 거두어라, 엘비나……."

엘비나의 이름을 마지막으로 그의 신형은 천천히 무너지기 시작했다. 잠시 후 온몸의 힘은 완전히 빠져나가 루빈스키의 몸으로 모두 모여들었다.

"하하하하! 이것이 라르도의 힘이란 말인가? 푸하하하하!"

온몸에서 넘쳐 나는 라르도의 힘을 느끼며 루빈스키는 크게 대소를 터뜨리더니 엘비나를 보며 말했다.

"이제 너의 역할은 끝났다. 라르도에 대한 마지막 예우로 너에게 자유를 주마!"

"감사합니다. 하지만 전 생명이 없는 몸, 주인님께서 명하신다면 저의 역할을 계속 수행하겠습니다."

"하하하하! 기특하구나. 만약 그 말이 없었다면 너의 본체를 파괴하여 진정한 자유를 주려고 했지만 이 세계를 빠르게 정복하기 위해선 너의 힘이 필요하기도 하니 본체를 파괴하는 것만은 면하도록 해주마!"

"감사합니다."

그녀가 고개를 숙이며 인사를 하자 루빈스키는 대소를 터뜨리며 어디론가 사라져 갔다.

그의 모습이 완전히 사라지자 엘비나는 천천히 쓰러져 있는 라르도의 얼굴에 손을 가져갔다. 이미 생의 기운이 완전히 빠져나가 몸에서 느껴지던 온기는 차갑게 식어 있었기에 그녀는 눈물을 감출 수가 없었다.

"라르도님……"

엘비나는 천천히 그의 몸을 들어서는 무황성 안으로 푸른 빛에 휩싸여 서서히 사라져 갔다.

한편 라르도에게서 서약을 받아낸 루드웨어 일행은 이제 루빈스키와 레리스를 찾기 위해 무림맹으로 향했다.

부울스가 대사련을 맡았고 라르도가 마교를 맡았던 것을 감안한다면 루빈스키가 무림맹을 맡았던 것은 자명한 사실. 이제 무림맹으로 가서 루빈스키에게 서약을 받으면 그의 이세계에서의 일은 모두 끝이 나는 것이었다.

하지만 무림맹을 그가 맡는다는 것은 알고 있었지만 그의 종적은 아직도 찾지 못한 것이 사실이었다.

"남해검문의 문진우가 현재 맹 내의 사정을 하오문을 통해서 전해주고 있지만 이상한 변화는 보이지 않고 있다 합니다."

무림맹 부맹주의 딸과 혼인을 하게 해준 후 부맹주를 장인으로 둔 문진우는 벌써 청건단 부단주의 직위에까지 올라 있었다. 모두 뒷배경이 좋은 탓이라 가능할 수 있었으니 이런 이유로 진천명은 문진우를 요긴하게 써먹고 있었다.

현재 교 내의 사정은 그리 문제는 없었으나 대사련과 마교가 내부에서 큰 문제가 발생했다는 소문이 맹 전체에 퍼져 있었기 때문에 젊은 무인들을 축으로 마교와 대사련에 대한 공격 움직임이 일어나고 있다고 한다.

"음."

무황이 사라지면서 두 세력의 핵심 인물들에게 상당한 변화가 일어날 것은 분명한 일이라 어느 정도 예상은 한 루드웨어였지만 너무 빨리 소문이 퍼졌다는 것에 이상하다 생각할 수밖에 없었다. 대사련은 모르지만 마교의 경우에는 마군성이 파괴된 지 일주일도 지나지 않기 때문이다.

"일단은 무림맹으로 향하도록 하자. 무림맹을 안정시킨다면 무림의 환난을 잠재울 수 있을 것이다."

가장 안정된 전력을 가지고 있는 곳이 무림맹인만큼 그들의 움직임을 막기만 한다면 혈풍이 부는 일은 없으리라는 생각에 지시를 한 루드웨어였다. 하지만 일은 이미 진전되어 가고 있어 루드웨어 일행이 무림맹에 도착했을 때는 무림맹의 무사들이 대사련의 불괴성으로 움직인 후였다.

"불괴성으로 말이냐?"

"예. 구파일방과 무림맹의 무사들 5천 명이 불괴성으로 떠난 것이 일주일 정도 전입니다."

무림맹의 무사들에게서 소식을 들은 루드웨어는 한발 늦었다는 것을 알 수 있었다.

"어떻게 하시겠습니까?"

진천명은 루드웨어에게 앞으로의 일을 물어보았다.

"불괴성은 말 그대로 난공불락의 성이다. 아무리 대사련의 세력이 크게 흔들린다고는 하지만 무림맹이 불괴성을 함락한다는 것은 어려운 일이다."

그의 말에 진천명 역시 고개를 끄덕였다. 하지만 이 두 사람이 알고 있다고 한다면 무림맹의 사람들도 모르지는 않을 터인데, 왜 그들은 정예 무사들을 대동하고 불괴성으로 향한 것일까?

한참을 그런 생각을 하고 있는 그때 한 무사가 정문으로 급하게 말을 몰아 달려오는 것을 볼 수 있었다.

"큰일이다!"

크게 소리를 지르며 달려오는 있는 그를 본 문을 지키고 있던 무사는 급히 말을 잡아주고는 물었다.

"무슨 일인데 그러는가?"

"대, 대사련의 정예 무사들이 십대거두를 앞세우고 무림맹으로 오고 있소!"

"이런!"

그 말을 듣는 순간 진천명은 그 이유를 알 수 있었다. 대사련은 무림맹의 세력이 크게 커지는 것을 방해하고자 불괴성을 버리고 무림맹을 치려고 한 것이다.

무림맹은 구파일방이 주축으로 만들어지기는 했지만 실제로는 중소문파들이 거의 대부분을 차지하고 구파일방은 한 걸음 뒤로 물러서 있었다. 이런 상황에서 무림맹을 무너뜨린다면 자연히 중소문파들의 구심력이 흩어질 것은 당연하니 세력은 크게 위축될 수밖에 없었던 것이다.

아무리 정파에서 구파일방의 무공이 크게 알려지고 강하다 하나 수적으로 보면 중소문파들을 무시할 순 없는 일이기 때문이다.

"수는 어느 정도 되는가?"

"대략 일만 명 정도가 되는 것 같습니다."

"일만 명이라… 맹에 남아 있는 무사들의 수는?"

"삼천 명 정도는 됩니다만 불괴성으로 정예가 모두 나가 있는 상태인지라……."

숫자도 밀리는 데다 사파십대거두를 비롯하여 정예가 몰려 있는 대사련을 상대로 싸운다는 것은 패배가 자명한 일인지라 진천명은 크게 낙담할 수밖에 없었다.

"일단은 무림맹의 모든 문을 닫고 다가오는 적에 대비하도록 해라!"

"예!"

맹주와 부맹주 모두 불괴성으로 나가 있는 지금 강호오룡의 일 인인 진천명의 서열이 높은 편에 속하는지라 급히 무사들에게 명령을 하고 대사련의 무사들과 대항할 준비를 서둘렀다.

한편 갑자기 어수선하게 변하는 무림맹의 분위기를 보며 루드웨어들은 한숨을 쉴 수밖에 없었다.

"아무래도 귀찮은 일에 끼어든 것 같은데."

"응."

하지만 이상한 것은 무황성에 움직임이 전혀 없다는 것이다. 중원의 모든 정보를 알고 있을 루빈스키가 대사련의 무사들이 진군하고 있는 것을 알고 있음에도 그것을 가르쳐 주지 않고 불괴성으로 정예 무사들을 보냈는가는 의문일 수밖에 없는 것이다.

"아무래도 우리가 모르는 일이 있는 것 같은데……."

유리마의 중얼거림에 두 사람은 고개를 끄덕였다.

한편 무림맹을 향해 진군하고 있는 대사련 무사단의 선두에는 흰색의 머리띠를 하고 있는 중년 남성이 말을 타고 있었는데, 그는 멀리 보이는 무림맹을 보며 이를 갈면서 옆에 있는 젊은이를 향해 물었다.

"분명 무림맹 안에 내 아이를 죽인 자가 있단 말인가?"

"그렇습니다, 련주."

"으드득… 내 기필코 녀석의 목을 베어 아들의 복수를 하고 말리라."

불괴성에서 루드웨어의 일행에 의해 심장마비로 죽은 아들을 생각하며 대사련의 련주는 복수를 다짐하고 있었으니 그의 옆에 있던 젊은이는 사파십대거두의 일 인이라고 알려져 있는 막검자 순호였다.

'흐흐흐… 계획대로 일이 진행되는군. 어리석은 련주, 나의 야망을 위해 죽어주서야겠소. 흐흐흐.'

막검자 순호의 눈에는 야망의 불꽃이 타오르고 있었다.

한편 이들 두 사람의 모습을 보며 부련주 주문진은 한숨을 쉬고 있었다.

"영민하신 련주께서 아드님의 죽음으로 복수에 불타 대세를 보지 못하는 것 같구나."

"그렇습니다, 부련주."

부련주의 곁에서 그가 속해 있는 나왕문에서 온 영천(英天)이라는 청년 무사가 고개를 끄덕이며 대답을 했다.

"무림맹의 정예가 불괴성으로 빠져나간 지금 무림맹을 점령하는 것은 어려운 일이 아니지만, 그 후의 일은 전혀 생각하지 않으시니 답답할 뿐이군."

"그렇습니다. 그나저나 막검자 순호라는 자가 의심스럽습니다. 이번 출정 역시 그가 련주를 부추긴 탓이 아닙니까?"

"알고 있다. 강호의 소문과는 달리 막검자 순호… 그는 괴(怪)라고 불리기보다 간(奸)이라고 부르는 것이 맞는 것 같구나."

"그렇습니다."

부련주는 한참을 생각에 잠겨 있다가 다시 그를 보며 말했다.

"막검자를 제외한 다른 십대거두들의 동태는 어떠한가?"

"일단은 이번 출정에 참여하기는 했지만 그다지 관심은 없는 모양입니다."

"자네는 어떻게 생각하는가? 련주조차 마음대로 움직이기 힘든 십대거두들이 우리들의 힘이 되어준 이유를 말이네."

"막검자와의 깊은 연관은 없다고 봅니다만 어느 정도 정보를 건네준 것은 사실이라고 봅니다. 일단 그와 잠시 만난 적이 있는 흑사자가 적극적으로 그들을 이번 출정에 끌어들였으니까 말입니다."

"흑사자는 그들과 대면을 한 적이 있었지. 음……."

사파십대거두가 이렇게 한자리에 모인 적은 드문 일이었으니 부련주는 그들을 제대로 써먹어야겠다는 생각이 들었다.

"일단은 그들에게 불편이 없도록 신경을 쓰도록 하게."

"예."

일만 정도의 무사들, 그것도 대사련의 정예로 이루어진 무사들이라면 나라에서도 우습게 볼 수 없는 문제였다.

일반적으로 무림과 관은 전혀 다른 세계로 분리되어 있었기에 직접적인 관여는 하지 못하고 있었는데, 하남성의 성주는 만약의 경우를 대비하여 금군에 도움을 요청해 약 5만에 이르는 군대를 불러오게 했으니, 이 일로 하남성은 난리가 났다고 해도 과언이 아니었다.

반란이 아닌 다음에야 하남성 쪽에 금군 수만이 모일 일은 없다고 해도 과언이 아니었기 때문이다.

하남성 성주인 이진우(李眞友)는 5만의 군대를 이끌고 온 고종사촌 이정(李正)과 이 일로 의논을 하고 있었다.

"무림과 관은 불문의 관계라 하나 이렇듯 민심을 흩뜨리니… 휴."

"형님께서는 너무 심려하지 마십시오. 일단은 제가 5만의 금군을 이끌고 왔으니 최대한 민심을 안정시키도록 하겠습니다."

"부탁하네. 본성에선 최대한으로 돕도록 하겠네."

"그나저나 대사련에서 자신들의 본거지를 버리고 또다시 정사대전을 준비하고 있을 줄은 생각하지 못했습니다."

"나 역시 마찬가지이네. 도대체 무슨 생각을 하고 있는지…….."

이렇듯 사태는 무림뿐 아니라 관까지 다급하게 돌아가고 있었으니 대사련의 무사들에 대항하기 위해 무림맹도 바쁘게 움직이고 있었다.

대사련의 무사들은 이미 무림맹의 성 앞에 진을 치고 있었기에 성벽 위에서 이들을 보고 있던 진천명은 암담함을 느낄 뿐이었다.

천 명의 무사들로 하여금 활을 휴대하게 하여 일단은 그들의 공격을 막아보기 위해 최대한의 노력은 하고 있었지만, 그것 또한 여의치 않은 것이 활을 제대로 쏠 수 있는 무사들이 극히 적었기 때문이다.

"주군의 술법만이 아무래도 이번 전투에 도움이 될 것 같습니다."

"알겠네."

일단 진천명의 일이니만큼 부탁을 저버릴 수 없는 루드웨어는 고개를 끄덕였지만 루빈스키가 어떻게 나올지 모르는 지금 함부로 마나를 낭비할 수는 없어 조금 난감하다는 생각이 들었다.

일만 대사련 무사들은 막을 수 있겠지만 그와 함께 루빈스키가 나선다면 어떻게 상대할 수 있단 말인가? 또한 대사련의 정예 무사들이니만큼 웬만한 마법으로는 그들에게 작은 피해만을 줄 뿐이었다. 고난이도의 전체 마법을 쓸 수밖에 없기에 마나를 아낀다는 것은 어려운 일이었다.

"오늘은 저들 역시 출정의 여파로 지쳐 있을 테니 공격은 하지 않으리라 생각된다. 오늘 밤 소수의 정예 부대로 저들을 기습하는 것이 어떻겠는가?"

유리마의 말에 진천명 역시 어느 정도 생각은 하고 있었는지라 고개를 끄덕이며 말했다.

"그렇게 하도록 하지요. 하지만 상대가 대사련 정예 무사인만큼 그렇게 큰 효과는 기대할 수 없다는 생각이 듭니다."

"루드웨어와 나, 로노와르의 힘을 합친다면 약간의 손실은 줄 수 있을 것이네."

"어라? 난 왜?"

역시나 자신이 끼어 있자 한마디 하는 로노와르였다.

유리마의 예상대로 대사련의 무사들은 피로 때문인지 곧바로 무림맹을 습격하지 않았고, 진천명을 필두로 하여 약 오백 명 정도의 무사와 루드웨어 일행들은 무림맹의 뒷문으로 나가 적의 진지로 숨어 들어갔다.

멀리 보이는 대사련의 진지는 수십 개의 횃불이 이곳저곳을 밝히고 있었다. 잠시 숨을 들이쉰 루드웨어는 천천히 마법의 주문을 외우기 시작했다. 물론 시동어만으로도 가능하긴 하지만 최대한 마나를 절약하기 위함이었다.

"모든 세계를 이루고 있는 마나 흐름이여, 강한 바람이 되어 나의 앞의 것을 쓸어라! 하이 윈드!"

강한 바람이 대사련의 진지를 향해 몰아치니 순간 횃불과 함께 천막들이 날리거나 부서지며 큰 소란이 일기 시작했다.

"가라!"

그것을 보고 있던 진천명이 무사들에게 공격을 지시하니 오백 명의 무사들은 빠른 속도로 대사련의 무사들을 향해 공격해 들어갔다.

"적이다!"

갑작스런 야습으로 인해 크게 당황한 그들을 정파 무사들은 정신을 차릴 기회도 주지 않고 들고 온 병기를 사용하여 일방적으로 밀어붙였다.

"무림맹의 기습이다!"

정예 무사들인만큼 갑작스러운 기습이었지만 점점 대처해 가기 시작했다. 하지만 천막 안에서 자고 있던 이들은 그것이 무너지면서 운신하기 어려운 상태로 계속 기습을 당했기에 반 시진도 되지 않는 싸움이었지만 무림맹의 무사들이 후퇴를 했을 때는 약 이백여 명 정도의 무사들이 죽임을 당하고 오백 명 정도가 중경상을 입고 말았다.

"크윽! 무림맹의 개들을 모두 죽이고 말리라!"

기습으로 인해 많은 무사들이 죽임을 당하자 련주는 크게 대노하여 또다시 복수를 다짐했다. 이번 무림맹 기습에서 대사련 측에 이득이 있다면 싸울 마음이 없는 것 같은 일곱 명의 무사들에게 분노를 심어 주었다는 것이다.

"감히 우리들의 단잠을 방해하다니! 용서할 수 없다!"

"무림맹을 처단하자!"

"처단하자!"

일곱 명의 무사들은 다른 이들이 죽임을 당한 것보다 단잠을 방해했다는 것에 더 분노한 듯했다. 물론 그 와중에서도 몇 명은 단잠을 방해했다는 이유가 아닌 다른 이유도 있었지만.

"큰일 날 뻔했다."

"무림맹의 무사들이 너무 고마워. 흑흑흑. 판이 엎어졌기에 망정이지 아니었다면 은자 백 냥은 더 잃었을 거야."

"그래, 불불승. 우리 내일 무림맹의 무사들과 싸울 때는 이번 판의 고마움으로 한두 명 정도는 팔 한 짝으로 용서해 주도록 하자."

"그래, 오명."

그들 두 사람은 바로 그날 밤 도박을 하고 있었던 것이다. 물론 이와 함께 이번 판에서 대박을 할 뻔했던 나머지 한 사람은 다른 이들에 비해 두 배의 분노를 느꼈지만.

"정파의 놈들을 갈가리 찢어버리고 말겠다! 끄아악!!"

그는 흑사자였다.

다음날 대사련의 무사들은 어제의 기습에 복수를 하고자 살기 가득한 눈으로 무림맹을 노려보고 있었다. 진두에서 말을 타고 있던 련주는 검을 들어 성을 향해 소리쳤다.

"우리 정의로운 대사련 무사들의 힘을 저 악랄하고 치사한 무림맹의 잡졸들에게 보여주도록 하자!"

"와아!"

"자, 나아가자, 대사련의 무사들이여! 제일진 출진하라!!"

"와아!!"

련주의 지시와 함께 선두 일천의 무사들이 경신술을 사용하여 빠른 속도로 앞으로 뛰어나가자 그 뒤를 이어 약 오천의 무사들이 십여 명씩 사다리를 들고 뛰기 시작했다.

"쏴라!"

성벽에서 이들을 보고 있던 진천명은 화살의 범위까지 그들이 다가오자 명령을 내렸고, 그 명에 따라 화살의 비가 하늘을 뒤덮으며 대사련의 무사들을 향해 쏟아졌다.

"끄악!!"

채재쟁!

재수없는 무사들은 화살에 맞아 앞으로 달려나가다 거꾸러지기 시작했지만 많은 무사들이 하늘에서 내려오는 화살을 쳐내며 앞으로 나아갔고, 이미 화살 공격에 대비하여 선두에 선 일천 명의 무사들은 등에 나무판자를 메고 있어 화살의 공격에 어느 정도 몸을 보호해 화살에 당한 이들은 그리 많지 않았다.

선두에 선 일천여 명의 무사들은 무림맹의 성문 앞으로 다다르니 들고 있던 도를 입에 물고는 벽호공의 수법을 사용하여 성벽을 오르기 시작했다.

"벽호공이다!"

"창을 들고 있는 무사들은 벽호공으로 오르는 대사련의 무사들을 막아라!"

진천명이 그 모습에 크게 놀라서는 지시를 하니 정파의 무사들은 창을 들어서는 그들을 땅으로 떨어뜨리기 시작했다.

"끄악!!"

"성벽 위의 녀석들을 막아라!"

치열한 격전. 하지만 벽호공을 익힌 무사들은 대사련에서도 정예 중의 정예였기에 반수 이상이 성벽을 올라와서는 무사들과 격전을 치렀고, 사다리를 들고 있던 무사들이 접근하면서 이제 대군이 무림맹의 성벽을 타고 오르기 시작했다.

"루드웨어님!"

"알았다구!"

다급한 마음에 진천명은 루드웨어를 애타게 부르짖었으나 귀찮다는 표정으로 손을 내저은 루드웨어는 천천히 손을 들어서 성 밑을 향해 주문을 외웠다.

"뜨겁게 타오르는 지옥의 불길이여, 지금 마나의 힘으로 그 힘을 다시 이 세상에 떨치려니… 가라, 어리석은 자들을 뜨거운 지옥의 불길에 태우라! 헬파이어!!"

마나를 절약하기 위해서 루드웨어는 긴 주문을 외우고는 드디어 시동어를 외치니 그것은 바로 지옥의 불길이라는 헬파이어였다.

후우욱!

무림맹의 성 밑으로 발현된 헬파이어는 순식간에 엄청난 지옥의 불길을 만들어내며 일대를 뒤덮어버렸다.

모든 이들은 이 말도 안 되는 모습에 극도의 공포에 사로잡혔다.

"끄악!"

"아악!!"

일대를 뒤덮은 헬파이어는 성을 향해 공격하던 대사련의 무사들을 덮어버렸고 사방에선 뜨거운 열기로 인하여 비명과 괴성이 난무하기 시작했다.

"요술이다!!"

"으악!!"

중원의 무사들이 이러한 마법의 힘을 구경했었을 리는 만무했기에 대사련의 무사들은 순간 패닉에 빠져 도망가기 시작했다.

대사련의 련주 또한 멍하니 입만 벌리고 있다가 부련주의 말에야 겨우 정신을 차릴 수 있었다.

"련주! 무사들을 퇴각시키라는 명령을!!"

"아! 퇴각하라 명령하게……."

"대사련의 무사들은 모두 퇴각하라!"

부련주의 외침이 들리자 대사련의 무사들은 황급하게 퇴각하기 시작했고, 얼마 지나지 않아 무림맹의 성은 수많은 시체들만이 사방에 흩어져 있는 모습이 되었다.

"휴."

진천명은 대사련의 무사들이 퇴각하자 길게 한숨을 내쉬고는 옆에 있던 무사를 향해 말했다.

"빠른 시간 안에 피해 상황을 조사해서 보고하라!"

"아… 예!"

헬파이어의 위력에 아직도 정신을 차리지 못한 그는 진천명의 말에 깜짝 놀란 표정을 짓다가 곧 고개를 숙이고는 물러가니 대사련과의 첫 번째 접전은 이렇게 마무리될 수 있었다.

그리고 얼마 지나지 않아 들어온 보고에 따르면 이번 첫 결전을 통해 무림맹 무사들의 희생은 사망 117명, 부상 548명으로 나왔다.

대사련의 무사들의 피해 수가 어림잡아 보아도 사망자가 오백 명이 넘는 데다가 부상자는 천 명이 넘는 숫자인 것을 감안한다면 대승이라고 할 수 있었지만 아직까지 승기를 잡았다 할 수 있는 상황은 아니었다.

거기다가 오백 명의 사망자 중 거의 삼사백 명은 루드웨어의 헬파이어 마법에 의해서 나온 숫자이고 부상자 역시 거의 대부분이 그의 마법이었으니 실제적으로 친다면 유리한 곳에서 방어를 했음에도 불구하고 마법의 공적을 제외한다면 쌍방의 피해는 거의 비슷하다고 할 수 있었다.

물론 무림맹 쪽에서 훨씬 더 많은 부상자가 나왔지만 상대에 비해 무공에서 크게 떨어지는 수준이었기 때문에 이런 것은 당연하다 할 수 있었다.

"아무래도 루드웨어님의 마법에 의존할 수밖에 없겠습니다."

진천명은 대사련의 무사들을 상대로 무림맹 무사들이 크게 떨어지는 실력을 보여주고 있었기에 어쩔 수 없다는 생각이 들었다.

"휴."

한편 첫 번째 공성전에서 적의 요술로 인하여 엄청난 피해를 본 대사련은 크게 사기가 저하되어 있었다.

그도 그럴 것이 무림인들이라고 해서 미신을 믿지 않는 것이 아니었으니 상대방의 숫자가 적다고는 하지만 요술을 할 수 있는 사람이 있다는 것에 두려워하는 무사들이 많았다.

"설마… 무림맹 쪽에서 요술을 하는 자가 있을 줄은……."

"큭."

련주는 단 한 번의 공격으로 깔끔하게 무림맹의 성을 점령하려고 했던 것이 요술로 인하여 크게 피해만 입고 물러서는 꼴이 되자 이를 갈 수밖에 없었다.

"돼지 피와 분뇨로 술법을 파훼해 보는 것은 어떻습니까?"

"고사에 있기는 하지만 그것이 통한다는 법은 없지 않습니까?"

"음."

"급히 도술을 할 수 있는 도사를 초빙해 오는 것은 어떻습니까?"

한 사람이 급히 의견을 내보았지만 역시나 별로 가망성이 없는 이야기였다.

"지금 당장 도술을 할 수 있는 도사를 찾을 수도 없거니와 설령 찾았다고 해서 도움을 받을 수 있을까요?"

"그렇겠군."

"방법이 없단 말인가……!"

련주는 무림맹의 요술사를 상대할 방법이 없자 한숨을 내쉬었다. 그때 천막의 밖에서 누군가의 말이 들려왔다.

"련주, 막검자 순호입니다. 안으로 들어갈 수 있을런지요."

"들어오시오."

대사련 수뇌부 회의이기는 하지만 십대거두라면 어느 정도 자격이 됐고, 순호가 계속 자신에게 도움을 주고 있는지라 련주는 그를 안으로 불러들였다.

그가 들어오자 련주는 고개를 돌려서는 물었다.

"그래, 무슨 일인가?"

"듣자 하니 련주께서는 무림맹의 요술사로 인하여 큰 어려움이 있다 들었는데, 맞습니까?"

"휴, 그렇다네. 우리들이야 무공을 하는 자들이니 요술을 어찌 접해 본 적이 있겠는가."

련주의 말에 순호는 미소를 지으며 말했다.

"그렇다면 제가 도움이 될 수도 있겠군요."

"응?"

"제가 알고 있는 사람들 중에 도술을 부리는 자들이 있으니 그들에게 도움을 구해보도록 하겠습니다."

순호의 말에 수뇌부들은 모두 크게 놀라지 않을 수 없었다.

"그것이 정말인가!"

"어찌 련주님을 상대로 거짓을 아뢰겠습니까."

"오! 자네가 나의 은인일세! 내 무림맹의 성을 점령한다면 자네의 공을 크게 치하하도록 하겠네."

"감사합니다."

이렇게 해서 대사련은 마법에 대항할 방법을 찾게 되니 련주는 내일을 기대하며 루드웨어에 대한 투지를 불태웠다.

다음날 대사련의 무사들이 다시 무림맹의 성으로 집결하기 시작하자 진천명은 급히 무사들을 배치시켰다.

"이상하군요. 분명 주군의 마법에 의해 당분간은 공격해 오지 않으리라 생각했는데."

"아무래도 녀석들이 마법에 대한 대비책을 마련한 모양이군."

유리마의 말에 루드웨어 역시 고개를 끄덕이며 수긍했다.

아나나 다를까 대사련의 무사들이 공격하기 앞서 십여 명의 검은 두건을 쓴 자들이 앞으로 나오더니 품에서 검은 구슬을 꺼내 들어 무림맹 성 근처에서 주문을 외우기 시작했다.

"설마……!"

루드웨어들은 이 주문을 듣고는 크게 놀라지 않을 수 없었다. 바로 9서클 절대 마법 봉쇄의 주문이었기 때문이다.

"절대 마법 봉쇄!"

"아무래도 이번 일이 쉬울 것 같지는 않군."

유리마는 저들이 들고 있는 검은 구슬을 본 적이 있었다.

바로 메테오의 공격이 있었을 때 은색 가면의 무황 측 마법사들이 사용하던 여의주였기 때문이다.

루드웨어의 실력으로 9서클 마법 봉쇄를 풀 수 없는 것은 아니었지만 그렇게 되면 루빈스키와 싸우기도 전에 많은 마나를 소비하게 되는지라 망설여졌다.

"공격!"

마법사들에 의해 마법 봉쇄가 펼쳐지자 련주는 망설일 것도 없이 공격 명령을 내렸다. 또다시 벽호공을 익힌 무사들을 앞세워 대사련의 공격이 시작된 것이다.

"우와아아!!"

"무림맹의 요술은 봉쇄되었다! 대사련의 무사들은 정파의 개들에게 대사련의 무서움을 보여주어라!"

무림맹의 무사들은 활을 쏘고 있었지만 이것이 얼마 버티지 못한다는 것을 알고 있었기에 공포에 젖어갔다.

"어쩔 수 없군! 로노와르, 브레스를!"

"응!"

일단은 루빈스키와 싸울 때 전력에 도움이 되지 않을 로노와르에게 도움을 요청하는 루드웨어였다.

오색의 빛과 함께 드래코니안의 모습으로 변신한 그녀는 대사련의 무사들을 상대로 브레스를 뿜어내기 시작했다.

"끄아악!!"

"요술이다!!"

로노와르의 브레스는 순식간에 무림맹의 성을 향해 달려드는 무사 수십을 소멸시키니 다시 요술이 시작되었다는 것에 대사련의 무사들은 크게 당황하지 않을 수 없었다.

"요술을 부리는 자는 하나뿐이다! 물러서지 말라!"

하지만 로노와르 혼자의 힘으로 일만 정도의 대사련의 무사들을 다 상대할 수는 없는 일이었으니 이미 수백 명의 무사들이 성을 넘어서는 무림맹의 무사들을 도륙하고 있었다.

"젠장! 어쩔 수 없단 말인가!"

자신을 향해 달려드는 무사를 베어넘긴 루드웨어는 이렇게 가다간 무림맹이 무너질 수도 있다는 생각에 이를 악물고 검은 복면의 마법사들을 향해 마법의 시동어를 외쳤다.

[파(破)!]

10서클의 언령 마법. 많은 마나를 소비하고 주문의 위력이 크게 떨어지기는 하지만 시전 속도는 주문 마법을 크게 넘어서는 위력을 지니고 있는 언령 마법은 마법 봉쇄를 넘어서 복면의 마법사들을 공격했다.

연이어 큰 굉음과 함께 폭발이 일어났다.

"끄악!!"

"언령 마법인가?!"

그것을 보고 있던 막검자는 상대가 언령 마법을 쓴다는 것을 깨닫고는 급히 마법사들에게 명령을 내리기 시작했다.

"마법 봉쇄를 풀고 공격 마법을 사용하라!"

"예!"

막검자의 명령을 받은 마법사들은 급히 봉쇄를 멈추고는 무림맹의 성을 향하여 마법을 난사하기 시작했다.

"파이어 스톰!"

"블리자드 스톰!"

"라이트닝 스톰!"

"워터 스톰!"

스톰 계열의 광범위 마법을 난사하자 마법의 기운이 무림맹의 성을 부수어 나가기 시작했다.

쿠구궁!

"정신이 없군. 젠장! 좋다, 이판사판이다! 하이퍼 파이어 스톰 볼!"

창조주의 검인 실레이드의 특허인 하이퍼 파이어 스톰 볼을 날리는 루드웨어였으니 순간 엄청난 위력의 불덩어리가 마법사들을 향해 날아가 일대를 폭발과 함께 날려 버렸다.

"끄아악!!"

"사람 살려!!"

마법 대 마법의 싸움. 중원의 역사상 이렇듯 허황된 싸움은 단 한 번도 없었으니 이계에서 날아온 자들에 의해 엉망진창이 되어버리는 순간이었다.

"헉! 이런 일이!!"

멀리서 이들의 싸움을 지켜보고 있던 하남성의 성주와 금군의 장군은 황당함에 입만 벌리고 있었다.

"저것이 무인들의 싸움이란 말인가!"

"관과 무림은 불문의 관계라 하더니 이제야 그 이유를 알 것 같습니다."

나라 간의 전쟁이라 해도 이런 모습을 보이지 않으리라는 생각에 두 사람은 서로를 바라볼 뿐이었다.

무림인들의 싸움은 이제 무황 측의 마법사와 루드웨어 일행들의 마법대전으로 번져 가고 있었으니 중간에 낀 무림맹과 대사련의 무사들만 고생할 뿐이었다.

"끄악!"

"후퇴하라! 후퇴!"

쿠구구궁!

여의주를 들고 있는 마법사들을 상대로 루드웨어 역시 이제는 될 대로 되라는 식으로 싸우고 있었으니 이것을 지켜보고 있던 막검자 순호의 입가에는 미소가 그려지고 있었다.

'크크크, 이제 계획대로 되어가는군.'

한편 이런 막검자의 모습을 검은색의 천으로 몸을 가린 한 인물이 훔쳐보고 있었다. 은신술을 사용하여 몸을 숨기고 있는 덕에 막검자의 눈에도 드러나지 않는 그였으니 역시나 그의 입가에서도 미소가 흐르고 있었다.

'흐흐흐, 세상의 어떤 것도 신비인 흑사자의 눈을 벗어날 수 없다.

흐흐흐.'

업그레이드된 신비인 흑사자였다.

대사련의 련주는 이 엉망진창이 된 전장을 보며 자신도 모르게 무릎을 꿇고 말았다.

"도대체 이게 무슨 일이란 말인가!"

"련주, 아무래도 물러설 때가 된 듯합니다."

"하지만……."

"련주… 무림맹은 모르겠지만, 저들은 우리가 상대할 수 있는 자들이 아닙니다. 인간의 범주로는 생각할 수 없는 선인(仙人)급의 인물들입니다."

"흑흑흑… 아들의 복수도 행하지 못하는 내가 대사련의 련주라 할 수 있단 말인가. 흑흑흑."

련주는 루드웨어라는 절대 인간일 수 없는 존재에 의해서 좌절하고 말았다.

"이 이상 대사련의 정예를 희생시킨다면 무림에서 사파는 사라질 것입니다."

"알고 있네. 무림맹에서 손을 떼도록 하지."

"예."

이렇게 해서 대사련은 물러나게 되었지만, 아직 싸움은 끝이 난 것은 아니었다. 루드웨어들의 마법대전이 아직도 치열하게 벌어지고 있었기 때문이다.

"썬더볼트!"

루드웨어가 시동어를 외칠 때마다 대지는 크게 몸살을 앓았으니 썬더볼트의 시동어가 시전되자 번개가 일대를 수놓으며 모든 것을 재로 만들어 버렸다.

"끄억!!"

마법의 위력에 실드마저 통하지 않으니 복면의 마법사들은 하나둘씩 쓰러져 갔고 얼마 지나지 않아 대지는 한순간 침묵의 시간을 맞이하게 되었다.

"헉헉헉!"

"끝났군."

숨을 헐떡이고 있는 루드웨어의 옆에 서 있던 유리마는 성 밑에서 재가 되어버린 복면의 마법사들을 보며 중얼거렸다.

"하지만 대사련의 공격이 아직 끝난 것은 아니었다. 련주가 이끄는 대사련의 무사들은 스스로의 힘이 부족함을 느끼고 물러갔지만 아홉 명의 무인만은 남아 있었던 것이다. 바로 신비인 흑사자가 이끄는 대사련의 진정한 정예인 사파십대거두들……."

"지가 대장인 줄 아나 봐?"

"냅둬. 원래 저런 놈이잖아."

유리마의 말에 마치 해설하는 것처럼 말하는 흑의의 인물이 있었으니 주변의 다른 이들은 서로를 보며 그의 흉을 보고 있었다.

"흑사자?"

"하하하! 무림제일의 신비인 흑사자님이 등장하셨다!!"

흑사자의 외침에 다른 이들은 모두 멍한 얼굴이 되었다. 강한 인물의 등장 때문이 아니라 그의 출현에 황당함을 느꼈기 때문이다.

"서역의 이방인들이여, 너희들에게 진정한 중원의 힘을 보여주겠다!"

삐리리리…….

그의 말이 끝나자마자 한 여인이 피리를 불며 천천히 앞으로 걸어나오는 순간 자욱한 핏빛 안개가 일대를 감싸기 시작했다.

"음마요희(音魔妖姬) 문주란(門朱蘭)이 인사드립니다."

고개를 숙여 인사를 올리는 그녀의 홀릴 듯한 외모에 무림맹의 무사들은 입을 다물지 못했다.

"정신 차려라! 음마요희 문주란의 요혼적음(妖魂笛音)이다!"

진천명이 무사들의 모습을 보며 사자후를 사용하여 크게 소리를 지르니 그제야 사람들은 정신을 차릴 수 있었다.

요혼적음은 음마요희 문주란의 성명절기라 할 수 있는 것으로 듣는 이로 하여금 최면에 빠지게 하여 자신의 마음대로 상대를 조종할 수 있게 하는 수법이었다.

"호호. 멋진 분, 하지만 이미 당신들은 저의 요혼적음에 빨려들었답니다."

그 말과 함께 다시 피리를 부니 무림맹 무사들의 눈은 흐리멍덩해지기 시작하며 루드웨어 일행들을 향해 병기를 들고는 다가섰다.

"크윽!"

소림사 출신이나 도문 출신의 수행이 깊은 고수가 있다면 불경이나 도문을 읊어 이 요혼적음을 파훼할 수 있겠지만, 무림맹의 정예가 빠져나간 지금 그것을 행할 사람이 없었다.

물론 루드웨어와 로노와르가 각기 무당과 소림의 비법을 배웠다고는 하지만 워낙 천성이 방정맞은 탓에 불경이나 도문을 읊어도 별 효력을 얻지 못한다.

음마요희의 이 요혼적음은 무공이라 하기보다 시술이라고 하는 편이 더 적합한 수법이었다. 하지만 루드웨어 측에서도 음공에 한 수 재간이 있는 인물이 있었으니 바로 비파선녀 도연랑과 선녀지음 안초희였다.

띠디딩…….

요혼적음의 요음이 일대를 뒤덮고 있을 때 맑고 청아한 음색을 내는 비파의 음이 끼어드니 순간 일대를 뒤덮는 안개가 천천히 사라져 가기 시작했다.

"아~아!!"

또한 비파음과 함께 맑은 여인의 음색이 울려 퍼져 잠시 요혼적음의 음공에 당한 무림맹의 무사들이 정신을 차려 나갔다.

여인곡 천가당 출신의 안초희가 자신의 내공을 이용하여 정신을 맑게 해주는 노래를 부르고 있었기 때문이다.

"호~!"

"우리 세계에서 볼 수 있는 사제들의 성가와 같은 힘을 지닌 음공이군."

두 사람이 요혼적음을 말끔히 날려 버리자 유리마와 루드웨어는 크게 탐복했다.

"끅!"

음마요희 문주란은 자신의 요혼적음이 파훼되자 신음을 내뱉고는 뒤로 물러서고 말았다. 그러자 그 뒤에 서 있던 칠 척이 넘는 거구의 여인이 그녀를 받쳐 주며 말했다.

"문 언니는 물러나세요."

"무 매."

그 여인은 외공으로 이름난 흑철돈녀 무삼랑이었다. 검은색의 피부에 거구의 여인인 무삼랑의 모습에 사람들은 저 사람이 진짜 여인일까 하는 의심이 들 정도였다.

하지만 더욱더 의외였던 것은 약관의 나이로 보이는 문주란이 무삼랑보다 나이가 많다는 것이었다.

'문주란이 젊어 보이는 걸까, 아니면 무삼랑이 늙어 보이는 걸까?'

허튼 생각을 하는 루드웨어였다.

"음공으로 끝낼 수 없음은 처음부터 알고 있었던 일, 예상외로 아무런 피해도 주지 못했다는 것이 다를 뿐이다."

흑사자의 말에 다른 이들 역시 고개를 끄덕이며 수긍을 했다.

"가자!"

흑사자의 외침과 함께 아홉 명의 인물들은 빠른 속도로 무림맹의 성으로 뛰어오르니 진천명은 검을 뽑아 들곤 여사랑과 다섯 명의 홍련칠화들을 보며 소리쳤다.

"주군께서는 최후의 결전이 남아 있으니 저들은 우리가 막아야 합니다!"

"예!"

"갑시다!"

진천명의 외침과 함께 일곱 명의 인물은 벽을 타고 올라오는 아홉 명의 거두를 향해 병장기를 들고는 뛰어나갔다.

채재쟁!

이렇게 두 무리가 충돌을 하여 싸움이 벌어지자 로노와르는 팔을 걷어붙이고는 자신도 나서려 했지만, 루드웨어가 그녀를 막으며 말했다.

"안 돼, 루빈스키가 나서지 않는 지금 저들과의 싸움에서 우리들의 힘을 낭비할 수 없어."

"쳇! 좋다고 마법을 난사한 사람은 누군데."

"……."

한편 이들의 싸움을 마법의 영상을 통해서 보고 있는 인물이 있었으니 바로 루빈스키였다.

"흐흐흐, 상황이 아주 재밌게 변해가는군. 엘비나."

"예."

"네가 직접 나서 창조주의 개들의 힘을 빼놓도록 하거라."

"알겠습니다."

루빈스키의 옆에서 조용히 서 있던 엘비나는 고개를 끄덕이고는 사라지니 그의 입가에는 미소가 어려 있었다.

"나타났는가."

한참을 두 무리들의 싸움을 지켜보고 있던 루드웨어가 어느 순간 천천히 고개를 돌리며 중얼거렸다. 하늘에서는 아름다운 몸매가 훤히 비치는 나삼을 입은 여인이 공중에 떠 있었다.

"엘비나다."

"루빈스키가 만들어낸 베타계 최고의 지능을 지닌 인공 생명체?"

로노와르는 훤히 하늘에서 자신들을 내려다보고 있는 여인을 보며 중얼거렸다.

"멋진 몸매… 끄억!"

역시나 한마디 했다가 로노와르에게 얻어터진 루드웨어였다.

"당신들은 이제부터 저 엘비나가 상대하도록 하겠습니다."

"흥!"

로노와르는 우습다는 듯이 그녀를 향해 브레스를 내뿜었다. 하지만 놀랍게도 브레스를 향해 그녀가 손을 뻗자 소멸의 브레스는 그녀의 손으로 흡수되어 버렸다.

"응?"

"돌려드리겠습니다."

그 말과 함께 다른 손을 뻗치니 흡수된 로노와르의 브레스가 루드웨어들을 향해 작렬해 왔다.

"헉!"

"피해라!"

로노와르의 브레스는 소멸의 브레스. 어중간한 실드로 막을 수 있는 것이 아닌지라 루드웨어는 사람들을 보며 소리치고 급히 몸을 피했다.

성벽에 충돌한 브레스는 일순간 무림맹 성의 일부분을 먼지로 만들며 소멸시켰다.

"잘 들어라! 지금 엘비나의 모습은 진짜 실체가 아니다. 일종의 입체 형상이라 할 수 있지."

"무슨 소리? 실체가 있잖아?"

"실체화의 힘이다. 존재하지만 존재하지 않는 이가 바로 엘비나지."

루드웨어와 로노와르는 유리마의 말을 이해할 수는 없었지만 어쨌든 원거리 공격은 먹히지 않는다는 것은 알 수 있었다.

"내가 나서지!"

일행들을 보며 소리친 루드웨어는 플라이 마법을 사용하여 엘비나를 향해 날아올랐다.

"당신이 루드웨어란 분이군요."

"네가 엘비나라는 인공 생명체냐?"

"루빈스키님에 의해 만들어졌지만 생명체는 아니랍니다."

"생명체가 아니라고?"

"전 주인의 명령을 따를 수밖에 없는 기계에 불과하답니다."

그 순간 루드웨어는 하마터면 땅에 떨어질 뻔했다.

자신을 기계라고 말하는 그녀의 눈에서 깊은 슬픔이 느껴지고 있었기 때문이다.

'뭐야, 이건?'

정신을 추스른 그는 검을 꺼내며 말했다.

"네가 무엇인지는 모르지만 우리를 가로막는 자임에는 틀림이 없구나."

"예."

고개를 끄덕이며 대답한 그녀의 몸에선 스파크가 일렁이기 시작했고, 루드웨어는 그녀를 향해 검을 휘둘렀다. 하지만 무형의 몸을 가진 그녀였으니 검은 몸을 지나칠 뿐이었다.

"역시 실체가 없군! 쳇!"

실체가 없다면 물리적인 공격이 통하지 않는다는 뜻이었기에 루드웨어는 투덜거릴 수밖에 없었다.

공격이 실패하자 엘비나의 몸에 모여 있던 스파크가 하나로 모이기 시작하더니 그를 향해 작렬해 들어갔다.

"실드!"

루드웨어가 급히 실드 마법을 사용하자 전격의 힘이 실드의 막을 타고 땅으로 흩어졌다.

"익스플로젼!"

몸을 뒤로 날린 루드웨어는 익스플로젼을 사용해 화염의 폭발로 그녀를 감쌌다. 그러나 얼마 지나지 않아 화염이 완전히 사라졌을 때 아무런 상처가 없는 그녀의 몸이 드러나자 할 말을 잃고 말았다.

상대는 자신에게 공격을 할 수 있지만 자신의 공격은 아무런 소용이 없는데 어찌 황당하지 않을 수 있겠는가? 마치 허상과 싸우는 기분이기에 루드웨어는 뒤로 물러서 대책을 강구했다.

'이거 일루션과 싸우는 기분이잖아!'

이런 생각을 하고 있을 때 그녀의 손에서 화염의 덩어리가 형성이 되기 시작했기에 루드웨어는 급히 몸을 피했다.

"블리자드 스톰!!"

일단은 실체가 없기는 하지만 빙계 마법을 사용하여 얼려보기로 결심한 그는 블리자드 스톰을 날려보았다. 하지만 모든 것을 얼려 버릴 듯한 눈보라 속에서도 그녀의 몸에는 아무런 변화가 없었다.

그녀에 손에 들려 있던 화염은 완전히 사라졌지만 이어져 날아오는 공격에 루드웨어는 급히 땅으로 몸을 날렸다.

그녀에게서 아이스 스피어 마법이 형성되더니 자신을 향해 날아왔기 때문이다.

"음······."

하지만 그 순간 루드웨어는 하나의 가설을 만들어낼 수 있었다.

'내 생각이 맞다면 모든 것을 간단하게 끝낼 수 있겠군.'

자신의 생각이 맞기를 바라며 그는 다시 한 번 마법을 시동어를 외쳤다.

"매직 애로우!"

시동어와 함께 형성된 수십 발의 매직 애로우는 그녀에게 작렬했지만 그녀의 몸에 적중되자 매직 애로우는 소멸되듯이 사라져 버렸다.

"당신의 모든 공격은 저에게 통하지 않는답니다."

루드웨어를 보며 무표정으로 조용히 말한 그녀가 손을 내밀자 다시 수십 발의 매직 애로우가 그를 향해 날아왔다. 루드웨어는 실드를 사용해서는 그것을 모두 튕겨낸 후 크게 웃음을 터뜨렸다.

"하하하! 이제야 알겠군!"

"……."

"뭐야! 저 여자를 쓰러뜨릴 방법을 알아낸 거야?"

로노와르가 크게 웃음을 터뜨리고 있는 루드웨어를 보며 궁금하다는 듯이 묻자 그는 고개를 끄덕이며 말했다.

"저 녀석은 미러와 같은 효과를 지닌 놈이다."

"미러? 아!"

루드웨어의 말에 그녀는 그제야 깨달았다는 듯이 손바닥을 치며 기뻐했다.

"그렇군. 미러는 상대방의 공격을 다시 되돌려주는 효과를 가진 마법. 엘비나 역시 허상의 몸으로 직접 공격할 힘은 없지만 상대방의 공격을 돌려줄 수는 있다는 뜻이군."

유리마는 그제야 엘비나가 자신들을 공격한 방법을 깨닫고는 고개를 끄덕일 수 있었다.

"그래. 미러와는 조금 다르기는 하지만 자신의 몸속에 상대의 공격을 흡수하여 그것을 무기로 사용할 수 있는 힘이 있는 것 같군."

유리마의 말에 자신의 생각을 말한 루드웨어는 엘비나를 보며 손가락을 가리키고는 소리쳤다.

"나의 가설이 어떤가?"

"틀리지는 않습니다. 하지만 전 실체화된 몸, 물리적인 공격도 가능하답니다."

그 말과 함께 먼지가 되듯이 사라져 버리는 그녀였으니 완전히 종적이 사라지자 루드웨어는 당황하지 않을 수 없었다.

"헉! 어디……?"

"루드웨어! 머리 위!!"

그때 로노와르의 목소리가 들려와 고개를 들어보니 그곳에 엘비나가 무표정으로 떠 있는 것을 볼 수 있었다.

"헉!"

그녀는 오른손을 들어 그의 머리를 내려쳤다.

쿵!

급히 팔을 들어 겨우 공격을 막았지만 엄청난 충격과 함께 루드웨어는 땅으로 곤두박질쳐졌다.

"끄윽!"

다행히 큰 충격은 없었는지 잠시 후 몸을 일으킬 수 있었다. 하지만 그녀의 공격은 그렇게 끝나는 것이 아니었다.

다시 그의 뒤로 나타난 그녀는 일격을 날려 그의 등을 후려치고는 똑같은 수법을 사용하여 그의 몸 주위에서 물리적인 공격을 가하니 루드웨어로선 정신이 없을 지경이었다.

"크윽! 실드!!"

더 이상 공격을 받을 수 없다고 생각한 루드웨어는 실드를 사용하여 온몸을 방어했지만 그것조차 소용없다는 것을 깨달은 것은 잠시 후였다. 자신이 만든 실드의 내부로 공간 이동을 하듯 나타난 엘비나가 그의 복부를 향해 주먹을 날렸기 때문이다.

"끄억!"

복부에 이는 강한 충격에 루드웨어는 땅으로 쓰러졌다.

"이제 끝을 내야겠군요."

엘비나는 머리를 박고 쭈그려 앉아 있는 그를 보며 손에 검을 만들어내서는 조용히 말했다. 그때 루드웨어의 손이 그녀의 발목을 잡았다.

"날 우습게 보지 마라. 디멘젼 패스!"

"끼야악!"

루드웨어가 자신의 세계에서 쓰던 공간 이동 마법의 하나인 디멘젼 패스는 텔레포트와는 전혀 다른 수법이었다. 마계의 공간을 중계로 삼아 이동을 하는 암흑 계열의 마법이기 때문이다.

하지만 이곳에선 이 마법을 사용할 수가 없었다. 마계의 존재가 자신이 살던 세계와는 위치가 다르기 때문에 전혀 다른 이공간에 몸이 이송되어 자칫 잘못하면 차원과 차원의 사이에서 완전히 소멸될 수도 있기 때문이다.

루드웨어는 그녀의 몸이 실체화되어 있는 틈을 타 발목을 잡고는 그대로 디멘젼 패스를 사용하여 날려 버렸으니 그녀의 실체화된 몸은 전혀 생각지도 못한 차원으로 튕겨져 버린 것이다.

"웃차."

엘비나가 사라져 버리자 복부의 통증을 참으며 자리에서 일어났다.

"끝났는가?"

엘비나를 다른 차원으로 날려 버렸다는 생각에 크게 한숨을 내쉬려고 하던 루드웨어였지만 애석하게도 그것이 끝은 아니었다.

"애석하지만 당신이 날린 것은 제 몸의 일부에 지나지 않답니다."

"헉!"

"당신의 강한 힘, 제가 받도록 하겠습니다."

"끄악!!"

그 말과 함께 갑자기 뒤에서 나타난 엘비나는 루드웨어의 등에 손을 대고 힘을 빨아들이기 시작했다.

자신의 힘이 빠져나가자 그는 크게 고통을 느끼며 신음을 질렀다.

"루드웨어!!"

그 모습에 놀란 로노와르가 루드웨어를 도와주기 위해 몸을 날리려 했는데, 그때 고통스럽게 신음하던 그가 손을 내저으며 말했다.

"오지 마!"

"루드웨어!"

"이것으로 나의 승리다!! 텔레포트!!"

그 말과 함께 푸른 빛에 휩싸여 루드웨어가 사라지니 엘비나는 크게 놀라는 표정을 지으며 소리쳤다.

"아뿔싸!!"

엄청난 능력의 마법사인 루드웨어는 자신의 힘이 빨려 들어가자 그 것까지도 기회로 삼아 힘이 빨려 들어가는 경로를 추적하여 본체가 있는 곳으로 텔레포트 마법을 사용한 것이다.

엘비나는 상대를 너무 경시했다는 생각에 이를 갈며 급히 본체가 있는 무황성으로 사라져 갔다.

"어떻게 된 거야?"

"음, 아무래도 무황성으로 간 것 같군."

갑자기 사라진 그를 보며 유리마가 자신의 짐작을 말해 주었다.

그때 그들의 앞으로 거대한 기운이 다가오기 시작했으니 유리마는 크게 놀라 고개를 들었다.

"헉!"

"크하하하! 유리마여, 오랜만입니다!"

"루빈스키!"

루드웨어가 엘비나의 본체를 없애기 위해 사라진 그때, 드디어 모든 것을 조종하던 무림의 대마왕 루빈스키가 모습을 드러냈다.

"가장 문제가 되는 녀석이 사라진 이상 너희 두 녀석은 나 루빈스키가 상대해 주지. 푸하하하!"

"로노와르, 아무래도 우리 둘만으로 싸워야 할 것 같군요."

"알았어."

자신들에게 모습을 드러내는 루빈스키를 보며 유리마는 로노와르에게 말한 후 마나를 끌어올렸다.

자신의 힘이 흘러가는 방향으로 텔레포트한 루드웨어는 주변의 모습을 보며 탄성을 질렀다.

"이것이 루빈스키가 만들어낸 무황성인가!"

그의 눈앞에는 각기 다른 빛을 내는 거대한 다섯 개의 구가 오망성의 끝 부분에서 상하로 움직이고 있는 모습이었으니 구의 크기가, 지름이 족히 이 미터는 넘을 듯한 크기였다.

엄청난 마나의 흐름이 느껴지는 사방을 둘러보던 루드웨어는 한편에서 얼굴이 눈에 익은 자가 유리관 안에 누워 있는 것을 볼 수 있었다.

"응? 라르도?!"

미소 띤 표정으로 누워 있는 그는 검무황 라르도의 모습이었다.

"창조주에게 돌아가진 않고 왜 여기서 자고 있는 거야?"

계약을 어겼다는 생각으로 루드웨어는 그에게 다가가서는 유리관을 열었는데, 그 순간 차가운 공기가 강하게 밀려오는 것을 느끼고는 섬뜩한 느낌이 들었다.

"설마?"

아무리 튼튼한 인간이라고 해도 이런 기온에서 잠을 자서 멀쩡한 인간은 없으니 천천히 목에 손을 가져가는 그였다.

'역시… 죽었군.'

라르도의 죽음을 확인한 루드웨어는 입맛을 다시며 다시 유리관을 닫았다.

"그나저나 엘비나를 처리하기 위해선 이것을 부숴야 한다는 거지?"

라르도가 죽었다고는 하지만 자신과는 별로 상관없는 일이기에 다섯 개의 구가 움직이고 있는 것을 보며 엘비나를 처리해야겠다는 생각을 하는 그였다.

그때 그의 뒤로 하나의 영상이 만들어졌다.

"차압!!"

루드웨어는 뒤에서 누군가 나타났다는 것을 깨닫고는 그대로 발을 날렸지만 아무 느낌이 없자 몸을 앞으로 날려서는 자세를 취했다.

"엘비나."

"여기까지 오셨군요."

"흥!"

루드웨어는 그녀를 보며 천천히 손바닥을 그녀의 본체에 가져가서는 말했다.

"이 본체가 부서지면 너 역시 더 이상 살지 못할 테지? 이제 끝이다, 엘비나."

하지만 자신의 몸이 부서진다는 것에 그리 두려움을 느끼는 표정을 짓지 않는 엘비나는 고개를 끄덕이며 말했다.

"당신이 이곳으로 온 이상 저에게 승산은 없답니다. 다만……."

"다만?"

"당신이 가지고 계신 천마신철을 저에게 주시지 않게습니까?"

"천마신철?"

"당신이 시승의 집에서 가져간 마나를 가진 금속을 말하는 것입니다."

"아! 그거!"

루드웨어는 그제야 생각이 났다는 듯이 고개를 끄덕이며 말했다.

"내 아공간 속에 집어넣었는데, 그건 왜?"

"당신은 창조주님의 명령으로 자유 생명체를 다시 데리고 가기 위해서 온 분이 아니십니까?"

"그렇지."

그 말에 엘비나는 한쪽을 손으로 가리키며 말했다.

"저기 누워 계시는 라르도님을 다시 되살리기 위해선 천마신철이 필요합니다."

"응?"

"천마신철 안에 내재되어 있는 힘을 모두 사용한다면 라르도님을 부활시킬 수 있습니다."

"음."

정말 그런지는 알 수 없었지만 자신의 눈에 보이는 엘비나가 거짓을 말한다고 생각되지는 않았다. 하지만 자신의 세계로 돌아가서 실험해 볼 목적으로 고이 간직하고 있던 천마신철을 이렇게 버리는 것은 정말 아까운 일이었다.

"음… 천마신철을 주면 나에게 무엇을 줄 거지?"

"루빈스키님에게 잡힌 레리스님의 위치와 함께 당신의 힘이 되어드리지요."

'음…….'

그 말에 루드웨어는 생각해 볼 수밖에 없었다.

엘비나를 죽이는 것은 어렵지 않지만 이곳을 빠져나간 후에 루빈스키를 찾긴 힘들 테고, 더욱이 레리스의 종적도 찾기 어렵기 때문에 그녀의 도움만 얻는다면 이 지겨운 중원 세계의 일을 쉽게 끝낼 수 있다는 생각이 들었기 때문이다.

한참을 고민한 루드웨어는 역시나 이 지겨운 과중 업무를 하루라도 빨리 내치기 위해 그녀에게 협조하기로 결심했다.

"알겠다."

그는 아공간을 열어서는 천마신철을 꺼내어 엘비나에게 건네주었다.

"천마신철을 건네받았습니다. 저와의 거래의 대가로 저 엘비나는 당신의 종이 되었습니다."

"음."

예쁘장한 여인이 자신의 종이 되었다는 말에 조금 흥이 난 루드웨어였다.

한 시간 정도 후 엘비나와의 모든 일이 끝난 루드웨어는 다시 무림맹으로 돌아왔는데, 다시 온 그곳은 차마 눈 뜨고는 보지 못할 광경이 되어 있었다.

"헉!"

무림맹의 주변에는 대사련 무사들의 시체는 물론 정파의 무사들마저 죽임을 당해 사방에 흩어져 있었기 때문이다.

"내가 무황성으로 간 후 무슨 일이 있었던 거지?"

주위를 돌아보니 로노와르와 유리마의 모습도 보이지 않았다. 그러나 로노와르와 자신의 목숨은 연결이 되어 있으니 그녀가 죽지 않았다는 것은 알 수 있었다.

"로노와르! 로노와르!!"

루드웨어는 로노와르의 이름을 부르며 사방을 돌아다녔는데 얼마 지나지 않아 가까운 곳에서 신음 소리를 들을 수 있었다.

"아!"

신음 소리에 달려가 보니 그곳에서 자신의 아내인 로노와르가 큰 상처를 입고 피를 흘리고 있는지라 크게 놀란 루드웨어는 마법을 사용해서 그녀를 치료했다.

"리커버리!"

리커버리 마법을 사용해 그녀의 상처를 금세 치료하곤 다행이라는 표정을 지으며 그녀를 보며 물었다.

"어찌 된 일이지?"

"다, 당신이 사라진 후 루빈스키가 나타나서……."

"루빈스키!"

"간신히 저 혼자 도망칠 순 있었는데, 저를 놓치자 유리마와 나머지 사람들을 무황성으로……."

"음… 무황성으로 가자!!"

"예."

루드웨어는 들어볼 것도 없다는 듯이 그녀의 손을 잡고는 말했고 로노와르는 고개를 끄덕이고는 자리에서 일어났다. 이미 엘비나와의 거래로 무황성의 출입 방법을 알아낸 루드웨어는 텔레포트를 사용하여 무황성의 입구로 향했다.

무황성의 입구는 하늘의 땅이라는 티벳의 고원 지대의 한곳이었다. 루드웨어는 심호흡을 한번 한 후 천천히 손을 들어서는 시동어를 외쳤다.

"엘리멘탈 게이트!!"

그 순간 오색의 빛을 뿜는 문이 생기니 루드웨어는 로노와르와 함께 그곳으로 들어갔다.

빛의 통로를 따라 도착하자 눈앞으로 거대한 성이 보였다. 오색의 빛이 하늘을 물들이고 있는 세상, 바로 무황성의 공간이었다.

엘비나의 심장이 있는 곳은 무황성 내부이기는 하지만 지하 깊숙한 곳에 존재하는지라 이곳에 루빈스키가 다시 돌아왔다는 것을 알지 못했던 루드웨어는 천천히 걸음을 옮기기 시작했다. 그때 루드웨어의 앞으로 십여 개의 인영이 그 모습을 드러냈다.

"넌… 금면사자?"

"후후후, 기다리고 있었습니다, 루드웨어님."

"유리마와 나머지 사람들은 어디 있지?"

"후후후."

루드웨어의 물음에 금면사자가 손가락을 마주치자 순간 오색의 빛이 일렁이면서 유리마와 함께 진천명들의 모습이 드러났다.

"음, 이미지 마법이로군."

"그들은 잘 있으니 걱정을 마십시오."

[로노와르.]

[예.]

[잠시 이 녀석을 맡아라. 난 유리마와 다른 사람들을 구할 테니까.]

[알았어요.]

자신의 말에 고개를 끄덕이는 로노와르를 보고 안심한 루드웨어는 유리마들을 구하기 위해 즉시 마법을 사용하고자 했다. 그런데 그 순간 등 뒤에서 큰 통증이 느껴졌다.

"헉!"

고개를 내려보니 피투성이가 된 복부에서 붉게 물든 손이 보였다.

"설마……."

천천히 고개를 돌린 루드웨어는 그곳에 로노와르가 회심의 미소를 짓고 있는 것을 볼 수 있었다.

"큭!"

로노와르가 몸을 꿰뚫은 손을 빼내자 루드웨어는 고통의 신음과 함께 땅으로 쓰러지고 말았다.

"로, 로노와르, 무슨 짓이지?"

"크크크, 내가 로노와르로 보이는가?"

"헉! 설마……."

그 순간 루드웨어는 크게 놀랄 수밖에 없었다. 그녀의 모습이 서서히 변하기 시작하더니 생전 처음 보는 남자의 모습이 되었기 때문이다.

"크크크, 본인은 오무황의 한 사람인 루빈스키다."

"젠장."

자신이 속았다는 것을 깨달은 루드웨어는 이를 갈 수밖에 없었다. 하지만 이미 엄청난 부상에 더 이상 움직일 힘조차 없었다.

"크크크, 이제 네 녀석은 나의 힘의 일부가 될 것이니 영광으로 생각해라. 푸하하하!"

고통스러워하는 루드웨어를 보며 큰 소리로 웃음을 터뜨리던 루빈스키는 잠시 후 입을 열어서는 엘비나를 불렀다.

"엘비나!"

"예."

이미 기다리고 있었다는 듯이 엘비나의 모습이 형성되니 루빈스키는 그를 손가락으로 가리키며 말했다.

"크크크, 너의 변환핵은 이자에 의해 사라졌을 테니 중추핵을 사용하여 이자의 힘을 빼내어 나에게 건네주어라."

"알겠습니다."

루드웨어가 엘비나의 힘을 찾아간 곳은 바로 그녀의 변환핵이었다.

변환핵은 남의 힘을 자신이 흡수할 때 사용되는 핵이었다.

하지만 그것이 부서진다 해도 엘비나는 사라지지 않는데, 메인이라고 할 수 있는 중추핵이 남아 있기 때문이다.

루빈스키는 변환핵을 사용하여 루드웨어의 이목을 무황성으로 돌리게 한 후 나머지 사람들을 처리하고 그들을 다시 무황성으로 잡아온 후 로노와르란 여자로 변신한 것이다.

그런 후 루드웨어를 방심하게 하여 쓰러뜨린 후 편하게 그의 에너지를 얻으려 했던 것이다.

이것이 바로 그가 생각하고 있었던 계획이었으니 이제 루드웨어의 힘을 얻는다면 창조주가 누구를 보낸다고 하더라도 그의 상대가 되지 못할 것은 당연한 일이었다.

루빈스키의 명령을 받은 엘비나가 상처를 입고 쓰러진 루드웨어에게 다가가 그의 힘을 흡수하기 시작하자 루드웨어는 고통 어린 표정으로 신음을 질렀다.

"끄아악!"

한참 후 루드웨어의 힘을 모두 흡수한 엘비나는 루빈스키에게 가서는 말했다.

"힘을 전해드리도록 하겠습니다."

"하하하! 이것으로 난 창조주를 제외하고는 베타계 최고의 힘을 가진 존재가 되는 것인가! 푸하하하!"

루드웨어의 힘이 자신에게 돌아온다는 생각에 루빈스키는 크게 웃음을 터뜨리고는 고개를 끄덕이며 말했다.

"자! 나에게 힘을 다오!"

엘비나는 루빈스키의 곁에 붙어서는 힘을 전달하기 시작했는데, 얼마 정도 지난 후 루빈스키는 크게 놀라는 표정을 지으며 그녀를 돌아보며 말했다.

"크헉! 무, 무슨 짓이냐!!"

급히 엘비나의 몸에서 떨어져 나간 루빈스키. 그는 가쁜 숨을 들이쉬며 그녀를 보며 살기 띤 얼굴로 소리쳤다.

"나의 힘을 흡수하다니, 무슨 짓이냐!!"

"당신의 힘이 아닙니다. 당신이 지금까지 흡수한 다른 이들의 힘을 흡수했을 뿐입니다."

"헉!"

그녀의 말에 크게 놀란 루빈스키였는데, 그 순간 힘을 모두 **빼앗겨** 누워 있던 루드웨어가 천천히 자리에서 일어나 미소를 지으며 말했다.

"후후후. 루빈스키, 이제 너는 끝이다."

"헉!!"

"크크크. 라르도와 유리마, 그리고 레리스의 힘까지 모두 빼앗겼으니 너에게 남은 힘은 이제 본래 자신의 힘뿐이겠지."

"젠장!"

자신이 속았다는 것을 깨달은 루빈스키였다.

"어떻게……!!"

"엘비나와 하나의 계약을 했지. 바로 라르도의 목숨을 담보로 말이야."

"이런, 젠장!!"

설마 엘비나가 루드웨어와 계약을 하리라고는 전혀 생각지도 못한 루빈스키였다.

"크윽!"

"이젠 죽어주어야겠어. 창조주께서도 너 같은 녀석이라면 죽었다고 해도 아무 불만이 없으시겠지."

"크윽! 엘비나… 가증스러운 년, 감히 나를 배신하다니!"

"당신은 당신을 믿었던 모든 분들을 배신했습니다."

"크크크. 좋다! 여기서 파멸해 주지. 하지만 엘비나, 너 역시 나와 같이 사라져 줘야겠다."

"응?"

루빈스키의 말에 루드웨어는 영문을 알 수 없었다. 루빈스키는 품에서 하나의 구슬을 꺼내어서는 그것을 손에 쥐고 힘을 가했다.

"끼야악!!"

그 순간 엘비나는 큰 고통의 비명을 지르기 시작하더니 루빈스키의 손에 잡혀 있던 구슬이 부서지자 그녀의 영상은 서서히 흐려져 가기 시작했다.

"라르도… 님……."

루빈스키가 부순 구슬은 바로 그녀의 생명과도 같은 구슬이었다. 엘비나가 그의 명령을 받을 수밖에 없었던 것은 바로 자신의 생명과도 같은 핵을 그가 쥐고 있었기 때문이니 그를 배신하면 자신이 죽는다는 것을 알고 있었음에도 그것을 행했던 것이다.

"루빈스키!!"

"끄악!"

어느 정도 상황을 눈치 챈 루드웨어가 얼굴을 일그러뜨리며 루빈스키에게 자신의 모든 힘이 남긴 언령의 일격을 날렸다.

공격을 받은 루빈스키의 몸은 시뻘건 피를 내뿜으며 산산이 찢겨져 나갔다.

"헉헉."

루빈스키가 죽자 루드웨어는 크게 숨을 헐떡였다.

"헉헉. 젠장!!"

루드웨어는 설마 루빈스키가 그녀의 핵을 가지고 있으리라고는 전혀 생각하지 못했기에 그녀의 소멸이 무척 안타까울 뿐이었다.

"루드웨어!!"

멀리서 자신을 부르는 목소리에 고개를 돌리자 로노와르와 함께 유리마와 다른 사람들이 자신을 보며 달려오고 있는 모습이 보였다.

"로노와르."

자신의 영원한 아내인 그녀를 보며 천천히 몸을 일으키는 루드웨어였다.

에필로그

"크크크… 천변무황과 천무신녀까지 죽어 정사마 모두의 세력이 크게 위축되었으니 세외의 힘을 끌어들이면 이제 무림은 나의 손에 들어올 것이다. 크크크."

루빈스키와 엘비나의 죽음을 끝으로 무림을 암묵적으로 지배하고 있던 무황들이 모두 사라졌다는 것을 알고 있는 자, 그는 천천히 얼굴에 쓰고 있는 황금의 가면을 벗었다.

묵검자 순호. 그는 자신이 목적하던 바를 완전하게 이루자 감격의 눈물을 흘리고 있었다.

물론 루드웨어들이 남아 있긴 했지만 모습을 보아하니 그들은 이제 더 이상 무림의 일에 관여하지 않을 것 같았다. 그러니 마법의 힘과 천룡의 여의주를 가지고 있는 자신이라면 충분히 무림을 일통할 힘을 만들 수 있으리라 생각했다.

"하지만 일은 그렇게 쉽게 풀리지 않으니 묵검자 순호가 계획하고 있는 더러운 무림일통의 계획은 중원을 수호하는 한 명의 신비자에 의해 모든 것이 드러난 상태였다."

"헉!"

갑자기 자신의 귀에 해설과도 같은 말이 들려오자 크게 놀란 순호는 뒤를 돌아보았는데, 그곳에는 신비롭게 보이려고 검은 망토로 몸을 가리고는 회심의 눈빛을 번뜩이고 있는 자가 서 있었다.

"헉! 너는… 흑사자?!"

"후후후."

흑사자는 천천히 망토를 펼쳐서는 서 있던 나무에서 뛰어내리곤 그를 가리키며 말했다.

"묵검자 순호여, 너의 가증스러운 무림일통 계획은 이제 신비인 흑사자에 의해 사라질 것이다."

"끄윽!!"

자신의 계획이 흑사자에 의해 드러났다는 생각에 신음을 내지른 그였다. 하지만 그는 마법의 힘을 가지고 있었기에 흑사자를 없애는 것은 어려운 일이 아니라 생각하고 품에서 여의주를 꺼내어서는 소리쳤다.

"흥! 네 녀석을 죽이면 모든 것을 끝낼 수 있는데 무엇을 걱정하겠느냐?"

"후후후."

하지만 그런 위협은 신비인 흑사자에겐 통하지 않으니 오른손을 들어서 가볍게 손가락을 튕기자 그의 주위에서 사람들이 모습을 드러내었다.

"헉!"

그들은 바로 자신을 제외한 사파십대거두들이었으니, 아무리 마법의 힘을 가지고 있다고 해도 이들 전부를 상대로는 승산이 없다는 것을 알고 있는 순호는 가슴이 철렁 내려앉았다.

"후후후, 신비인 흑사자가 이 정도의 준비도 하지 않았으리라 생각하는가?"

"끄윽."

한편 이 두 사람의 모습을 보는 다른 십대거두들은 한숨을 내쉬고 있었다.

"흑사자… 처음으로 중원의 수호자 신비인에 성공했군."

"크크크크, 흑사자가 신비인에 성공했으니 너 역시 활불인가 뭔가가 되어야겠구나."

"어쩔 수 없지. 약속은 했으니 소림사에 틀어박혀 한 백 년 수행하면서 활불을 위해 노력해야지."

불불자는 흑사자가 신비인의 역할을 성공하면 자신은 활불이 되겠노라 하고 선언했으니 이제 비스무리한 부처의 생활에서 벗어나야 된다는 생각에 눈물을 흘리고 있었다. 그에게 금욕적인 생활이란 것은 죽음과도 같았기 때문이다.

"어쨌든 저 치사한 묵검자를 가만히 내버려 둘 수는 없겠지?"

"후후후, 난 처음부터 저 녀석이 마음에 들지 않았어. 후후후."

"이제부터 우리는 구대거두가 되는구나."

천천히 다가서는 구대거두를 보며 공포에 잠기는 순호였으니 아무도 오지 않는 숲에선 처절한 비명 소리만이 울려 퍼질 뿐이었다.

순호를 깊은 산속에 암매장한 후 구대거두들은 사라졌고, 그 후로 그들을 무림에서 본 사람은 한 명도 없다고 한다.

한편 티벳의 한 고원에선 일단의 사람들이 오색의 빛을 내는 통로의 앞에 서 있었고, 그중 한 명인 루드웨어는 천천히 손을 앞으로 내밀어서는 무황성의 공간을 이 세계에서 완전히 봉인하는 작업을 했다.

"봉인!!"

시동어가 터져 나오자 무황성으로 들어가는 게이트는 서서히 그 빛이 사방으로 흩어져 갔다. 모든 빛이 사라지자 루드웨어는 숨을 내쉬고는 유리마를 보며 말했다.

"끝이다."

"수고했어."

"고맙다. 그나저나 이제 정말 더 이상 만나는 일은 없겠구나."

이제 유리마가 창조주의 세계로 간다는 것을 알고 있는 루드웨어였기에 아쉬움이 남을 수밖에 없었다.

"어쩔 수 없지. 하지만 언젠가 다시 만날 수 있을 거야. 내가 보너스로 항성계를 하나 가지게 되면 그곳으로 너를 스카웃할 테니까."

"그래? 그럼 기다려 보지."

유리마의 말에 미소를 지으며 고개를 끄덕이는 루드웨어였다.

루드웨어의 손에는 과거 부울스가 이곳을 빠져나가 창조주의 세계로 갈 때 들고 있던 이동의 구슬이 들려 있었다.

"루빈스키의 물건이니 이것으로 다시 돌아갈 수 있겠군."

"창조주의 세계로 가면 다시 에너지가 채워지지만, 이것으로 너의 세계로 가면 에너지의 고갈로 다시 이곳으로 올 수가 없다는 걸 알아두라고."

"알아. 그러니까 너를 못 보는 게 아쉽다는 거 아니야."

"후후후."

"언젠가 다시 볼 날을 기다릴게."

"그래."

유리마를 향해 한번 미소 지어 보인 후 루드웨어는 로노와르에게 말했다.

"자, 로노와르, 우리가 살던 세계로 돌아가자."

"응."

로노와르는 루드웨어의 말에 미소를 지으며 그의 곁으로 바싹 다가와서 달라붙었다.

"주군."

"진천명, 잘 있어라. 너를 만나서 반가웠다."

"저 역시 주군을 모시게 되었던 것을 영원히 잊지 못할 것입니다."

"후후, 홍련칠화들도 잘 있고."

"예, 신녀는 조심히 가세요."

"응."

자신들의 부하와 모든 이야기를 끝낸 그들은 유리마가 가르쳐 준 대로 차원 이동의 구슬에 힘을 가했다.

"그럼 우린 간다."

"바이바이."

"잘 가라."

유리마는 손을 흔드는 그를 보며 마지막 작별의 인사를 했는데, 이상하게 마음에 남는 무엇이 있었다.

"웜 패스!!"

루드웨어는 구슬에 힘을 사용하여 드디어 중원에서의 일을 모두 끝내고 사라지니 차원의 빛에 감싸인 그들의 모습에 유리마는 그제야 잊었던 것을 떠올릴 수 있었다.

"헉! 루드웨어!! 잠깐!!"

"왜?"

빛 속으로 사라져 가던 루드웨어는 유리마의 잠깐이라는 말에 잠시 머뭇거렸고, 그 순간 유리마의 입에선 충격적인 발언이 터져 나왔다.

"이 자식아!! 루카스! 루카스를 남만에 두고 그냥 가면 어떡해!"

"헉!!"

"꺄악!!"

그 순간 루드웨어의 숨 넘어가는 신음 소리와 로노와르의 비명 소리가 울려 퍼졌지만 애석하게도 그들의 몸은 웜홀 속에서 빠져나올 수 없는 상태였다.

"루카스!!"

절규에 가까운 비명과 함께 루드웨어와 로노와르는 자신의 세계로 사라져 갔으니 유리마는 마지막까지 한심한 저 두 사람을 보며 머리를 긁적일 뿐이었다.

"등신들."

남만의 오지. 정글이 우거진 한 산맥에 거대한 동굴이 있었으니 남만의 최고 고수라고 알려져 있는 만독묘랑이 살고 있는 동굴이었다.

원주민들은 말을 들어보면 이곳에서 천계에서 살고 있는 용녀님이 한 분의 용아님을 낳고 사라졌다 한다.

퍽! 퍽!

"흐어엉~! 엄마!!"

"아죠!!"

하지만 불쌍한 용아님은 묘아라 불리는 간악한 소녀에 의해 언제나 얼굴 가득히 시퍼런 멍을 달고 사셔야 했으니… 용아를 불쌍하게 생각하는 원주민들의 눈에선 하염없이 눈물이 흘렀다.

'불쌍한 용아님.'

하루 내내 묘아에게 시달린 후 언제나처럼 한밤중에 나와 달을 보며 엄마를 생각하는 불쌍한 루카스의 눈에선 서러운 눈물이 흘러내리고 있었다.

"엄마… 흑흑흑… 언제 루카스를 데리러 오시나요~"

외전 가출 소년 루드웨어

내 이름은 루드그레인. 하지만 남들은 루드라고 부른다.

로아냐드 제국의 신전 고아원에서 자란 난 남들과는 달리 조금은 비범한 꼬마였다.

나 같은 고아들은 제대로 공부를 하지 못해 문맹이 대부분이었지만 난 신전의 사제들을 꼬셔 이미 수십 권의 책을 습득하고 있었기 때문에 웬만한 어른보다는 더 똑똑하다고 해도 틀린 말이 아니다.

오늘 난 고아원을 도망치려고 한다.

내 나이 여섯 살, 이제 클 만큼 컸으니 내 힘으로 자립할 때가 됐다고 생각했기 때문이다.

"루드! 루드!"

멀리서 들려오는 아버지의 목소리를 뒤로한 채 난 신전 외벽의 개구멍을 통해 조심스럽게 빠져나가고 있다.

지금까지 나를 보살펴 주었던 아버지 아미르 사제. 물론 친아버지는 아니지만 우리들을 잘 보살펴 준 고마운 분이었다. 나중에 크면 아버지를 위해 제국에 커다란 신전을 하나 세워줄 생각이다.

신전을 기부하면 아버지는 하급 사제에서 고위 사제로 승급되겠지. 후후후.

그때의 아버지의 놀란 표정을 생각하니 나도 모르는 사이에 웃음이 흘러나왔다.

하지만 세상일은 그리 만만한 것이 아닌가 보다. 신전을 빠져나온 지 일주일. 주위는 온통 커다란 나무뿐이었기에 나도 모르는 사이 한숨이 흘러나왔다.

'어떻게 하지?'

커다란 나무둥치에 기대서 이곳을 빠져나갈 방법을 생각해 보았지만 어디로 갈지 좀처럼 생각이 나지 않았다. 근처에 무엇이 존재하는지는 모르지만 정기적으로 강한 바람이 밀려오는 덕에 그리 두터운 옷을 입지 않은 난 추위와 함께 배고픔이 밀려오고 있었다.

고아원에서 가지고 나온 빵들은 다 먹고 이제 먹을 것이라곤 이곳으로 오기 전에 지나친 냇가에서 퍼 온 물만이 남았을 뿐이다.

'물만 먹고 살 수 있으면 좋겠는데 말이야.'

하지만 가만히 있는다고 해도 달라질 것은 없는 일이기에 난 자리에서 일어나 다시 걸음을 옮겼다.

한참을 그렇게 걸음을 옮기고 있을 때 난 옆의 숲에서 뭔가 부스럭거리는 것을 볼 수 있었다.

"으랏차!"

이런 숲 속에서 늑대라도 만났다간 뼈까지 먹혀 버리는 것을 알고 있는 난 급히 나무 위로 몸을 날려 도망쳤다.

나뭇가지 위에 올라간 내가 조심스럽게 부스럭거리는 숲 쪽을 살펴보자 그때 분홍색을 띤 무엇인가가 빠른 속도로 튀어나왔다.

"저건!"

물렁물렁해 보이는 푸딩과도 같이 생긴 마물. 똑똑한 난 그것이 하급 마물의 한 종류인 슬라임이라는 것을 알 수 있었다.

'슬라임, 부식성 체액을 가지고 있는 하급 마물로 먹이를 자신의 몸으로 끌어들여 부식시킨 후 소화시키는 녀석이라고 했지.'

난 마물도감에 나오는 것을 외우고 있었기에 단숨에 녀석의 정체를 알 수 있었다.

'저 녀석들은 불에 약하다고 했지. 음.'

슬라임의 약점을 간파한 난 급히 작업에 들어갔다. 마물이란 것을 알았다면 대륙의 수많은 사람들을 돕기 위해 처리해야 되는 것이 용기 있는 남자의 의무였기 때문이다.

나무에서 내려온 난 근처의 나뭇잎을 모아놓고 품에서 부싯돌을 꺼내 불을 붙였다. 다행히 내가 가져온 부싯돌은 신전에서 특급품으로 들어온 마법 물품이라 한번 마주치는 것만으로도 마른 나뭇잎에 큰불을 만들 수 있는 종류였다.

카오!!

물론 슬라임은 소리 같은 것을 내지 못하지만 난 녀석이 마음속에 포효를 느낄 수 있었다.

"가소로운 놈!"

나를 향해 다가오는 슬라임을 보며 불에 타오르는 낙엽 더미를 들어 녀석의 몸 위에 집어 던졌다.

크아악!

불꽃 속에서 괴로워하는 녀석의 목소리. 물론 들려오진 않았지만 난 녀석이 비명을 지른다는 것을 느낄 수 있었다.

부글부글 끓어오르는 슬라임을 보며 난 만족한 표정을 짓곤 뒤돌아서려 했다. 한데 그 순간 발끝에서부터 머리끝까지 알 수 없는 마비가 밀려왔다.

"헉!"

뒤돌아선 나에게 보이는 것은 도저히 끝이 보이지 않을 정도로 넓은 슬라임들의 물결이었기 때문이다.

"망했다!"

한두 마리의 슬라임이라면 어떻게든 처리해 볼 수 있겠지만, 적어도 수천이 넘는 슬라임을 무슨 수로 쓰러뜨린단 말인가.

저 녀석이 우리 동료를… 크르르~

가소로운 인간 녀석!

동료의 죽음을 본 슬라임들의 여기저기서 이가는 소리, 아니, 몸통 부비적거리는 소리가 들려오며 녀석들의 분노의 목소리가 느껴지고 있었다. 물론 아까와 같이 들리지는 않지만 난 그들의 목소리를 짐작할 수 있었다.

마법이란 것을 쓸 수만 있다면 한번에 쓸어버리겠지만, 지금의 나에겐 부싯돌 두 개뿐 슬라임을 밀어버릴 나뭇가지조차 없었다.

"아직 나 루드웨어의 때가 아니란 말인가! 아! 괴롭다!"

나이 여섯 살에 아직도 뒷걸음질쳐야 하는 나의 신세가 너무 처량하기 그지없었기에 하늘을 보며 한탄할 수밖에 없었다.

그러는 사이에 슬라임 대군은 내 주위를 포위하며 밀려오기 시작했기에 가장 얇은 포위망을 확인한 난 나무를 박차고 몸을 날렸다.

"차압!"

다행히 녀석들은 한쪽 방향으로만 몰려오고 있는 덕에 얇은 포위망을 벗어나자 녀석들의 공격을 막을 수 있었다.

'슬라임은 본능적인 생명체. 그런 녀석들이 포위 공격을 할 리는 없어. 어떤 녀석인지 모르지만 이놈들을 움직이는 녀석이 있는 듯하다.'

포위망을 벗어난 난 재빨리 달음질을 하여 도망가서는 어느 정도 안정권에 들어섰을 때 걸음을 멈추고 나를 쫓고 있는 녀석들을 둘러보았다.

수많은 슬라임들은 넓게 퍼져 나를 향해 밀려오고 있었으니 내가 바라볼 방향은 단 한 방향뿐이었다.

바로 슬라임 대군의 가운데 방향. 대장의 지시를 전달할 부관이 없는 군대에 이 정도로 많은 수를 통솔하기 위해선 대장은 대열의 정가운데에 위치할 수밖에 없다고 생각했기 때문이다.

아니나 다를까 나를 쫓고 있던 슬라임 대군의 가운데에는 다른 슬라임과는 전혀 다른 모양의 슬라임이 존재하고 있었다. 황금색의 투명한 몸의 상단에는 짐승의 뇌와 같은 것이 존재하고 있었고, 등에는 투명한 열두 개의 뿔이 하늘을 향해 치솟아 있었다.

슬라임이라고 믿어지지 않을 정도의 크기는 대호와 비교해도 뒤지지 않았으며 그 찬란한 빛은 마치 태양 빛 아래 위치한 거대한 황금의 덩어리를 보는 듯했다.

"골든 슬라임!"

내가 알고 있는 지식 가운데 골든 슬라임이란 것은 존재하지 않았다. 그렇다면 녀석은 어떤 빌어먹을 녀석이 만든 키메라일 것이 분명했다.

"뇌의 형태를 보아서는 인간의 뇌! 어느 정도의 지능을 가지고 있는지 궁금하군!"

인간의 뇌를 이용하여 만든 이지를 가진 슬라임 키메라. 하지만 난 이 시대에 지식 계층의 하나인 사제에게 지식을 얻은 엘리트인 관계로 녀석과의 이지의 대결이라면 결코 지지 않을 것이라 생각했다.

"나 루드그레인의 첫 번째 행로의 상대가 신의 권능을 저버린 키메라라니, 이것도 하늘의 뜻인가!"

적의 대장의 이지를 가진 존재라면 더 이상 도망갈 필요가 없다고 생각한 난 녀석들을 향해 소리쳤다.

"멈춰라!!"

나를 향해 물렁한 몸으로 땀 빠지게 뛰어오는 녀석들을 향해 온 힘을 다해 소리쳤고, 그 순간 날카로운 바람이 나의 등을 밀어붙이며 녀석들의 진로를 수많은 낙엽으로 뒤덮어가기 시작했다.

'됐다! 역시 하늘은 나 루드그레인의 편이구나!'

정말 녀석들이 나의 고함에 멈출 것이라곤 생각하지 않았지만, 바람이 등 뒤로 강하게 밀어붙여 낙엽들을 뿌리자 슬라임들의 물렁한 몸은 낙엽들에 의해 더 이상 앞으로 나아가지 못했다.

앞 열에 있던 녀석들이 낙엽에 막히자 미처 멈춰 서지 못한 슬라임들은 그들의 위로 밀려왔고 얼마 지나지 않아 나의 눈앞엔 십수 미터는 넘을 듯한 거대한 슬라임의 벽이 만들어졌다.

"골든 슬라임이여! 나의 말이 들리는가?! 몸을 가릴 수조차 없는 권속들의 투명한 몸 뒤로 숨지 말고 나의 앞에 그 모습을 나타내어라!!"

힘을 다해 소리치는 순간에도 슬라임들의 벽은 더 더욱 높아져만 갔는데, 얼마 지나지 않아 황금색의 빛이 벽의 위로 작렬하더니 드디어 골든 슬라임이 나의 앞에 그 모습을 드러내었다.

[어린 인간의 자식이여, 그대가 나를 불렀는가!]

"그렇다, 슬라임의 길잡이여!"

태산을 진동시키는 듯한 목소리가 나의 온몸을 엄습해 왔지만 그 정도에 뒤로 물러설 나 루드그레인이 아니었다. 아니, 그 위압감에 뒤로 물러선다면 거대한 슬라임의 벽이 나를 향해 쓰러질 것이란 것을 알고 있었기에 움직일 수가 없었다.

본능을 위주로 사는 슬라임을 상대로 내가 물러서는 기미를 보인다면 그들은 하늘의 바람이 도와주기 전과 같이 생존 본능에 따라 나를 덮칠 것은 당연한 일이기 때문이었다.

[어린 인간의 자식이여, 그대는 무슨 이유로 나를 불렀는가!]

"묻겠다! 내가 그대의 권속 중 하나를 없앴다는 이유로 나를 쫓고 있는가!"

[어린 인간의 자식이여, 그대는 자연의 법칙을 아는가! 우리에겐 너희 어리석은 인간들과 같이 복수란 의미는 존재하지 않는다. 지금의 우리에겐 어린 인간의 자식은 하나의 먹이일 뿐이다!]

'음.'

녀석의 말대로라면 나를 쫓는 것은 양육강식의 법칙에 우선한 일이라는 것이 되기 때문에 보통 인간을 상대로 하는 설득 같은 것은 통하지 않는다는 것을 알 수 있었다.

"골든 슬라임이여! 그대가 보았듯이 난 하늘의 보호를 받는 자! 그대의 권속의 먹이로 삼기에는 너무 아깝다 생각하지 않는가?"

[하늘 아래 있다면 그 모든 것이 하늘의 법칙에 따를 뿐, 하늘은 우리에게 너를 먹이로 삼으라 말하고 있다!]

끝까지 양육강식을 포기하지 않겠다는 골든 슬라임의 말에 한숨이 나올 수밖에 없었다. 이렇게 된다면 도망가기가 여의치 않을 것은 분명했기 때문이다.

하지만 이것 역시 예상하고 있었던 것. 상대가 인간의 범주로 상대할 수 없는 자라 할지라도 나 루드그레인의 책략에는 벗어날 수 없었다.

"그대는 이것을 아는가!"

[인간들이 불을 붙이는 도구가 아닌가!]

난 부싯돌을 꺼내어 골든 슬라임에게 물어보았고 그는 그것이 자신의 권속을 죽인 불을 만드는 도구라는 것을 알고 있었다.

"흥!"

아직도 나의 등 뒤론 계속 바람이 불고 있었고, 거대한 슬라임의 벽으로 족히 수 미터는 넘을 듯한 낙엽이 높게 쌓여 있었다. 그것을 본 난 지체없이 낙엽에 불을 붙였고 작은 불은 순식간에 녀석들을 향해 솟아오르기 시작했다.

"이것이 하늘이 나를 돕는 이유! 그대는 하늘의 법칙을 작은 머리에 의존한 죄로 수많은 권속들을 잃게 될 것이다!"

[끄아아악!!]

등 뒤로 부는 바람과 함께 거대한 불길을 슬라임의 거대한 몸을 향해 밀어붙이자 녀석들의 벽은 뒤로 무너지기 시작했다.

높게 솟아오른 불길에 의해 가장 위쪽에 위치한 슬라임들이 본능적으로 움직여 뒤로 물러섰기 때문에 그 대열이 앞이 아닌 뒤로 무너졌던 것이다. 제일 꼭대기에 위치한 골든 슬라임은 자신의 권속들과 함께 뒤로 무너져 갔고, 본능에 의해 물러서는 슬라임들의 밑으로 깔리고 말았다.

"흥!"

푸르스름한 불길로 타오르는 슬라임들을 보며 난 자리에 앉아 물주머니를 들어 한 모금 삼키고는 불타는 슬라임의 대군을 쳐다보았다.

슬라임이 타는 온도는 몸의 대부분이 차가운 체액으로 되어 있기에 웬만한 불로는 타오르지 않았지만, 체액이 끓어 한번 불이 붙으면 쉽게 끌 수 없을 정도로 크게 타 들어가는 몸을 지니고 있었다.

그런 이유로 선두의 녀석들이 불에 타자 걷잡을 수 없이 불길은 커져 갔고 나를 쫓던 수천의 슬라임들은 온 산으로 불길을 퍼뜨리며 움직이기 시작했다.

"아무래도 불길이 좀처럼 사그라들지 않을 것 같은데……."

한참을 불타는 슬라임을 보고 있던 난 녀석들에 의해 산불이 걷잡을 수 없을 정도로 커지자 조금 두려운 마음이 들었다. 슬라임의 대군을 쓰러뜨렸다고는 하지만 언제 불길이 나에게 밀어닥칠지 모른다는 생각에 난 자리에서 일어나 바람이 부는 방향으로 뜀박질을 하기 시작했다.

"젠장!"

얼마 지나지 않아 강하게 밀려오던 바람은 사라지고 도리어 역으로 작은 미풍이 밀려오기 시작해 불길은 사방으로 커져 가기 시작했다.

"우와!"

이러다간 목숨을 부지할 수 없다고 생각한 난 산 밑을 향해 최대한 빨리 몸을 날렸는데, 그때 뒤에서 소름이 끼칠 정도의 괴성이 들려왔다.

[사악한 인간의 꼬마! 네 녀석을 놓치지 않겠다!]

"헉!"

고개를 돌려보니 황금의 슬라임이 불덩어리가 된 채 나를 향해 다가오는 것을 볼 수 있었기에 크게 놀랄 수밖에 없었다.

과연 키메라의 종류인지 거대한 불길에 타 죽지 않고 나를 쫓고 있었던 것이다.

"끼야악!!"

잡히면 뼈도 못 추릴 것은 뻔한 일인지라 죽을힘을 다해 뛰었지만 녀석은 슬라임 주제에 엄청나게 빨라 간격은 점점 줄어들고 있었다.

거기다 엎친 데 덮친 격으로 눈앞엔 거대한 계곡이 보이고 있었으니… 불길은 이곳에서 그치겠지만 나 루드그레인은 어디서 멈추어야 하는 것인가!

"망했다!"

까마득하게 내려다보이는 계곡 밑을 보며 난 한숨을 내쉴 수밖에 없었다.

뛰어내려야 하나 말아야 하나. 흑흑흑.

자꾸 눈물이 나는 것을 어쩌란 말인가.

[크악!]

하지만 나의 행동은 밀려오는 괴성에 한 가지밖에 선택할 수 없었으니 잠시 후 몸은 계곡의 아래로 떨어져 내리고 있었다.

"끄아아악!!"

불타는 황금색 슬라임을 뒤로한 난 한참을 계곡 밑으로 떨어져 내려갔다. 하지만 그렇게 한참을 내려가고 있으려니 조금 허무한 감이 들기도 했다. 도대체 언제쯤 도착하게 되는 것일까 하는 생각에 말이다.

'나라는 존재도 한참을 기다려야 뭔가 성취하는 존재가 아닐까?'

풍덩!

난 계곡 물 속으로 빨려 들어가면서도 무엇인가에 사로잡힌 듯 생각이 가시지를 않았다.

'세상에 첫발을 디디자마자 눈앞에 보인 황금을 태워 버리다니…… 아무래도 죽을 때까지 재물 복은 없을 것 같군. 그렇다고 영웅도 내 팔자가 아닌 것 같은데, 도대체 난 뭐를 해야 하는 거지?'

한참을 그렇게 물속에서 생각에 잠겨 있을 때 검은 하늘이 눈앞으로 서서히 떠오르기 시작했다.

"푸하!"

크게 숨을 내쉬며 바라본 하늘은 연기로 검게 물들어 있었지만 간간이 그 사이로 빛이 새어 나오고 있었다.

끊임없이 계곡의 물과 함께 흘러내려 가기를 한참, 서서히 검은색 하늘은 사라지고 평상시의 하늘이 하늘을 다시 찾기 시작했다.

이제 물 밖으로 나가야 하지만 왠지 할 일이 없다는 생각에 그냥 물이 가는 대로 몸을 맡기기로 했다. 몇 번 물을 먹어 숨이 막히기는 했지만 그다지 괴롭다는 것은 느끼지 못했다.

한참을 그렇게 떠내려가자 태양은 서서히 대지의 아래로 떨구어져 내려왔고 하늘은 어두워지며 수백 개, 아니, 수천 개의 별이 빛을 발하기 시작했다.

"배고프다."

생각지도 않은 물놀이(?)에 처음 있었던 가죽 주머니의 몇 배는 되는 듯한 물을 마셨지만 허기는 더욱 강하게 밀려왔기에 난 물에서 나와 걸음을 옮겼다. 하지만 좀처럼 나의 힘으로 허기를 채울 수 있는 것은 보이지 않았기에 피로함과 허기는 더욱 커져만 가고 있었다.

그렇게 하룻밤을 지내자 온몸은 흙투성이에 상처투성이가 된 상거지 꼴이 되어버렸다.

'고기가 먹고 싶다, 고기가……'

풀만 먹고 살던 고아원 생활이었지만 그래도 일 년에 한두 번쯤은 고기를 먹을 수 있었기에 고기 맛을 모르지는 않았다.

별들은 사라지고 다시 날이 밝아오자 난 먹을 것을 찾기 위해 힘든 걸음을 옮겨갔지만 좀처럼 먹을 것은 눈에 들어오지 않았다.

'배고파.'

이제 죽고 싶은 생각까지 들 정도로 허기는 온몸을 자극하고 있었다. 그때 멀리서 누군가의 웃음소리가 들려왔다.

"푸하하하하! 성공이다!"

"사람이 있다!"

사람이 있다는 것은 자연히 먹을 것도 있다는 것을 뜻하는지라 난 그곳을 향해 걸음을 재촉해 갔다.

그리고 난 발견할 수 있었다. 거대한 원형의 그림 위에서 먹음직스럽게 발버둥치고 있는 통돼지의 모습을 말이다.

"우와아아! 먹을 거다!!"

"헉! 꼬마야! 그쪽으로 가면 안 된다!!"

"우왕~!"

누군가의 황급한 외침이 들려왔지만 그것은 아귀가 된 나를 막을 수 없었고, 난 달려들어 탐스러운 돼지의 허벅지를 물어뜯었다.

[쿠오오!]

고통스러운지 발버둥치는 돼지였지만 난 절대로 놓지 않았다.

"꼬마야! 젠장! 이계의 소환수여, 다시 너의 자리로 돌아가라! 리턴 서먼!!"

"앙?"

그 순간 나의 몸은 돼지와 함께 푸른빛에 휩싸이기 시작했기에 그가 부르짖은 말이 마법의 언어라는 것을 알 수 있었다.

급히 몸을 빼어 피하려고 했지만 나의 몸은 이미 마법의 언어에 지배당했기에 얼마 지나지 않아 푸른빛과 함께 정신을 잃고 말았다.

얼마 후 난 다시 정신을 차릴 수 있었다. 하지만 돼지의 육향은 이미 사라진 지 오래인지라 한숨이 나왔다.

"휴~ 아깝다."

녀석을 먹지 못한 것에 아쉬움이 남았지만 계속 가만히 있을 수만은 없는지라 자리에서 일어나 주위를 살펴보았다. 그 순간 난 조금 당황할 수밖에 없었다.

"응?"

저녁 무렵이라고 생각했지만 주위에 사물은 지금까지와는 전혀 다른 모습을 보이고 있었기 때문이다.

음침한 하늘에 음침한 숲, 기괴한 모양의 풀들이 자라나는 세상. 나로선 도저히 지금의 상황을 이해할 수가 없었다.

"도대체 여긴 어디지?"

한참을 고심해 봤지만 이곳의 위치를 난 도저히 알 수 없었다.

'내가 살아야 할 새로운 세상인가? 휴, 지지리 복도 없지.'

뭔지는 모르지만 살기 힘들 것 같은 세상 같았기에 한숨만 나올 뿐이었다.

"루드웨어! 루드웨어! 일어나!"

"응?"

누군가의 목소리에 잠을 깨니 침대에서 누워 있는 나를 발견할 수 있었다.

반쯤 감겨져 있는 눈을 비비며 둘러보자 곁에는 아름다운 녹색 머리의 여인이 한심하다는 듯한 표정으로 나를 바라보고 있었기에 난 한숨을 쉬며 말했다.

"벌써 아침이야, 로노와르?"

"뭐 해! 오늘도 열심히 일해야 할 것 아니야? 어떻게 인간 놈이 드래곤보다 더 게으르대?"

"아앙!"

하품을 하고 자리에서 일어나니 레어의 입구로 밝은 빛이 들어오고 있는 것을 볼 수 있었다.

'어렸을 때의 꿈을 꿨군.'

처음 고아원을 벗어났을 때의 꿈을 꾸었다는 생각을 하자 나도 모르는 사이 미소가 지어졌다. 자신감만 가득한 여섯 살짜리의 꼬마가 처음으로 겪은 모험이 지금의 자신을 만들리라고는 생각지도 못했기 때문이다.

제9권 끝

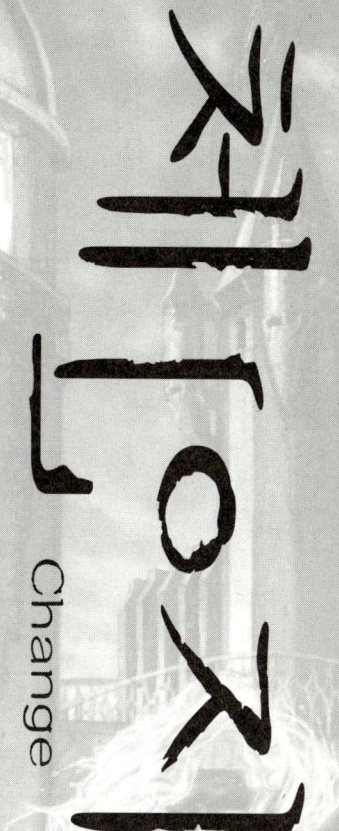

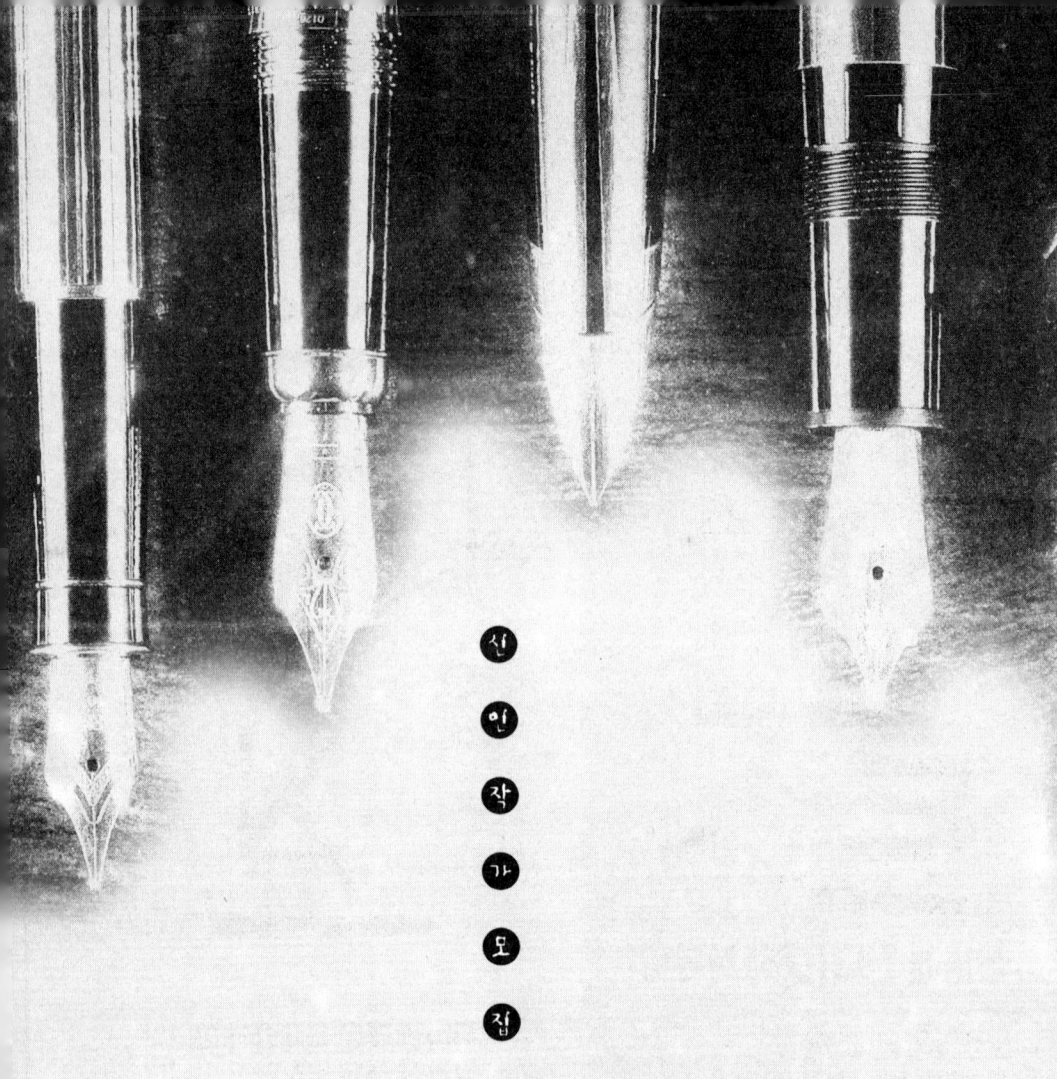

신

인

작

가

모

집

시작이 반이라고 했습니다.
작가의 길에 대한 보이지 않는 벽을 과감히 깨뜨리십시오!
청어람은 작가 지망생 여러분들의
멋진 방향타가 되어드리겠습니다.

저희 도서출판 청어람에서는
소설 신인 작가분들을 모집합니다.
판타지와 무협을 사랑하시는 분들의 많은 참여를 바랍니다.
소정의 원고(A4용지 150매)를 메일이나 우편으로 보내주시면
검토 후 출판 여부를 알려드리겠습니다.

주소:경기도 부천시 원미구 심곡1동 350-1 남성B/D 3F 우편번호420-011
TEL:032-656-4452 · **FAX**:032-656-4453
http://**www.chungeoram.com**
e-mail:chungeoram@chungeoram.com